Theodor Fontane, geboren am 30. Dezember 1819 in Neuruppin, ist am 20. September 1898 in Berlin gestorben.

»An der Ostsee großgezogen«, dem Stand nach Apotheker, macht er sich als Reisejournalist und Korrespondent in England einen Namen, als Balladendichter, als Wanderer durch die Mark Brandenburg, als Kriegsberichterstatter. Er ist fast 60 Jahre alt, als sein erster Roman *Vor dem Sturm* erscheint. In den zwei Jahrzehnten, die nun bis zu seinem Tod im Jahre 1898 folgen, reift der große Romancier Fontane heran, von *Grete Minde* zu *Schach von Wuthenow*, von *L'Adultera* zu *Cécile*, von *Irrungen, Wirrungen* zu *Stine*, von *Unwiederbringlich* zu *Frau Jenny Treibel*, von *Effi Briest* zu *Der Stechlin*. Dazwischen das Werk des nimmermüden Briefstellers, das reflektierende selbstbiographische Werk, ob nun *Meine Kinderjahre* oder *Von Zwanzig bis Dreißig*.

Fontanes Leben zu beschreiben heißt letztlich, auch Fontanes Werk darzustellen, denn selten sind Leben und Lebenswerk eines Autors so ineinander verflochten gewesen wie bei ihm, dem großen, dem ungeheuer sprachgewandten Autor des ausgehenden 19. Jahrhunderts.

insel taschenbuch 1660
Theodor Fontane
Leben und Werk in Texten
und Bildern

Theodor Fontane

Leben und Werk
in Texten und Bildern
Von Otto Drude
Insel Verlag

insel taschenbuch 1660
Erste Auflage 1994
Originalausgabe

Bildnachweise am Schluß des Bandes
Vertrieb durch den Suhrkamp Taschenbuch Verlag
Umschlag nach Entwürfen von Willy Fleckhaus
Satz: Hümmer GmbH, Waldbüttelbrunn
Druck: Nomos Verlagsgesellschaft, Baden-Baden
Printed in Germany

1 2 3 4 5 6 – 99 98 97 96 95 94

Inhalt

1819-1850

Kinder- und Jugendjahre
Apothekerlehre, Verlobung und Heirat

Theodor Fontane in einer Zeichnung von Kersting um 1843. Widmungsblatt an Wilhelm Wolfsohn.

Theodor Fontanes Vorfahren stammten aus Hugenottenfamilien, die im 17. Jahrhundert, nach Aufhebung des Edikts von Nantes 1685, dem Ruf des Kurfürsten von Brandenburg gefolgt und von Frankreich nach Deutschland und in die Mark Brandenburg gezogen waren.

»Alles, was damals aus Frankreich kam, waren keine parisischen, sondern puritanische Leute, steif, ernsthaft, ehrpußlich, was sie vielfach bis auf diesen Tag geblieben sind. Ihr Haupteinfluß, neben feinen Umgangsformen, für die sie das Vorbild gaben, war ein gewerblicher; sie führten vieles ein, was bis dahin gar nicht da war, und anderes hoben sie durch ihre Geschicklichkeit und ihren Geschmack auf eine höhere Stufe.« schrieb 1889 der siebzigjährige Fontane rückschauend in dem Aufsatz *Die Märker und die Berliner und wie sich das Berlinertum entwickelte*.

1662 hatte der in Nîmes geborene Strumpfwirker Jacques François Fontaine Südfrankreich verlassen und war nach Brandenburg ausgewandert. In Berlin heiratete er 1697 die auch aus einer Refugié-Familie stammende 19jährige Marie de Quesne. Im Jahr darauf wurde ihr Sohn Pierre François geboren, der das Zinngießerhandwerk erlernte und mit dreißig Jahren Madeleine Aragon ehelichte. Beider Sohn Pierre Barthélemy – 1731 geboren – heiratete mit fünfundzwanzig Jahren Marie Louise Schröder, eine Frau aus einer deutschen Familie und strich das »i« aus dem Namen Fontaine.

Ihr Sohn, der wie der Vater Pierre Barthélemy hieß, heiratete in erster Ehe Louise Sophie Deubel. Am 26. März 1797 wurde ihnen ihr zweiter Sohn Louis Henri geboren. Pierre Barthélemy war Maler und Zeichenlehrer. »Was dieser, mein

Großvater, als Maler leistete«, erinnerte sich Theodor Fontane, »beschränkte sich vorwiegend auf Pastel-Copieen nach englischen Vorbildern, als Zeichenlehrer aber muß er tüchtig gewesen sein, denn er kam zu Beginn des neuen Jahrhunderts an den Hof und wurde mit dem Zeichenunterricht der ältesten königlichen Prinzen betraut. Dies leitete sein Glück ein. Königin Luise wohnte gelegentlich dem Unterrichte der Kinder bei. Sie fand an dem gewandten und ein sehr gutes Französisch sprechenden Mann Gefallen und nahm ihn als Kabinettssekretär in ihren Dienst.« Er schloß drei Ehen und lebte im Alter als »Kastellan von Schloß Schönhausen«.

Sein Sohn Louis Henri besuchte das Gymnasium zum Grauen Kloster in Berlin, erlernte den Beruf eines Apothekers und zog 1813 als Freiwilliger ins Feld. Nach seiner Rückkehr war er Gehilfe in Berlin und Danzig und legte 1819 das Staatsexamen ab. Noch im gleichen Jahr, am 24. März 1819, seinem 22. Geburtstag, heiratete er die ein Jahr jüngere Emilie Labry, deren Vorfahren auch vor mehr als hundert Jahren aus Südfrankreich nach Brandenburg geflüchtet waren.

»Mein Vater war ein großer stattlicher Gascogner voll Bonhommie, dabei Phantast und Humorist, Plauderer und Geschichtenerzähler, und als solcher, wenn ihm am wohlsten war, kleinen Gasconaden nicht abhold«; erzählt Fontane in seinen Erinnerungen an die ›Kinderjahre‹, »meine Mutter andrerseits war ein Kind der südlichen Cevennen, eine schlanke, zierliche Frau von schwarzem Haar, mit Augen wie Kohlen, energisch, selbstsuchtlos und ganz Charakter, [...] Gascogne und Cevennen lagen für meine Eltern, als sie geboren wurden, schon mehr als hundert Jahre zurück, aber die Beziehungen zu Frankreich hatten beide, wenn nicht in ihrem Herzen, so doch in ihrer Phantasie nie ganz aufgegeben. Sie repräsentierten noch den unverfälschten Colonistenstolz.«

Stammtafel Theodor Fontanes

JACQUES FONTANE (Strumpfwirker) ⚭ MARIE DUQUESNE
* Nimes 1664 † Berlin 1707 — * Mannheim 1676 † Berlin 1731

PIERRE FRANÇOIS FONTANE (Zinngießer) ⚭ MADELEINE ARRAGON
* Berlin 1697 † Berlin 1743 — * Berlin 1701 † Berlin 1759

PIERRE BARTHÉLEMY FONTANE (Zinngießer) ⚭ MARIE LOUISE SCHROEDER
* Berlin 1731 † Berlin 1773 — * Berlin 1733 † 1802

PIERRE BARTHÉLEMY FONTANE
(Maler, Kabinettssekretär der Königin Luise)
* Berlin 1757 † Berlin 1826
⚭ 1. LOUISE SOPHIE DEUBEL
* Berlin 1758 † Berlin 1797
⚭ 2. ANNA M. REIMANN
† 1807
⚭ 3. CHARL. F. WERNER
† 1843

AUGUST F. (Sohn aus 2. Ehe)
* 1804 † ca. 1870
⚭ PHILIPPINE SOHM
† 1882

LOUIS HENRI FONTANE (Apotheker) ⚭ EMILIE LABRY
* Berlin 1796 † Freienwalde 1867 — * Berlin 1798 † Neuruppin 1869

HENRI THEODOR FONTANE ⚭ EMILIE ROUANET
* Neuruppin 1819 † Berlin 1898 — * Dresden 1824 † Berlin 1902

RUDOLFE F.
* 1823 † 1845

JENNY F.
* 1823 † 1904

MAX F.
* 1826 † 1860

ELISE F.
* 1838 † 1923

GEORGE EMILE F.
* 1851 † 1887
(Hauptmann u. Lehrer am Kadettenkorps)

THEODOR F.
* 1856 † 1933
(Geheimer Intendanturrat)

MARTHE F.
* 1860 † 1917

FRIEDRICH F.
* 1864 † 1941
(Buchhändler)

Silhouetten von Louis Henry Fontane und seiner Frau Emilie, geb. Labry.

Oben: Die Löwenapotheke in Neuruppin.
Unten: Das obere Bollwerk in Swinemünde um 1834.

Das junge Paar zog nach Neuruppin, einer kleinen, etwa 70 km nordwestlich von Berlin gelegenen Stadt, die nach einem verheerenden Brand von 1787 wieder aufgebaut worden war, und in der fast vier Jahrzehnte zuvor Karl Friedrich Schinkel geboren wurde. Louis Henri hatte mit einem väterlichen Darlehen die Löwen-Apotheke am Markt erworben. Am vorletzten Tag des Jahres 1819 wurde ihnen ihr erster Sohn geboren, der auf die Namen ›Heinrich Theodor‹ getauft wurde.

Bis zu seinem siebenten Jahr lebte Theodor mit seinen Eltern in der kleinen märkischen Stadt am Rhinsee, in der auch die Geschwister Rudolf (* 1821), Jenny (* 1823) und Max (* 1826) geboren wurden.

1826 verkaufte der Vater die Löwen-Apotheke in Neuruppin und zog im Jahr darauf mit seiner Familie in die kleine Hafenstadt Swinemünde an der Ostsee, wo er die Apotheke des Ortes erworben hatte. Vom Sommer 1827 an verlebte der nunmehr sieben Jahre alte Theodor seine »Kinderjahre« in der Stadt am Meer, Jahre, die er nie vergessen konnte.

Nach fünf Jahren, Ostern 1832, brachte die Mutter den Dreizehnjährigen wieder nach Neuruppin, damit er das Gymnasium besuchen konnte. »Was ich dahin mitbrachte«, erinnerte sich Fontane später, »war etwa das Folgende: Lesen, Schreiben, Rechnen; biblische Geschichte, römische und deutsche Kaiser; Entdeckung von Amerika, Cortez, Pizarro; Napoleon und seine Marschälle; die Schlacht von Navarino, Bombardement von Algier, Grochow und Ostrolenka; Pfeffels Tabakspfeife, ›Nachts um die zwölfte Stunde‹, Holteis Mantellied und beinah sämtliche Schillersche Balladen. Das war, einschließlich einiger lateinischer Brocken, so ziemlich alles und im Grunde bin ich nicht recht darüber hinaus gekommen. Einige Lücken wurden wohl zugestopft, aber alles blieb zufällig und ungeordnet, und das berühmte Wort vom ›Stückwerk‹, traf, auf Lebenszeit, buchstäblich und in besonderer Hochgradigkeit bei mir zu.« Bereits anderthalb Jahre später, im Herbst 1833, verließ er Neuruppin wieder, um nach Berlin zu ziehen und trat in die erst wenige Jahre zuvor von Karl Friedrich von Klöden gegründete Gewerbeschule in der Niederwallstraße ein.

Bei einem Stiefbruder seines Vaters, bei ›Onkel August‹, der mit seiner Frau Philippine – von allen ›Tante Pinchen‹ genannt – in Berlin lebte, fand er ein Unterkommen, und hier begegnete er zum erstenmal seiner späteren Frau. »Sie mochte damals zehn Jahre zählen (ich fünfzehn) und war ›Nachbarskind‹ von mir in einem in der Großen Hamburgerstraße gelegenen Doppelhause, dicht neben dem alten Judenkirchhof. In dem einen Hause, Parterre, wohnte damals mein Onkel August, [...] während das 10jährige Kind, das meine Braut werden sollte, drei Treppen hoch in dem Nachbarhause residierte. [...] Als ich die kleine zum erstenmal sah, trug sie heruntergeklappte nasse Stiefel, einen kleinen Mantel von rotem Merino mit schwarzen Käfern drin und einen sonderbaren, nach hinten sitzenden Strohhut, der ihr bei den Straßenjungen den Beinamen ›das Mädchen mit de Eierkiepe‹ eingetragen hatte. Das alles war aber in meinen Augen viel mehr frappant als störend und ich möchte beinah sagen, daß ich mich auf der Stelle in das sonderbare Kind verliebte.«

Knappe drei Jahre später, Ostern 1836, bestand er mit sechzehn Jahren das Abschlußexamen, das ihn auch zum ›einjährigen‹ freiwilligen Militärdienst berechtigte. Wie sein Vater wollte er Apotheker werden, und so trat er am 1. April als Lehrling bei Wilhelm Rose in dessen Apotheke »Zum weißen Schwan« in der Spandauerstraße ein.

»Hätte man ihn [Wilhelm Rose] einen Bourgeois genannt – ich weiß nicht, ob das Wort damals schon im Schwange war –, so hätte er sich einfach entsetzt; aber er war doch einer. Denn der Bourgeois, wie ich ihn auffasse, wurzelt nicht eigentlich oder wenigstens nicht ausschließlich im Geldsack; viele Leute, darunter Geheimräte, Professoren und Geistliche, Leute die gar keinen Geldsack haben, oder einen sehr kleinen, haben trotzdem eine *Geldsackgesinnung* und sehen sich dadurch in der beneidenswerten oder auch nicht beneidenswerten Lage, mit dem schönsten Bourgeois jederzeit wetteifern zu können. Alle geben sie vor, Ideale zu haben; in einem fort quasseln sie vom ›Schönen, Guten, Wahren‹ und knixen doch nur vor dem goldnen Kalb, entweder indem sie tatsächlich alles was Geld und Besitz heißt, umcouren oder sich doch innerlich in Sehnsucht danach verzehren.«

Nach zehn Jahren in Swinemünde verkaufte Fontanes Vater seine Apotheke und zog 1838 mit der Familie nach dem nordwestlich von Küstrin gelegenen Letschin, wo er wieder eine Apotheke erworben hatte. »Letschin im Oderbruch, Kirchdorf mit 3500 Seelen (?) und Residenz zweier dort stationierter Gensdarmes,« so schilderte Fontane den Ort seinem Freunde Wolfsohn, »hängt durch Vermittlung eines sogenannten Rippenbrechers von Postwagen nur lose mit der zivilisierten Welt zusammen. Es ist ein zweites Klein-Sibirien; die Lebenszeichen einer Welt da draußen sind selten, aber – sie kommen doch vor.«

Während der Lehre bei Wilhelm Rose fand Fontane Zeit für seine ersten poetischen Versuche, und im Dezember 1839 erschienen im ›Berliner Figaro‹ seine Novelle *Geschwisterliebe* in fünf Fortsetzungen und in den ersten Monaten des Jahres 1840 einige Gedichte. »Als ich, zwischen 16 und 20, Lehrling in einer Berliner Apotheke war, [...] lag mir unter anderen Unliebsamkeiten auch die Verpflichtung ob, jeden Sonnabend, einen in einem hölzernen dorischen Tempel aufgebauten Teil der Apotheke, der den lächerlichen Namen corpus chemicum führte, mit einem großen nassen Handtuche wieder sauber putzen zu müssen. [...] Aber es störte mich sehr wenig, weil es sich nicht selten so traf, daß gerad an diesen Sonnabenden irgend eine Ballade von mir [...] in dem damals in der Adlerstraße erscheinenden ›Berliner Figaro‹ gestanden hatte. Und daß ich mir nun sagen durfte, dieser ›Simson im Tempel der Philister‹ rührt von *dir* her, trägt *deinen* Namen, gab mir ein so kolossales Selbstbewußtsein, daß nicht bloß das corpus chemicum, sondern mit ihm auch die ganze Prinzipalität samt allen Provisoren und Gehülfen als etwas tief Inferiores unter mir verschwand.«

Bereits Anfang 1840, ein Vierteljahr vor dem Ende der regulären Lehrzeit, stellte ihm sein Prinzipal ein wohlwollendes Abschlußzeugnis aus.

Im Sommer des Jahres starb, fast siebzigjährig, der preußische König Friedrich Wilhelm III., der länger als vier Jahrzehnte regiert hatte. Ihm folgte sein bereits 45jähriger Sohn Friedrich Wilhelm IV. auf den Thron. »... und so war es denn begreiflich, daß das altfranzösische ›Der König ist tot, *es lebe der König*‹ in vielen Herzen mit vielleicht zu freudiger Betonung der Schlußworte gesprochen wurde. Knüpften sich doch die freiheitlichsten und zunächst auch berechtigtsten Hoffnungen an den Thronfolger. Die Menschen fühlten etwas, wie wenn nach kalten Maientagen, die das Knospen unnatürlich zurückgehalten haben, die Welt plötzlich wie in Blüten steht. Auf allen Gesichtern lag etwas von freudiger Verklärung und gab dem Leben jener Zeit einen hohen Reiz. ›Es muß doch Frühling werden.‹«

Den Thronwechsel hatte Fontane noch in der Roseschen

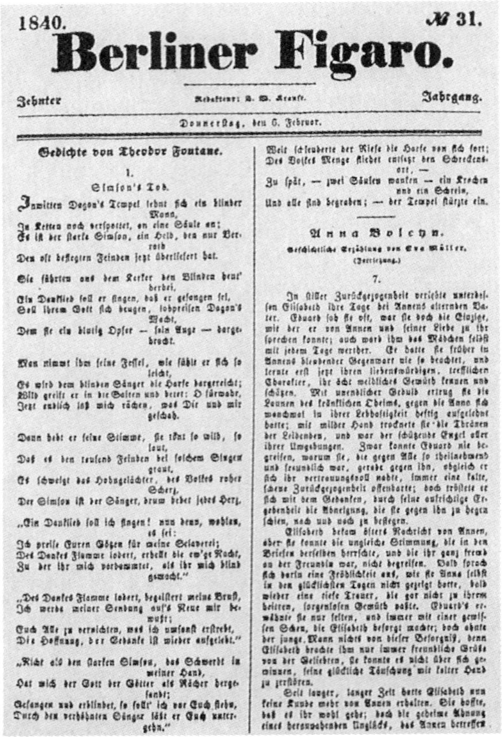

1840. № 31.

Berliner Figaro.

Zehnter Redakteur: L. W. Krause. Jahrgang.

Donnerstag, den 6. Februar.

Gedichte von Theodor Fontane.

1.

Simson's Tod.

Inmitten Dagon's Tempel lehnt sich ein blinder Mann,
In Ketten noch verspottet, an eine Säule an;
Es ist der starke Simson, ein Held, den nur Verrath
Den oft besiegten Feinden jetzt überliefert hat.

Sie führten aus dem Kerker den Blinden heut' herbei,
Ein Danklied soll er singen, daß er gefangen sei,
Soll ihrem Gott sich beugen, lobpreisen Dagon's Macht,
Dem sie ein blutig Opfer — sein Auge — dargebracht.

Man nimmt ihm seine Fessel, wie fühlt er sich so leicht,
Es wird dem blinden Sänger die Harfe dargereicht;
Wild greift er in die Saiten und betet: O fürwahr,
Jetzt endlich laß mich rächen, was Dir und mir geschah.

Dann hebt er seine Stimme, sie tönt so wild, so laut,
Daß es den tausend Feinden bei solchem Singen graut,
Es schweigt das Hohngelächter, des Volkes roher Scherz,
Der Simson ist der Sänger, drum bebet jedes Herz.

„Ein Danklied soll ich singen! nun denn, wohlan, es sei:
Ich preise Euren Götzen für meine Sclaverei;
Des Dankes Flamme lodert, erhellt die ew'ge Nacht,
Zu der ihr mich verdammtet, als ihr mich blind gemacht."

„Des Dankes Flamme lodert, begeistert meine Brust,
Ich werde meiner Sendung auf's Neue mir bewußt;
Euch Alle zu vernichten, was ich umsonst erstrebt,
Die Hoffnung, der Gedanke ist wieder aufgelebt."

„Nicht als den starken Simson, das Schwerdt in meiner Hand,
Hat mich der Gott der Götter als Rächer hergesandt;
Gefangen und erblindet, so sollt' ich vor Euch stehn,
Durch den verhöhnten Sänger läßt er Euch untergehn."

Weit schleuderte der Riese die Harfe von sich fort;
Des Volkes Menge fliehet entsetzt den Schreckensort, —
Zu spät, — zwei Säulen wanken — ein Krachen und ein Schrein,
Und alle sind begraben; — der Tempel stürzte ein.

Anna Boleyn.

Geschichtliche Erzählung von Eva Müller.

(Fortsetzung.)

7.

In stiller Zurückgezogenheit verlebte unterdessen Elisabeth ihre Tage bei Annens alternden Vater. Eduard sah sie oft, war sie doch die Einzige, mit der er von Annen und seiner Liebe zu ihr sprechen konnte; auch ward ihm das Mädchen selbst mit jedem Tage werther. Er hatte sie früher in Annens blendender Gegenwart nie so beachtet, und lernte erst jetzt ihren liebenswürdigen, trefflichen Charakter, ihr ächt weibliches Gemüth kennen und schätzen. Mit unendlicher Geduld ertrug sie die Launen des kränklichen Oheims, gegen die Anna sich manchmal in ihrer Lebhaftigkeit heftig aufgelehnt hatte; mit milder Hand trocknete sie die Thränen der Leidenden, und war der schützende Engel aller ihrer Umgebungen. Zwar konnte Eduard nie begreifen, warum sie, die gegen Alle so theilnehmend und freundlich war, gerade gegen ihn, obgleich er sich ihr vertrauungsvoll nahte, immer eine kalte, scheue Zurückgezogenheit offenbarte; doch tröstete er sich mit dem Gedanken, durch seine aufrichtige Ergebenheit die Abneigung, die sie gegen ihn zu hegen schien, nach und nach zu besiegen.

Elisabeth bekam öfters Nachricht von Annen, aber sie konnte die ungleiche Stimmung, die in den Briefen derselben herrschte, und die ihr ganz fremd an der Freundin war, nicht begreifen. Bald sprach sich darin eine Fröhlichkeit aus, wie sie Anna selbst in den glücklichsten Tagen nicht gezeigt hatte, bald wieder eine tiefe Trauer, die gar nicht zu ihrem heitern, sorgenlosen Gemüth paßte. Eduard's erwähnte sie nur selten, und immer mit einer gewissen Scheu, die Elisabeth besorgt machte; doch ahnte der junge Mann nichts von dieser Besorgniß, denn Elisabeth brachte ihm nur immer freundliche Grüße von der Geliebten, sie konnte es nicht über sich gewinnen, seine glückliche Täuschung mit kalter Hand zu zerstören.

Seit langer, langer Zeit hatte Elisabeth nun keine Kunde mehr von Annen erhalten. Sie hoffte, daß es ihr wohl gehe; doch die geheime Ahnung eines herannahenden Unglücks, das Annen betreffen

Titelseite des ›Berliner Figaro‹ vom 6. Februar 1840.

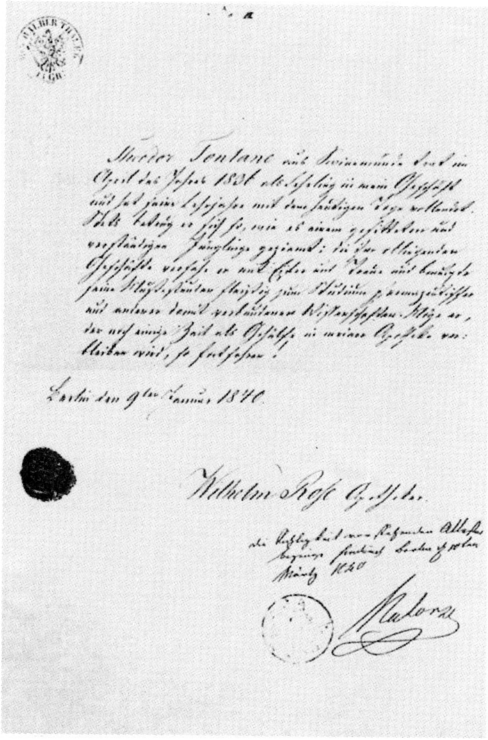

Theodor Fontane aus Swinemünde trat im April des Jahres 1836 als Lehrling in mein Geschäft und hat seine Lehrjahre mit dem heutigen Tage vollendet. Stets betrug er sich so, wie es einem gesitteten und verständigen Jünglinge geziemt; die ihm obliegenden Geschäfte versah er mit Eifer und Treue und benutzte seine Mußestunden fleißig zum Studium pharmazeutischer und anderer damit verwandten Wissenschaften. Möge er, der noch einige Zeit als Gehülfe in meinem Geschäfte verbleiben wird, so fortfahren!

Berlin den 9ten Januar 1840.

Wilhelm Rose Apotheker.

Die Richtigkeit vorstehenden Attestes bezeugt [illegible] Berlin d. 10ten März 1840

[illegible]

Theodor Fontanes Lehrzeugnis von Wilhelm Rose.

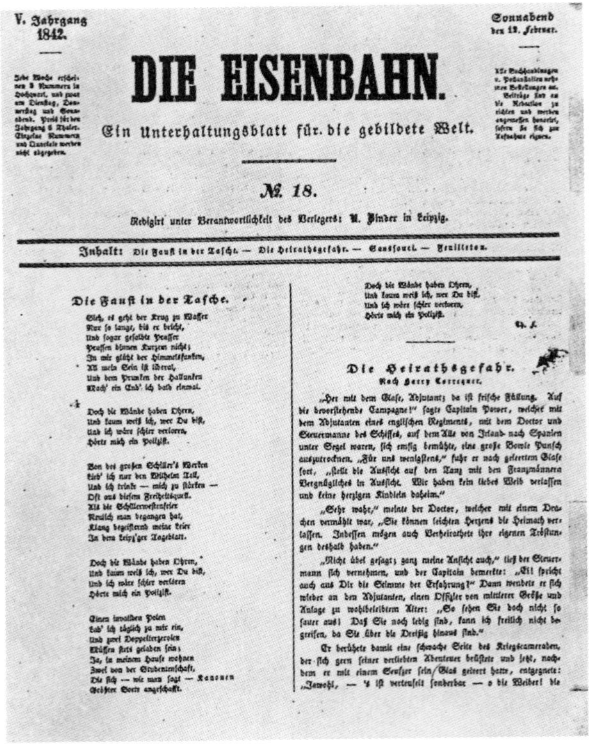

V. Jahrgang 1842.

Jede Woche erscheinen 3 Nummern in Hochquart, und zwar am Dienstag, Donnerstag und Sonnabend. Preis für den Jahrgang 6 Thaler. Einzelne Nummern und Quartale werden nicht abgegeben.

Sonnabend den 12. Februar.

Alle Buchhandlungen u. Postanstalten nehmen Bestellungen an. Beiträge sind an die Redaction zu richten und werden angemessen honorirt, sofern sie sich zur Aufnahme eignen.

DIE EISENBAHN.

Ein Unterhaltungsblatt für die gebildete Welt.

№ 18.

Redigirt unter Verantwortlichkeit des Verlegers: A. Binder in Leipzig.

Inhalt: Die Faust in der Tasche. — Die Heirathsgefahr. — Sanssouci. — Feuilleton.

Die Faust in der Tasche.

Sieh, es geht der Krug zu Wasser
Nur so lange, bis er bricht,
Und sogar gesalbte Pfaffen
Pfaffen binnen Kurzem nicht;
In mir glüht der Himmelsfunken,
All mein Sein ist liberal,
Und dem Prunken der Halunken
Mach' ein End' ich bald einmal.

Doch die Wände haben Ohren,
Und kaum weiß ich, wer Du bist,
Und ich wäre schier verloren,
Hörte mich ein Polizist.

Von des großen Schiller's Werken
Lieb' ich nur den Wilhelm Tell,
Und ich trinke — mich zu stärken —
Oft aus diesem Freiheitsquell.
Als die Schillerwestenfeier
Neulich man begangen hat,
Klang begeisternd meine Leier
In dem Leipz'ger Tageblatt.

Doch die Wände haben Ohren,
Und kaum weiß ich, wer Du bist,
Und ich wäre schier verloren
Hörte mich ein Polizist.

Einen invaliden Polen
Lud' ich täglich zu mir ein,
Und zwei Doppelterzerolen
Müssen stets geladen sein;
Ja, in meinem Hause wohnen
Zwei von der Studentenschaft,
Die sich — wie man sagt — Kanonen
Größter Sorte angeschafft.

Doch die Wände haben Ohren,
Und kaum weiß ich, wer Du bist,
Und ich wäre schier verloren,
Hörte mich ein Polizist.

H. F.

Die Heirathsgefahr.

Nach Harry Lorrequer.

„Her mit dem Glase, Adjutant; da ist frische Füllung. Auf die bevorstehende Campagne!" sagte Capitain Power, welcher mit dem Adjutanten eines englischen Regiments, mit dem Doctor und Steuermanne des Schiffes, auf dem Alle von Irland nach Spanien unter Segel waren, sich emsig bemühte, eine große Bowle Punsch auszutrocknen. „Für uns wenigstens," fuhr er nach geleertem Glase fort, „stellt die Aussicht auf den Tanz mit den Franzmännern Vergnügliches in Aussicht. Wir haben kein liebes Weib verlassen und keine herzigen Kindlein daheim."

„Sehr wahr," meinte der Doctor, welcher mit einem Drachen vermählt war, „Sie können leichten Herzens die Heimath verlassen. Indessen mögen auch Verheirathete ihre eigenen Tröstungen deshalb haben."

„Nicht übel gesagt; ganz meine Ansicht auch," ließ der Steuermann sich vernehmen, und der Capitain bemerkte: „Ei! spricht auch aus Dir die Stimme der Erfahrung!" Dann wendete er sich wieder an den Adjutanten, einen Offizier von mittlerer Größe und Anlage zu wohlbeleibtem Alter: „So sehen Sie doch nicht so sauer aus! Daß Sie noch ledig sind, kann ich freilich nicht begreifen, da Sie über die Dreißig hinaus sind."

Er berührte damit eine schwache Seite des Kriegscameraden, der sich gern seiner verliebten Abenteuer brüstete und jetzt, nachdem er mit einem Seufzer sein Glas geleert hatte, entgegnete: „Jawohl, — 's ist verteufelt sonderbar — o die Weiber! die

»Die Faust in der Tasche«. Druck in »Die Eisenbahn« vom 12. Februar 1842.

Bernhard von Lepel (1818-1885).

Apotheke erlebt. Neben seiner Arbeit hatte er Gedichte geschrieben, ein Epos geplant und einen Roman mit dem reißerischen Titel ›Du hast Recht getan‹ begonnen. Er wußte nicht, sollte er sich der Literatur verschreiben, oder weiterhin Apotheker bleiben. Schließlich siegte sein Sinn für Realität, und er begann seine Wanderjahre. »Im Herbst 1840 verließ ich Berlin und ging zunächst nach Burg, einer ansehnlichen Stadt, von der trotzdem ›niemand nichts weiß‹. Oder doch nicht viel. Die Nähe Magdeburgs hat es von Anfang an in den Schatten gestellt. [...] Ich schwärmte damals, wie für Lenau, so auch für Anastasius Grün, und in starker Anlehnung an die ›Spaziergänge eines Wiener Poeten‹ hatte ich meinen Aufenthalt in Burg in den denkbar stattlichsten und zugleich von kleinen Nichtsnutzigkeiten strotzenden achtfüßigen Trochäen besungen.« Bereits Ende des Jahres kehrte er wieder nach Berlin zurück, aber eine ernste Erkrankung veranlaßte ihn, nach Letschin zu den Eltern zu gehen. Erst im März 1841 fühlte er sich soweit wieder hergestellt, daß er am 1. April in die Leipziger Hofapotheke des Dr. Neubert eintreten konnte.

»Das Neubertsche Haus lag in der Hainstraße, so daß ich, um dorthin zu gelangen, den echtesten und schönsten Teil von Leipzig, die Grimmasche Gasse und den Rathausplatz zu passieren hatte. Mein Gepäckträger ging neben mir und machte in gutem Sächsisch den Führer. Ich war ganz benommen und möchte behaupten, daß, soweit Architektur und Stadtbild in Betracht kommen, nichts wieder in meinem Leben einen so großen, ja komisch zu sagen, einen so berauschenden Eindruck auf mich gemacht hat wie dieser in seiner Kunstbedeutung doch nur mäßig einzuschätzende Weg vom Post- und Universitätsplatz bis in die Hainstraße. Die Sache findet darin ihre Erklärung, daß ich, außer einer Anzahl märkischer und pommerscher Nester, in denen ich meine Kinderjahre verbracht hatte, bis zu jener Stunde nichts von der Welt kannte wie unser gutes Berlin, das mir von allen echten Berlinern immer als der Inbegriff städtischer Schönheit geschildert worden war. Und nun! Welcher Zusammenbruch.«

Morgens, vor dem Beginn seiner Arbeit in der Apotheke, fand er Zeit, in einem der zahlreichen Gartenlokale in den dort ausliegenden Journalen und Zeitschriften zu blättern. »Die Journale paßten genau zu mir, waren mir um einen Schritt voraus, und von einer derartigen Lektüre hat man viel viel mehr, als von solcher, die einem über den Kopf geht. Es ist ein Unsinn, jungen Leuten immer mit dem ›Besten‹ zu kommen. Man hat sich in das Beste hineinzuwachsen, und das dauert oft recht lange. Schadet auch nichts. Vor allem ist es ganz unnatürlich, mit Goethe zu beginnen. Ich bin glücklich, mit Freiligrath begonnen zu haben.«

In Leipzig lernte er Redakteure und Verleger kennen, und bald erschienen seine Gedichte im ›Leipziger Tageblatt‹ und in ›Die Eisenbahn‹, einem Unterhaltungsblatt für die gebildete Welt. »Zwanzig Jahr alt kam ich nach Leipzig. Mit jener nur der Jugend eigenen Unverwüstlichkeit, setzte ich es durch, bei Tage Geschäftsmann, bei Nacht ein Mittelding von Student und Literat zu sein. [...] Burschenschafter, so wie Schriftsteller siebenten Ranges wurden mein Umgang. Zahlungsunfähige Buchhändler standen im Hintergrunde und tauschten gegen jammervolle Schmeichelein wahre Massen von pathetischen Freiheitsgedichten ein. Einer, mein besondrer Protektor bot mir die Redaktion eines belletristischen Blattes an und ich, ehrlich genug, um auch Andre für ehrlich zu halten, schlug ein, kündigte meine Stellung, und war fest entschlossen, wie fast jeder Zweiundzwanzigjährige, der das Leipziger Pflaster tritt, ›unter die Literaten zu gehn‹, Gnädige Götter hatten es anders bestimmt.«

Im Frühjahr 1842 gab er wegen einer langwierigen rheumatischen Krankheit seine Stellung in der Neubertschen Apotheke auf. Da auch Onkel August und seine Frau seit einiger Zeit in Leipzig lebten, fand er bei ihnen Unterkommen und auch Pflege. Er schloß Bekanntschaften in den unterschiedlichsten Ständen: Studenten, Ärzte, Journalisten und Schriftsteller. Darunter auch mit dem ein Jahr jüngeren aus Odessa stammenden Wilhelm Wolfsohn, der sich auf eine Promotion über russische Dichtung vorbereitete und mit dem neunzehnjährigen Max Müller, Sohn des bekannten Liederdichters Wilhelm Müller (1797-1827), der Sprachwissenschaften studierte und später nach Oxford ging.

Im Sommer fühlte Fontane sich wieder gesünder und bewarb sich in Dresden bei der Salomonis-Apotheke des Dr. Gustav Struve. »Dieser Eintritt erfolgte denn auch und wurde von mir wie der Gewinn des großen Loses angesehen. Nicht ganz mit Unrecht. Struve galt für absolute Nummer eins in Deutschland, ich möchte fast sagen in der Welt, und verdiente diesen Ruf auch. Ich verbrachte da ein glückliches Jahr, wenn auch nicht ganz so vergnüglich wie das in Leipzig. Es war alles vornehmer, aber zugleich auch steifer.«

Die Verbindung zu den zahlreichen Freunden und Bekannten in Leipzig blieb bestehen, und er veröffentlichte weiterhin Gedichte in ›Die Eisenbahn‹, später auch Korrespondenzen, darunter eine Besprechung des ›Hamlet‹ mit Emil Devrient am Dresdner Hoftheater. »... der Tag selbst gehörte mit verschwindenden Ausnahmen dem an, für das ich da war und für das ich bezahlt wurde. Ja mehr, ich setzte meine Ehre darin, alles Dahingehörige nach bestem Vermögen zu tun und segnete die Tage, wo's so viel Arbeit gab, daß ich an andre Dinge gar nicht denken konnte. Je mehr, desto besser. Das war dann keine Qual, das war eine Lust und wenn die Arbeitsstunden hinter mir lagen, konnt' ich die Freistunden um so freier genießen, je mehr ich das Gefühl hatte, vorher meine Schuldigkeit getan zu haben.«

Aus den Dresdner Tagen haben sich zwei Bildnisse des damals Dreiundzwanzigjährigen erhalten: ein Aquarell des aus Erlangen stammenden David Ottensooser, das Fontane Wilhelm Wolfsohn schenkte und eine Kreidezeichnung von Hermann Karl Kersting. Dessen Bruder Richard war Lehrling in der Apotheke, und beide waren Söhne des weithin geschätzten Malers Georg Friedrich Kersting (1785-1847), der seit Jahren der Malerabteilung der Meißner Porzellanmanufaktur vorstand. »Fontane ist ein prächtiger Kerl, der mit seinem scharfen Verstand, hellen Geist und glühender Phantasie weit über mir steht«, schrieb Richard Kersting seinem Bruder, »er liebt auch das Schöne und strebt nach dem Guten, aber sonst ein kurioser Kautz. Um Wissenschaft kümmert er sich gar nicht, Charakter habe ich noch nicht viel bemerkt, und daher sind seine Grundsätze schwankend, ohne inneren Halt. Er verteidigt nicht selten die niederträchtigsten Maximen, aber nicht eigentlich weil sie die seinen sind, sondern weil es ihm Gelegenheit gibt, seinen Scharfsinn glänzen zu lassen.«

Frühjahr 1843 verließ Fontane Dresden, suchte noch einmal Leipzig auf und trat dann in die Apotheke des Vaters in Letschin ein. »Hier kam ich auf die tolle Idee, meine Schulstudien wieder aufzunehmen, um nach absolviertem Examen irgend etwas zu studieren. Am liebsten Geschichte. Voll Eifers ging ich dann auch auf Latein und Griechisch aufs neue los und wer weiß wie viel Müh' und Arbeit – denn es wäre schließlich doch nichts geworden – ich damit vergeudet hätte, wenn ich nicht durch mein Militärjahr, das abzumachen höchste Zeit war, davor bewahrt geblieben wäre. [...] Dieser Termin war jetzt vor der Tür. Ich warf also Horaz und Livius, womit ich mich – nur dann und wann an Macbeth und Hamlet mich aufrichtend – ein halbes Jahr lang gequält hatte, froh an die Wand und machte mich nach Berlin auf den Weg.«

Am 1. April 1844 meldete er sich beim zweiten Bataillon des Kaiser-Franz-Regiments, das in der Neuen Friedrichstraße kasernierte. Sein Schulabschluß gab ihm das Vorrecht der nur einjährigen freiwilligen Dienstzeit. Bei ›Kaiser Franz‹ traf er als Vorgesetzten: »Bernhard von Lepel, zu dem ich schon seit fast vier Jahren in freundschaftlichen Beziehungen stand. Es tut das aber nicht gut, einen Freund und Dichtergenossen als Vorgesetzten zu haben. An ihm freilich lag es nicht; ich meinerseits machte Dummheiten über Dummheiten [...]«

Bernhard von Lepel (* 27. 5. 1818) wollte zunächst Maler werden, mußte jedoch der Familientradition nach zum Militär gehen. Als junger Leutnant trat er 1839 in den literarischen Verein ›Tunnel über der Spree‹ ein. Kurz darauf lernte er Fontane kennen, den er im Herbst 1843 als Gast beim ›Tunnel‹ einführte. Das verbindende Glied ihrer Freundschaft war die Poesie. Sie lasen sich ihre Gedichte vor und diskutierten deren Formen und Themen. »Gleich in den ersten Jahren unserer Bekanntschaft hatten wir uns in dem Satz gefunden: ›alle Geschehnisse hätten nur insoweit Wert und Bedeutung für uns, als sie uns einen Stoff abwürfen.‹« Lepel war nicht nur ein poetischer Freund. »Durch länger als vierzig Jahre habe ich nur Wohlwollen von ihm erfahren; kleine störende Dinge, die sich ab erziehen lassen, hat er mir ab erzogen, wofür ich ihm bis diese Stunde dankbar bin, und wieder andere Dinge, kleine und große, weil er sah, ›die sitzen tief‹, hat er sein Lebelang mit Nachsicht an mir beurteilt.« Über vier Jahrzehnte bis zum Tode Lepels 1885 währte ihre Freundschaft.

Der ›Tunnel‹, in den Lepel Fontane einführte, war 1827 als »Literarischer Sonntags-Verein« unter dem Namen »Tunnel über der Spree« gegründet worden. Der Name war eine Anspielung auf den Bau eines Tunnels »unter« der Themse, der, lange geplant, dann 1843 eröffnet worden war. Man traf sich sonntags in einem Berliner Kaffeelokal. »Die Tendenz des Vereins ist es«, so bestimmten die Statuten, »in einem heitern, geselligen Zusammensein productiv-künstlerische Thätigkeit zu fördern, und durch freundlich-ernste Beurtheilung der gelieferten Arbeiten sowohl den Arbeitenden das Fortschreiten auf einem richtigen Wege zu erleichtern, als in sämmtlichen Mitgliedern einen reinern ästhetischen Geschmack zu erhalten und auszubilden.« Die Mitglieder: Offiziere, Beamte, Studenten, junge Kaufleute, kamen aus den verschiedensten Gesellschaftsschichten, und fast alle waren »dilettierende« Poeten:

> Natürlich Dichter. Blutjunge Ware:
> Studenten, Leutnants, Refrendare.
> Rang gab's nicht, *den* verlieh das »Gedicht«.

Politische Debatten waren untersagt, und jedes Mitglied erhielt einen Übernamen, einen »nom de guerre«. Das überspielte die unterschiedlichen Lebensstellungen und sozialen Ebenen; der Fähnrich konnte mit dem General, der Kaufmann mit dem Minister sprechen und kritisch diskutieren.

Für Fontane war der »Tunnel« ein Glücksfall. In ihm fand er ein Auditorium, in dem er Zustimmung, aber auch Kritik erfuhr. Der »Tunnel« wurde ein gesellschaftliches Netz für ihn, denn viele Tunnelfreunde konnten ihm durch ihre Stellung, ihre Verbindungen und durch Rat und Fürsprache helfen.

Erst wenige Wochen Soldat, mußte er auf »Königswache« und zog vor der »Neuen Wache« in der Straße »Unter den Linden« zwischen Universität und Zeughaus auf. Hier besuchte ihn sein Jugendfreund und Mitpensionär bei Onkel August, Hermann Scherz, mit dem zusammen er die Gewerbeschule besucht hatte. Dessen Vater besaß das Gut Kränzlin vor den Toren Neuruppins. Scherz lud ihn zu einer kurzen Reise nach London ein. Fontane erhielt Urlaub, und am 25. Mai fuhren sie mit der Bahn bis Magdeburg, danach per Schiff die Elbe hinab bis Hamburg und von dort mit einem Fährschiff bis London. Ein sehnsüchtig erträumter Wunsch war in Erfüllung gegangen. »Seit Jahren blickt' ich auf England wie die Juden in Ägypten auf Kanaan. Ich kann mich dabei des komischen Gedankens nicht erwehren, daß Scherz auf die Weise mein Moses geworden ist.« Das Erlebnis dieser Tage hat er niemals vergessen. »London hat einen unvertilgbaren Eindruck auf mich gemacht; nicht sowohl seine Schönheit als seine Großartigkeit hat mich staunen lassen. Es ist das Modell oder die Quintessenz einer ganzen Welt.« Er fuhr kreuz und quer durch London, sah den »Tunnel *unter* der Themse«, war aber enttäuscht. »Großen Eindruck macht immer nur das, was einen Moment auf die Sinne fällt, man muß die Größe direkt *fühlen*; ist man aber gezwungen, sich diese Größe erst herauszurechnen, kommt man erst auf Umwegen und mit Hülfe von allerlei Vorstellungen zu der Erkenntnis: ›ja wohl, das ist eigentlich was Großes‹, so ist es um die Wirkung geschehen.«

In diesen Londoner Tagen empfand er, was Jahrzehnte später Woldemar von Stechlin in sein Tagebuch schreibt: »und an der Themse wächst man sich anders aus als am

Oben: Der »Themse-Tunnel« in London.
Unten: Das Krankenhaus Bethanien in Berlin.
Zeitgenössischer Stich.

Theodor Fontane, gezeichnet von J. W. Burford in London 1844.

Emilie Fontane.
Pastell von Th. Hillwig, 1848.

›Stechlin‹.« Für »Stechlin« hätte er auch »Spree«, »Havel«, »Ruppiner See« oder vielleicht »Berlin« schreiben können.

Am 9. Juni 1844 war Fontane wieder Grenadier bei den »Franzern« in Berlin, und Ende September wurde er mit dem Beinamen »Lafontaine« im »Tunnel«, in dem er seit Jahren ein gerngesehener Gast war, als ordentliches Mitglied aufgenommen: eine für ihn entscheidende Wegestellung: »In meinem zwanzigsten Jahre kam ich nach Leipzig, was mir damals gleichbedeutend war mit Himmel und Seligkeit. Es kam die Herweghzeit. Ich machte den Schwindel gründlich mit, und das Historische schlug ins Politische um. Dem vielgeschmähten Tunnel verdank' ich es, daß ich mich wiederfand und wieder den Gaul bestieg, auf den ich nun mal gehöre.«

Am 1. April 1845 endete seine Dienstzeit, er war wieder Zivilist. Zunächst ging er nach Letschin und arbeitete in der väterlichen Apotheke. Im Sommer trat er dann eine neue Stellung in der »Polnischen Apotheke« des Dr. Julius Eduard Schacht in Berlin an. Auch Onkel August lebte mit seiner Frau wieder in Berlin in der Dorotheenstraße, und Fontane konnte bei ihnen wohnen.

Zur selben Zeit war der zehn Jahre jüngere Apothekersohn Friedrich Witte aus Rostock Lehrling in der Apotheke. Mit ihm schloß Fontane eine Freundschaft, die nach der späteren Heirat Wittes mit der Tochter seines Prinzipals, mit Anna Witte, bestehen blieb und beide Familien verband.

Friedrich Witte gründete später in seiner Heimatstadt Rostock ein angesehenes pharmazeutisches Unternehmen, 1878 zog er als Abgeordneter in den Reichstag.

Fontane führte sein »zweigleisiges« Leben als Apotheker und Poet weiter, traf mit den Freunden im »Tunnel« zusammen, diskutierte mit Lepel poetische Fragen und konnte einige seiner Gedichte in Cottas »Morgenblatt für Gebildete

Leser« veröffentlichen, das als besonders »feine Adresse« galt. »Cotta (das gelobte Land der Poeten, das die meisten sehen, aber nicht erreichen dürfen)...«

Nach fast zehn Jahren traf er in Berlin Emilie Rouanet wieder, die er von seiner Schüler- und Pensionärszeit bei Onkel August kannte. »Die Kleine, mittlerweile neunzehn Jahre alt geworden, war total verändert. [....] Alles in allem, beweglich und ausgelassen, vergnügensbedürftig und zugleich arbeitsam, war sie der Typus einer jungen Berlinerin, wie man sie sich damals vorstellte. [...] Wir nahmen den alten herzlichen Ton gleich wieder auf und die Leute wußten bald, was daraus werden würde.«

Anfang Dezember feierte Onkel August seinen Geburtstag, und auch Emilie war eingeladen. Da Fontane Dienst in der Apotheke hatte, konnte er erst am späten Abend kommen. Für den Rückweg bat ihn Emilie um seine Begleitung. Beide gingen die lange Friedrichstraße nordwärts, und während dieses Spazierganges meinte Fontane, nun wäre es Zeit sich zu verloben. »Es war wenige Schritte vor der Weidendammer Brücke, daß mir dieser glücklichste Gedanke meines Lebens kam und als ich die Brücke wieder um eben so viele Schritte hinter mir hatte, war ich denn auch verlobt. Mir persönlich stand dies fest. Weil sich aber die dabei gesprochenen Worte von manchen früher gesprochenen nicht sehr wesentlich unterschieden, so nahm ich plötzlich, von einer kleinen Angst erfaßt, zum Abschied noch einmal die Hand des Fräuleins und sagte ihr mit einer mir sonst fremden Herzlichkeit: Wir sind aber nun *wirklich* verlobt.«

Nie hat er die »Verlobung auf der Brücke« vergessen. In seinem letzten Roman *Der Stechlin* schildert er eine ähnliche, aber »seitenverkehrte« Situation. Woldemar von Stechlin wird nach einem abendlichen Besuch bei den Barbys von Armgard, der jüngeren der beiden Schwestern, zur Tür begleitet.

»Woldemar fühlte, daß er etwas sagen müsse. ›Welche liebenswürdige Schwester Sie haben.‹

Armgard errötete. ›Sie werden mich eifersüchtig machen.‹

›Wirklich, Komtesse?‹

›Vielleicht... Gute Nacht –‹«

Kurz darauf gesteht Armgard ihrer älteren Schwester Melusine:

»›Ich weiß nicht, aber ich glaube fast...‹

›Nun was?‹

›Ich glaube fast, ich bin verlobt.‹ –«

Im Sommer des folgenden Jahres 1846 schied Fontane aus der Schachtchen Apotheke. Er lebte in Berlin und zeitweise in Letschin und bereitete sich auf das Staatsexamen vor, welches ihm Erwerb und Führung einer Apotheke erlauben würde. »Die Aussicht auf ein Examen macht niemals guter Laune; bei mir kommt noch das Unsichere des Ausganges und die Abneigung gegen die botanischen Studien hinzu, um meine Stimmung zu verschlechtern«, gestand er Lepel.

Ausgleich bot in diesen Wochen der »Tunnel«. Dort waren die Freunde trotz ihrer konservativen Einstellung liberal und tolerant genug, seine vormärzlichen Gedichte anzuhören. Da Fontane sich aber seinen bisherigen Ansichten nicht unbedingt verpflichtet fühlte, wechselte er die Themen und wandte sich der Ballade mit historischen Stoffen zu. Bereits im Oktober las er mit großem Erfolg die erste seiner »Preußen-Balladen«, den *Alten Dörflinger*. Die Themen waren nicht neu, neu war seine Art, den Stoff zu gestalten, sie war zupackend, knapp, eingängig und anekdotisch.

Joachim Hans von Zieten,
Husaren-General
Dem Feind die Stirne bieten,
Er tat's wohl hundert Mal;
Sie haben's all erfahren,
Wie er die Pelze wusch
Mit seinen Leibhusaren,
Der Zieten aus dem Busch.

»Meine Aufgabe beim Niederschreiben aller dieser Gedichte war nur die, den poetischen Ausdruck für das zu finden, was bereits im Munde des Volkes lebt, und in *diesem* bescheidenen Sinne wag' ich sie volkstümlich zu nennen.«

Die *Preußenlieder* wie »Der alte Dessauer«, »Der alte Zieten«, »Seydlitz«, »Schwerin« und »Keith« fanden schnell ihren Weg. Das »Morgenblatt für Gebildete Leser« druckte sie im Frühjahr 1847, wenn auch teilweise ohne Namensnennung, so jedoch für Honorar. 1850 wurden sie unter dem Titel *Männer und Helden* separat gedruckt, und 1852 nahm Fontane sie in das vom ihm herausgegebene »Deutsche Dichter-Album« auf.

In den ersten Märzwochen 1847 ging er zum alten Professor Heinrich Link, um sein Examen zu machen. »Er sah wohl, daß ich nur gerad' einen Schimmer davon hatte und mit diesem Schimmer alles zu vergolden trachtete. Das amüsierte ihn und so gab er mir denn ein leidliches, will also sagen unverdientes Zeugnis. Ich hatte Glück gehabt.« Von Jugend auf hatte Fontane ein besonderes Verhältnis zum »Glück«. Immer wieder fand er bei allen Schwierigkeiten doch »allerlei Glück« – so hieß später ein dann doch nicht vollendeter Roman. – Als er im letzten Jahrzehnt seines Lebens seine Kindheit beschrieb, erinnerte er sich an das schönste seiner

Spiele, an das Schaukeln: »Dabei quietschten die rostigen Haken und alles drohte zusammen zu brechen. Aber das gerade war die Lust, denn es erfüllte mich mit dem wonnigen und allein das Leben bedeutenden Gefühle: Dich trägt dein Glück.«

Sein Examen bestand er mit »gut«, und als »Apotheker Erster Klasse« war er nun berechtigt, eine Apotheke zu erwerben und zu leiten. In Frankfurt an der Oder hätte er eine kaufen können, aber ihm fehlte das Kapital dazu. So blieb nur wieder eine Stellung. Diesmal war es die Jungsche Apotheke »Zum schwarzen Adler« im Nordosten Berlins. Die Gegend war schon »vorstädtisch«, kleine Kaufleute, Handwerker und Arbeiter mit vielen Kindern bildeten die Kundschaft. Der Besitzer entstammte der Kolonie und hieß eigentlich Le Jeune. »Es ließ sich ganz gut mit ihnen leben, so weit ein Verirrter, der das Unglück hatte, sich für ›Percy's Reliques of ancient English Poetry‹ mehr als für Radis Sarsaparillae zu interessieren, mit Personen von ausgesprochener Bourgeoisgesinnung überhaupt gut leben kann.« Dem »Morgenblatt« hatte er, wenn auch vergeblich, sein episches Gedicht *Von der schönen Rosamunde* angeboten, und zwischen Resignation und Überzeugung schwankend, schrieb er an Wolfsohn: »...ich bin jetzt von meinem *Recht* durchdrungen, ein Gedicht zu machen; das mag Dir andeuten, daß ich ein Anderer geworden bin. Du lächelst vielleicht; du frägst, worauf sich dieses Selbstvertrauen stützt, und lächelst wieder, wenn ich sage, *das fühlt sich.*«

Das Jahr 1848 brachte andere Probleme. Bis nach Süddeutschland, Wien, Hessen und Preußen drangen die Ideen der Pariser Märzrevolution. In Berlin wurden Barrikaden errichtet, die Bürger bewaffneten sich, und am 18. März kam es auf dem Schloßplatz zu blutigen Kämpfen. »Die Straße wirkte wie gefegt und nur an den Ecken war man mit Barrikadenbau beschäftigt, zu welchem Zweck alle herankommenden Wagen angehalten und umgestülpt wurden.«

Tags darauf, am 19. März, wurden die Truppen zurückgezogen, zwei Tage später fand der »Umritt« des Königs statt, der eine schwarz-rot-goldene Armbinde trug. Fontanes Vater war in die Stadt gekommen, und beide spazierten über die »Linden«.

»Du hast Glück, Papa, jetzt erleben wir was.«

Und richtig, hart an der Stelle, wo wir standen, hielt der Zug und an die rasch sich mehrende Volksmenge richtete jetzt der König seine so berühmt gewordene Ansprache, drin er zusagte, sich, unter Wahrung der Rechte seiner Mitfürsten, an die Spitze Deutschlands stellen zu wollen. Der Jubel war ungeheuer. Dann ging der Ritt weiter.

Als der Zug vorbei war, sagte mein Vater: ›Es hat doch ein bißchen was Sonderbares, ... so rumreiten... Ich weiß nicht...‹

Eigentlich war ich seiner Meinung. Aber es hatte mir doch auch wieder imponiert und so sagt' ich denn: ›Ja, Papa, mit dem Alten ist es nun ein für allemal vorbei. So mit Zugeknöpftheiten, das geht nicht mehr. Immer an die Spitze...‹

›Ja, ja.‹«

Die Kräfte der Reaktion formierten sich, und im Juli erschien die erste Ausgabe der »Neuen Preußischen Zeitung«, die, da sie im Kopf das »Eiserne Kreuz« führte, allgemein »Kreuzzeitung« genannt wurde. Zehn Jahre später wurde Fontane ihr Mitarbeiter als Redakteur des »englischen Artikels«.

Doch jetzt – 1848 – sah er in eine ungewisse Zukunft. Da bot sich ihm eine unerwartete Sinekure. »Ein Sonnenstrahl des Glücks hat mich getroffen. Ich bin in Bethanien bei *freier*

Die Innenstadt Berlins. Ausschnitt aus einem Plan um 1890.

1 *Luisenstraße: Nr. 12: Fontanes Wohnung 1845; Nr. 35: ab 1851*
2 *Verlobung auf der Weidendammer Brücke, 1845*
3 *In der »Polnischen Apotheke« 1845/46*
4 *Behrenstraße 44: Verlag von Wilhelm Hertz*
5 *Behrenstraße 70: hier wohnte Mathilde von Rohr*
6 *Schauspielhaus am Gendarmenmarkt*
7 *Königgrätzerstraße: Fontanes Wohnung von Oktober 1863 bis 1872*
8 *Potsdamer Straße 134c: Fontanes Wohnung ab 1872*
9 *Dessauerstraße: Redaktion der Kreuz-Zeitung*
10 *Puttkamerstraße 6: Wohnung der Eheleute Fontane ab 1850*

Kas.
Ziegel
Klinik
Salz Fct
Mag.
Domst
Circus
Exerc. Hs.
Marien
Ebertis Br.
Weiden
Damm
Artiller.
Kas
Lehr. Fuhr
Bahnh. Friedr. Str.
Georgen
Markt Halle
Loge
Franz. Gym.
Dorothe
Kriegs Akad.
Min. d. Inn.
Mittel Str.
Kastan
Finz. Min.
Wache
Universit.
Fried. II.
Königs Pal.
Opern
Op. Hs.
Hedwigs K.
Pariser Pl.
Unter den Linden
Cultus Min.
Rosm. S.
Ob. Com. i. d. Mk.
Staats Min.
Behren
Justitz Min.
Französische
Gend.
Leih A.
Frz. K.
Schausp.
Mrkt.
Neue K.
Jäger
Tauben
Mohren
Kronen
Pr. Frd. Pal.
Minist. d. Kgl. Hs.
Reichs Kzl. A.
Auswart. Amt
Pal. d. Reichs Kz.
R. Justiz A.
Pr. Carl Pal.
Wilh. Pl.
Zieten
Dreif. K.
Feu. W.
R. Schat
Arb. M.
Admir.
Leipzigr. Platz
Leipziger
Krauser
Gen. Post Amt
Krieg Min.
Böhm. K.
Markt Halle
Schützen
Stemp. Fisc.
Jerus. Hp.
Ob. Bg. Hptm. Ks.
Zimmer
Real Elisb. Sch.
Kreis Ger.
Koch
Knst. Gewerb. Museum
Pr. Albrecht Pal.
Fr. Wilh. Gymn.
Berliner Th.
Walhal.
Bethlehm. Kp.
Puttkamer Str.
Anhaltische Str.
Gen. Sch.
Bessel
Enke Pl.
Louis. St.
Junker
Strasse
Dessauer
1
2
3
4
5
6
7
9
10

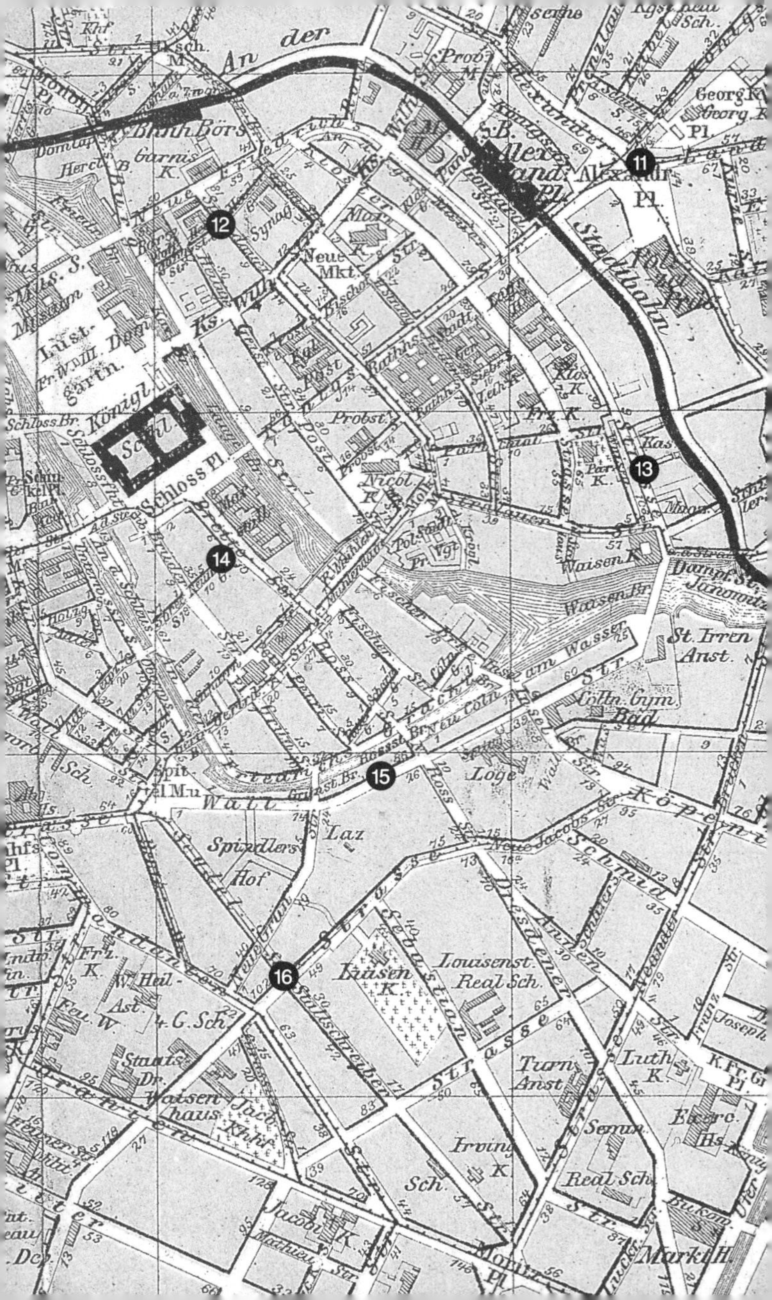

An der
Bhnh Börs
Garnis. K.
Neue Fr.
Börse
Synag.
Mus. S.
Museum
Lust-
Fr.W.III. Dom
gartn.
Königl.
Schl.
Schloss Br.
Schloss Pl.
Schinkel Pl.
Bau Akad.
Neue Mkt.
Mar. K.
Ks. Wilh.
Post
Rathhs.
Stadt. Ger.
Probst.
Nicol. K.
Kloster Str.
Klos. K.
Fr. K.
Par. K.
Parochial
Alexandr. Pl.
Alexand. Pl.
Stadtbahn
Georg. K.
Georg. Pl.
Pol. Präs.
Mar. stall
Breite Str.
Pol. Sädt. Vgt.
Waisen K.
Waisen Br.
Dampf. St.
Jannowitz
St. Irren Anst.
Cöln. Gym.
Bad
Neu Cöln
am Wasser
Loge
Köpenick
Gertraud
Spittel Mu.
Wall
Laz.
Spindlers Hof
Neue Jacobs Str.
Dresdener
Schmid
Louisenst. Real Sch.
Luisen K.
Sebastian
Neue Grün
Fri. K.
W. Heil. Ast.
Feu. W.
G. Sch.
Staats Dr.
Waisen haus
Jacob. Khf.
Jacobi. K.
Irving K.
Sch.
Turn Anst.
Semin.
Real Sch.
Luth. K.
K. Fr. Gr. Pl.
Exerc. Hs.
Markt H.
Moritz Pl.
Neander
Kommandanten
Ross
11
12
13
14
15
16

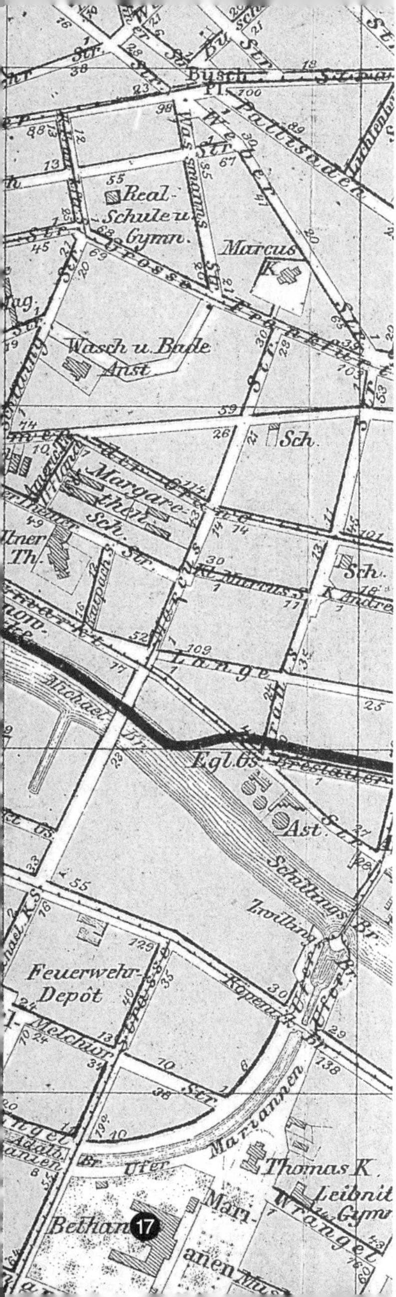

11 *Apotheke »Zum Schwarzen Adler« in der Neuen Königstraße, wo Fontane von 1847 bis 1848 arbeitete*
12 *Wilhelm Roses Apotheke »Zum weißen Schwan« in der Spandauer Straße – Fontanes Lehrstelle*
13 *Die Kaserne des Kaiser-Franz-Regiments in der Neuen Friedrichstraße*
14 *Breite Straße: Redaktion der »Vossischen Zeitung«*
15 *Wallstraße: Klödensche Gewerbeschule, in die Fontane Oktober 1833 eintrat*
16 *Alte Jakobstraße: Wohnung der Eheleute Fontane von 1862 bis 1863*
17 *Diakonissenanstalt Bethanien, in der Fontane von 1848 bis 1849 wohnte*

Von der

schönen Rosamunde.

Gedicht

von

Theodor Fontane.

Dessau,

Verlag von Moritz Katz.

1850.

»Von der schönen Rosamunde« von 1850.
Titelblatt der Erstausgabe

Wohnung und Station, mit 20 rth. monatlich angestellt. Nur während zweier Mittagsstunden hab' ich in der Apotheke zu arbeiten; die übrige Zeit ist mein«, schrieb er an Lepel, kündigte in der Jungschen Apotheke und zog am 15. September 1848 nach Bethanien, dem vor zwei Jahren eröffneten Diakonissenhaus im Südosten Berlins, um dort zwei Diakonissen auszubilden.

In Berlin spitzte sich die Lage zu, der König hatte General Wrangel nach Berlin beordert, und im November wurde der Belagerungszustand über die Stadt verhängt. »Ich will keine Republik, um sagen zu können, ich lebe in solcher«, schrieb Fontane aus Bethanien an Lepel. »Ich will ein freies Volk; Namen tun nichts zur Sache; ich hasse nicht die Könige, sondern den Druck den sie mit sich führen. Man spielt kein ehrliches Spiel, und darum will ich die Republik. Es gibt keine deutsche Einheit bei 37 Fürsten, und deshalb will ich sie noch einmal.«

Zu allen bisherigen Schwierigkeiten kam noch Anfang März 1849 eine Mitteilung, daß er zum zweiten Male Vater eines unehelichen Kindes geworden war. »Abgesehen von dem seelischen Katzenjammer, ruf' ich aus: ›Kann ich Dukaten aus der Erde stampfen ...‹«, klagte er Lepel, und gestand ihm: »Ich habe seit 4 Wochen keine Zeile geschrieben; es ist Mannigfaches, was hemmend auf mich wirkt, doch haben die politischen Kämpfe und Wirren nur geringen Teil daran. Hypochondrische Anfälle, halb melancholisches Brüten halb leidenschaftliches Auffahren, gewinnen immer mehr Macht über mich, so daß ich mitunter überhaupt an mir verzweifle, und an dem Poeten nun schon ganz unbedingt.«

Im Frühjahr war er fast so weit, daß er auswandern wollte, und er reimte: »Liebchen komm, vor dieser Zeit, der schweren, Schutz zu suchen in den Cordilleren.« Aber es blieb beim Gedankenspiel. »Ich gedenke auszuhalten: einmal weil ich noch hoffe, dann aber auch weil ich übersiedelnd in die neue Welt Bande zerreißen müßte, die mich mit meinem eigentlichsten Leben an unsre deutsche Erde fesseln.«

Im Sommer bot man ihm eine Apotheke an, aber auch diesmal konnte er die geforderte Summe nicht aufbringen, und im Herbst waren die schönen Tage von Bethanien vorbei. Er nahm sich ein möbliertes Zimmer und versuchte, sein Leben – wie er es nannte – auf den »Vers« zu stellen. »Kannst Du mir nicht sagen, mein lieber Lepel, warum ich zu gar nichts komme? Ich mache so geringe Ansprüche, und doch, – selbst das Kleinste wird mir verweigert [...] Es gibt mehr denn 2 Dutzend Posten zu denen ich nicht schlechter wie andre Menschenkinder zu verwenden wäre. Geschäftsführer einer Apotheke, Eisenbahnbeamter, Sekretär, Kalkulator, Registrator, Lehrer in Chemie, Geographie und Geschichte, Constabler-Wachmeister, Redakteur einer gesinnungslosen Zeitschrift, ministerieller Zeitungsleser und Berichterstatter, Billeteur eines Theaters, Bücher-Croupier in der Königl. Bibliothek und noch hundert andre Dinge könnt' ich so gut werden wie alle die Hinze und Kunze, denen das Glück des Lebens, in Gestalt von 400 Talern, so reichlich zu fließt.« Und in gleicher Weise klagte er Wolfsohn. »Ich bin nämlich seit dem 1. Oktober nicht mehr in Bethanien, und lebe seit der Zeit, als bummelnder Freiherr, Louisenstraße 12, 3 Treppen. Die geringe Barschaft ist aufgezehrt, der Kredit erschöpft, und ich bin entschlossen, am 1. Dezember wieder unter die *Hand*arbeiter zu gehen. Ich weiß noch nicht, ob als Apotheker oder als Kutschenschlagaufmacher *(allen Ernstes!)*

bei der Eisenbahn.« Wolfsohn jedoch wußte Rat und verschaffte ihm die Stelle als freier Korrespondent bei der »Dresdner Zeitung«, für die Fontane vom November 1849 bis zum April des folgenden Jahres fast dreißig Beiträge schrieb. Außerdem erreichte der Freund, daß der Verlag Moritz Katz in Dessau das Epos *Von der schönen Rosamunde* verlegte. Rechtzeitig zum Weihnachtsfest erschien der Band, und Fontane überreichte ihn Emilie:

Liebe dacht' es, Liebe schrieb es:
Und wieviel ihm immer fehle,
Auch mit seinen Fehlern lieb' es
Als den Spiegel meiner Seele!

An seinem dreißigsten Geburtstag – am 30. Dezember 1849 – konnte er zwei Bücher vorweisen, denn in Berlin waren bei A. W. Hayn auch *Männer und Helden – Acht Preußenlieder* erschienen.

»... fass ich die letzten 5 Jahre kurz zusammen. Ich habe sie mit Rezept- und Versemachen ehrlich hingebracht«, zog er in seinem Brief an Gustav Schwab vom Cottaschen »Morgenblatt« eine Bilanz der letzten Zeit. »Wurde mir's mit dem tag- und nachtgequälten Leben in der Apotheke zu viel, so ging ich ein Vierteljahr aufs Land, und die in der Stadt aufgespeicherten Stoffe vornehmend, war ich im Hause meiner Eltern und Freunde ein gerngesehener Gast. Es kamen freilich auch trübe, *sehr* trübe Stunden, und der heimatliche Boden wäre schwerlich noch unter meinen Füßen, wenn ich nicht inzwischen verlobt und aus inniger Liebe zu meiner Braut jeden übereilten Schritt unterlassen hätte. So liegen die Sachen noch. Ich habe längst erkannt, daß es sich um das *Sein* und nicht ums *Scheinen* handelt. Der Hochmut ist jetzt ferne von mir, über den Apotheker hinauszuwollen. Aber es geht auch damit nicht: meine Vermögenslosigkeit macht mir den Ankauf einer Apotheke unmöglich; so daß ich, nach gerade den Hafen ersehnend, angefangen habe mich nach Andrem umzutun. Von meiner Feder leben *kann* ich weder, noch *will* ich es; auch glaub ich, es sind nicht die Schlechtesten, die dies ehrliche Geständnis ablegen. Mein Streben geht nach einer subalternen Stellung im Unterrichts-Ministerium. Trügen meine Aussichten wieder, so sei es drum; ich bin seit Jahren daran gewöhnt meine Hoffnungen hinauszutragen.«

Der Tunnelfreund Louis Schneider war Vorleser des Königs und trug Anfang 1850 Friedrich Wilhelm IV. Verse aus den *Preußenliedern* und der *Schönen Rosamunde* vor.

Am 1. April übernahm Kammergerichtsrat Wilhelm von Merckel als Chef das »Literarische Cabinet«, eine dem Innenministerium direkt unterstellte Pressestelle. Merckel, 1803 geboren, hatte Jura studiert, war nach Berlin gekommen und hatte 1836 Henriette von Mühler, die Schwester des späteren Kultusministers Heinrich von Mühler geheiratet. Seit 1841 gehörte er dem »Tunnel« an. »v. Merckel ist also Regierungs-Rat und Chef des literarischen Kabinets«, schrieb Fontane sogleich an Lepel. »Wenn Du was tun kannst, mich *jetzt* [...] da hinein zu empfehlen, so setz alle Segel bei, aber mit Vorsicht. Ich gelte, namentlich Merckeln gegenüber, für einen roten Republikaner und bin jetzt eigentlich ein Reaktionär vom reinsten Wasser.«

Auch den Kunsthistoriker Franz Kugler – seit 1833 Professor in Berlin – lernte er im ›Tunnel‹ kennen. Bei ihm und seiner Frau Clara fand er einen großen Kreis an literarischen und kunsthistorischen Fragen interessierter Gäste: Theologen, Wissenschaftler, Dichter und Gelehrte; unter ihnen Geheimrat Hitzig, Jacob Burckhardt aus Basel, Felix Dahn und bisweilen auch Joseph von Eichendorff. Hier im »Kuglerschen

Haus« lernte er auch den 1830 geborenen Paul Heyse kennen, der ein Jahr zuvor durch Kugler in den »Tunnel« eingeführt worden war.

Im Juli des Jahres nahm der Berliner Verlag Carl Reimarus Fontanes Manuskript seiner Gedichte für ein Honorar von 160 Taler an. Da traf die Nachricht vom unglücklichen Ausgang der Schlacht bei Idstedt ein. Seit Jahren war um die Eingliederung Schleswigs durch Dänemark gestritten und gekämpft worden. Die militärische Konfrontation mit Preußen endete mit Waffenstillstand und Frieden, brachte aber keine Lösung. Jetzt hatten die Schleswiger versucht, sich ihr Recht selbst zu erobern, waren aber von den dänischen Truppen besiegt worden. Freiwillige zogen nach Norden, auch Fontane reiste nach Hamburg und wollte in ein Schleswiger Bataillon eintreten. Aber es kam alles ganz anders: er erhielt ein amtliches Schreiben aus Berlin. »Auf meinen Antrag hat der Herr Minister des Innern genehmigt«, schrieb ihm Wilhelm von Merckel, »daß Ew. Wohlgeboren vom 1. August cr. ab bis auf weiteres mit monatlich vierzig Taler Diäten, postnumerando zahlbar, im Literarischen Cabinet beschäftigt werden.« Eine neue Situation war gegeben. »Das war eine große Sache. Der Mensch bleibt ein Egoist. Idstedt hatte mich aufrichtig erschüttert, und das Schicksal der beiden ›ungedeelten‹ lag mir nicht bloß redensartlich am Herzen; aber in diesem Augenblicke siegte doch das Ich über das Allgemeine. [...] Schleswig-Holstein aufgegeben«, schrieb er umgehend seiner Braut. »Wenn dir's paßt, im Oktober Hochzeit.«

Am 16. Oktober traute Konsistorialrat Fournier – er hatte vor siebzehn Jahren, im Mai 1833, den jungen Theodor konfirmiert – in der Französischen Kirche die beiden.

»Ich habe viele hübsche Hochzeiten mitgemacht«, erinnerte sich Fontane, »aber keine hübschere als meine eigne

[...] Alles hatte sich rechtzeitig in der Sakristei versammelt, nur mein Vater fehlte noch und kam auch wirklich um eine halbe Stunde zu spät. Wir waren, um Fourniers willen, in einer tödlichen Verlegenheit. Er aber, ganz feiner Mann, blieb durchaus ruhig und heiter und sagte nur zu meiner Braut: ›Es ist vielleicht von Vorbedeutung, – *Sie sollen warten lernen.*‹«

1851-1859

In London und Schottland

Theodor Fontane. Bleistiftzeichnung von Franz Kuglers Schwester Luise, 1853.

Das »Literarische Kabinet« sollte sich über die Presse informieren und, wenn möglich, durch Korrespondenzartikel Einfluß nehmen. Außer Fontane waren noch sieben weitere Mitarbeiter beschäftigt, sie mußten täglich fast zehn Dutzend Zeitungen und Zeitschriften durchsehen und auswerten.

Ende des Jahres erschienen die *Gedichte* mit der Widmung »Seinem Freunde Bernhard von Lepel« in Kleinoktav und brachten auf knapp 300 Seiten fast 70 Gedichte und das dramatische Fragment *Karl Stuart*.

Am 30. Dezember feierte er seinen 31. Geburtstag, und sein Vater schrieb ihm: »Vor allem wünsch' ich Dir, daß Dir aus Deinem Streben auch materieller Nutzen erwachsen möge, ohne welchen – was man dagegen auch immer anführen mag – irdisches Wohlbefinden nun einmal nicht bestehen kann. Die gütige Vorsehung möge Dich nach dieser Richtung hin begünstigen, wenn auch nur zum 4ten Theile *so* wie de Balzac, Scribe, Sue, Victor Hugo und Consorten.«

Zum Jahresende wurde das »Literarische Kabinet« aufgelöst. »Am 31ten [...] als ich in der Schadowstraße No 4 erschien«, teilte er Lepel mit, »überraschte mich die Sylvestergabe, daß das Cabinet aufgelöst und der Literat Th. Fontane an die Luft gesetzt sei. Eilig strich ich noch 40 rth. Diäten für Monat Dezember ein und verschwand.« Fontane und seine Frau, die ein Kind erwartete, sahen schweren Zeiten entgegen. Da regelmäßige Einkünfte fehlten, mußte er versuchen, seine finanzielle Situation zu verbessern. Sie nahmen Schüler als Pensionäre auf, er gab Sprachunterricht, schließlich schrieb er an den König. »Wenn es nun in erster Reihe die einfache Dürftigkeit ist, die mich mit einem Gesuch um Unterstützung vor Ew. Majestät treten läßt, so gesellt sich als zweites Motiv der lebhafte Trieb hinzu, meine ganze Kraft einmal an größere, bereits im Geiste empfangene Arbeiten setzen zu können.« Seine Bitte wurde jedoch abgelehnt.

Für einen Berliner Verlag gab er eine Lyrik-Anthologie heraus, das *Deutsche Dichteralbum*, das in mehreren Auflagen in Kleinoktav erschien. Er stellte knapp sechzig Autoren vor, unter ihnen Chamisso, Eichendorff, Geibel, Heine, Lenau, Mörike, Storm und Uhland. Er nahm die Tunnelfreunde Eggers, Heyse, Kugler, Merckel und Lepel auf und fügte sieben eigene Gedichte ein.

Am Sonntag, dem 17. August 1851 schrieb er an Witte: »Donnerstag abend 11 ½ Uhr schenkte mir meine liebe Emilie einen krebsroten, aber doch ganz allerliebsten Jungen. Kind und Mutter sind wohl und letztere insonderheit glücklich. Ich bin es wahrlich auch; aber es drückt mich von Zeit zu Zeit doch danieder, wo es eigentlich mit uns hinaus will.« Ihr erster Sohn erhielt in der Taufe die Namen George Emile.

Fontane versuchte, in einem Ministerium einen Posten zu erhalten, er schrieb an einen Gartenbauverein, die Familie bezog eine andere Wohnung und nahm Friedrich Witte als Untermieter auf. Die Freunde im Tunnel bemühten sich, ihm zu helfen, schließlich konnte Wilhelm von Merckel ihn in der »Centralstelle für Preßangelegenheiten« unterbringen, die als Nachfolger des »Literarischen Cabinets« gebildet worden war. Trotz großer Bedenken begann Fontane am 1. November für monatlich 30 Taler als Mitarbeiter der »Preußischen Adler-Zeitung«, die der Centralstelle unterstellt war. »Ich habe mich heute der Reaktion für monatlich 30 Silberlinge verkauft«, gestand er Lepel, »und bin wiederum angestellter Scriblifax (in Versen und Prosa) bei der seligen ›Deutschen

Reform‹ auferstandenen ›Adler-Zeitung‹. Man kann nun 'mal als anständiger Mensch nicht durchkommen.«

Anfang 1852 führte ihn Bernhard von Lepel in den Salon des Fräulein von Rohr ein. »Schließlich waren Tag und Stunde heran, und ich stieg mit Lepel, der den Introdukteur zu machen, die drei Treppen zur Wohnung des Fräuleins hinauf [...]. Nun legten wir ab und traten in ein einfenstriges Empfangszimmer, darin uns das Fräulein, eine Dame von damals nahe an Fünfzig, in einem schwarzen Atlaskleid empfing.« Mathilde von Rohr, 1810 geboren, war nach dem Tode des Vaters 1832 mit der Mutter nach Berlin gekommen. In den 1850er und 1860er Jahren führte sie in ihrer Wohnung in der Behrenstraße einen kleinen literarischen Teezirkel.

Bis zu ihrem Tode – 1889 – war das märkische Fräulein, das 1869 in das Kloster Dobbertin in Mecklenburg zog, für Fontane und für seine Familie eine immer hilfsbereite Freundin, der er sich in vielen, auch in sehr schwierigen Situationen anvertrauen konnte.

In der »Centralstelle« wußte er sich in einem Lager, dem er innerlich fremd war. Seine materielle Lage blieb weiterhin ungeklärt, dabei erwartete Emilie das zweite Kind. In dieser Situation wollte er es mit England versuchen. Er bat um bezahlten Urlaub als Londoner Korrespondent der »Adler-Zeitung«. Die Mittel für die Reise und den Aufenthalt in London gab ihm sein Vater, vom »Tunnel« erhielt er einen Zuschuß, der Freund Hermann Scherz steuerte einen monatlichen Betrag bei, und der König gewährte 50 Taler.

Am 2. April 1852 reiste er ab, besuchte Köln, Aachen, Brüssel, Antwerpen und Gent. Nach drei Wochen, am 23. April, traf er in London ein. »Ich hätte nicht gedacht, daß die Stadt – deren rein äußerliches Leben und Treiben ich wenigstes kannte – mich wiederum so mächtig bewegen würde und noch in diesem Augenblick brauch' ich nur nach den Verbindungsstraßen zwischen City und Westend (hier herrscht das regste Leben) zu eilen, um urplötzlich meine Sorgen von mir genommen zu sehn. Die Großartigkeit dieses Schauspiels hat etwas unendlich Erhebendes; weil man sich *überhaupt vergißt*, vergißt man auch sein Elend und seine Noth....«

Er zog zum Tavistock Square im Stadtteil Bloomsbury, dessen Straßen und Plätze von georgianischer Architektur geprägt waren. »Kann ich unser Glück aus der Erde stampfen?« klagte er seiner Frau, »und das ist doch am Ende mein ganzes Verbrechen, daß ich auf Dreiern statt auf Dukaten sitze. Bin ich nicht 'rumgebittstellert bei allen möglichem Volk als wir auf dem Trocknen saßen?« Für das Feuilleton der »Adler-Zeitung« verfaßte er Beiträge, über zwanzig Artikel erschienen von Mai bis November. Um seine Sprachkenntnisse zu erweitern, bot er in einer Anzeige und einem Rundbrief Unterricht an. Vom preußischen Gesandten Karl Josias von Bunsen (1791-1860) wurde er mehrfach eingeladen, aber aus politischen Gründen – Bunsen stand den oppositonellen Konservativen nahe – kam es zu keinen näheren Kontakten.

Am 2. September wurde in Berlin ihr zweites Kind geboren, das schon nach zwei Wochen verstarb. »Gott sorgt nun für unseren kl. Knaben«, schrieb ihm Emilie, »besser wie wir es gekonnt hätten, ach, er war freilich sehr nett, u. ich werde ihn nie, nie vergessen!« Ende September kehrte Fontane nach Berlin zurück. »Seit dem 25. bin ich zurück, und, um die alte Redensart wieder loszulassen: meine Reise liegt wie ein Traum hinter mir«, schrieb er an Friedrich Witte. »Ich bin nicht sehr traurig darüber, daß es mit England nichts wurde.«

Im »Tunnel« hatte sich ein kleiner Zirkel gebildet. »Bei Eggers [...] versammelt sich jetzt allwöchentlich ein gemütlicher Kreis: dichtet, rhetort, musiziert, philosophiert und – frißt.« Man gab sich den Namen »Rütli« und noch ein weiterer Kreis – die »Ellora« – bildete sich: zu ihm gehörten neben Fontane noch Friedrich Eggers und Wilhelm Lübke, Karl Zöllner, Richard Lucae und Otto Roquette. Im Frühjahr 1853 beschloß der »Rütli«, ein Jahrbuch mit dem Titel »Argo« herauszugeben, dessen Redaktion Fontane übertragen wurde.

Aus dem vergangenen Winter hatte er eine hartnäckige Erkältung verschleppt. Um sich auszukurieren, nahm er im Mai Urlaub und fuhr zur Erholung auf das Gut Kränzlin bei Neuruppin, wohin ihn der Freund Hermann Scherz eingeladen hatte. »Mir selbst geht es eigentlich schlecht«, schrieb er an Wolfsohn. »Ich soll die Schwindsucht haben und einen nun halbjährigen Husten nach muß ich's selber glauben. Ich war vier Wochen in Bethanien und trank Ober-Salzbrunnen, hier trink ich Molken – dennoch wird es nicht besser und nehm' ich den Husten mit in den nächsten Winter hinüber, so kann ich einpacken.«

Im späten Sommer kehrte er nach Berlin zurück, und im Oktober erschien bei den Gebrüder Katz in Dessau, die gerade eine zweite Auflage des Romanzen-Zyklus *Von der schönen Rosamunde* verlegt hatten, die »Argo – ein belletristisches Jahrbuch für 1854« herausgegeben von Theodor Fontane und Franz Kugler. Fontane war mit Balladen und Übertragungen aus dem Alt-Englischen und den Erzählungen *Tuch und Locke* und *James Monmouth* vertreten.

Im Herbst wurde die Leitung der »Centralstelle« von Immanuel Hegel, einem Sohn des Philosophen Georg Friedrich Hegel, übernommen. Zur gleichen Zeit stellte die »Preußische Zeitung« ihr Erscheinen ein, und Fontane wurde gekündigt. In diesen Tagen, am 14. Oktober, war Emilie mit dem

Mathilde von Rohr (1810-1889).
Fotografie um 1860.

Gedichte

von

Theodor Fontane.

Berlin,
Carl Reimarus' Verlag.
W. Ernst.
1851.

Titelblatt der ersten Auflage der »Gedichte« von 1851.

Oben: Die Westminster Abbey in London.
Zeitgenössischer Stich.
Unten: Tavistock Square Nr. 1. Fontanes Wohnung in London im Frühjahr 1852. Fotografie von 1911.

London. St. Augustine's Road 52. Hier wohnte Fontane mit seiner Familie vom August 1857 bis Ende 1858.

dritten Kind niedergekommen. Fontane wandte sich an Hegel und bat um seine Wiedereinstellung. Der Tunnelfreund Wilhelm von Merckel schrieb an den Ministerpräsidenten Manteuffel: »Herr Fontane gehört nicht zu der Zahl der Alltagsliteraten der gewöhnlichen Journalistik. Er genießt bereits eines gewissen Rufes als Schriftsteller der gediegeneren Gattung, wenn er zeither der periodischen Presse gedient hat, nötigte ihn dazu die Entbehrung, der das Talent nur zu lange ausgesetzt ist und an der die Musen ziemlich allgemein laborieren.« Schließlich fand man die Möglichkeit, daß Fontane bis Jahresende vertretungsweise bei der »Preußischen Correspondenz« beschäftigt wurde. Ab Januar 1854 wurde er dann bei der »Centralstelle« mit einem Monatsgehalt von 35 Taler wieder eingestellt. Sein neuer Vorgesetzter war der fast vierzigjährige Dr. Ludwig Metzel, der ihm wohlwollend und verständnisvoll gegenüberstand. Er führte ihn in die Familie des Freiherrn von Wangenheim ein, und dort machte man Fontane ein interessantes Angebot. »Dieser in meiner ganzen Lebenslage wandelschaffende Vorschlag [...] bestand in der Anfrage, ob ich mich wohl entschließen könnte, vier jungen Damen einmal wöchentlich Privatunterricht zu geben, und zwar in sämtlichen Disziplinen – Schulmeister für alles. [...] Der Gewinn, den ich davon hatte, war ein doppelter und bestand nicht bloß darin, daß sich meine Einnahmen nahezu verdoppelten, sondern vor allem auch darin, daß ich die schönen Vormittagsstunden in der denkbar angenehmsten Weise [...] verbringen konnte. [...] Statt vierzig Zeitungen, eine immer schrecklicher als die andre, vier junge Mädchen (Geheimratstöchter), eine immer liebenswürdiger als die andre! [...] Ich blieb in dieser Extrastellung, die beinah ganz an die Stelle meiner eigentlichen Stellung trat, volle zwei Jahre.« Das Haus Wangenheim bot Fontane und seiner Familie Zeit seines

Lebens die freundschaftlichsten Gesinnungen und stete Hilfe, bei ihnen lernte er eine Fülle von interessanten Menschen kennen: Professoren und Künstler, »Generäle, Unterstaatssekretäre, Geistliche, die schönen Frauen, die Prinzessin von Schleswig-Holstein, die Musiker und Maler [...]«

Anfang April 1854 starb der kleine, sechs Monate zuvor geborene Peter Paul. »Letzten Donnerstag ist der kleine ›Unterirdische‹ an Zahnkrämpfen gestorben«, schrieb er an Storm, »und seit Sonnabend in Wahrheit im Unterirdischen; außer Vater und Mutter wohnte ein besoffener Leichenkutscher und die untergehende Sonne dem Begräbnis bei. Der Kreis der Erlebnisse ist nun so ziemlich geschlossen, nur das eigne Sterben fehlt noch.«

Das Kind ist krank zum Sterben,
Die Lampe gibt trägen Schein,
Die Mutter spricht: Mir ist es,
Als wären wir nicht allein.

Der Vater sucht zu lächeln,
Doch im Herzen pocht's ihm bang,
Stiller wird's und stiller,
Die Nacht ist gar zu lang.

Nun scheint der Tag ins Fenster,
Die Vögel singen so klar;
Die beiden wußten lange,
Wer der Gast gewesen war.

Im Sommer erschien bei Gebrüder Katz in Dessau Fontanes Buch *Ein Sommer in London*. In ihm hatte er die Aufsätze des zweiten Englandaufenthalts gesammelt und weitere hinzugefügt. Ein stattlicher Band von knapp 300 Seiten war daraus geworden. Im »Deutschen Kunstblatt« schrieb Storm: »Bei aller Kenntnis des Landes, sowie seiner Geschichte und Literatur, womit ohne Zweifel ausgerüstet er dort die Dinge und Verhältnisse angeschaut, erhalten wir nicht sowohl eine Darstellung dieser Dinge selbst, als vielmehr des Eindrucks, den sie ihm zurückgelassen, und dadurch freilich ein ebenso interessantes als geistvolles Buch, worin fast jedes Kapitel sich zu einem kleinen abgeschlossenen Ganzen abrundet.«

Dem Freunde Wolfsohn gestand Fontane: »Mir geht es erträglich, in soweit ich ziemlich viel Stunden zu geben und deshalb leidliche Einnahmen habe; aber einmal ist es eine große Strapaze, schließt alle eigentliche Produktion aus und gewährt doch keine sichere Stellung im und fürs Leben, deren man nun doch mal bedarf.«

An den seit fast einem Jahr in München lebenden Paul Heyse schrieb er Anfang Februar 1855: »... so laß Dir sagen, daß es mir gut geht, wenigstens um vieles besser, als ich's vor Jahren erwartet hätte. Ich muß mich barbarisch quälen und habe dabei nicht nur das Gefühl, daß es oftmals meine physischen, sondern viel häufiger noch meine geistigen Kräfte, richtiger das Maß meines Wissens, übersteigt.«

Am 27. Mai, Pfingsten, wurde der Sohn Ulrich geboren und starb zehn Tage später.

Seit Jahrzehnten schwelte zwischen Rußland und der Türkei die Schwarzmeer- und Dardanellen-Frage. Sie hatte sich verschärft, als Frankreich und England die Türkei unterstützten. Damit begann der »Krimkrieg«. Da Preußen trotz Drängens Englands neutral blieb, verschlechterten sich die Beziehungen zu London. Berlin beschloß, in London eine »Deutsch-Englische Korrespondenz« einzurichten, sie sollte den heimischen Redaktionen englische Presseinformationen zuleiten, deren Verbreitung der Regierung erwünscht war. Metzel empfahl, Fontane nach London zu schicken, um dort eine »Korrespondenz« aufzubauen. »Als der geeignetste dazu erscheint mir der pp Fontane, welcher eine ansprechende Persönlichkeit hat und wenngleich als politisch durchgebildet nicht betrachtet werden kann, so doch so viel allgemeine geschichtliche Kenntnisse, sprachliche Fertigkeiten und infolge zweimaliger längerer Anwesenheit in London Personal- und Ortskunde besitzt, daß das Unternehmen Aussicht auf Erfolg durch seine Mitwirkung bietet.« Da auch der preußische Gesandte in London zustimmte, wurden die entsprechenden Mittel genehmigt, und in den ersten Septembertagen reiste Fontane über Hamburg nach London. Am 10. September – Sewastopol hatte kapituliert – traf er an der London Bridge ein. »Unterwegs hatt ich einen ordentlichen Graul vor London«, schrieb er nach der Ankunft an Emilie, »als ich aber heut durch dies Riesentreiben wieder hindurch oder dran vorbeifuhr, da ging mir doch wieder das Herz auf und aller Groll war vergessen.«

Ohne geschäftliche und organisatorische Erfahrung versuchte Fontane gegen eine bereits seit Jahren bestehende Konkurrenz die neue »Deutsch-Englische Korrespondenz« aufzubauen. Berlin schickte einen Mitarbeiter zu seiner Unterstützung. Beide mußten Tag für Tag aus den wichtigsten Blättern Nachrichten, Informationen und Leitartikel auswählen, übersetzen und dann zusammenstellen. Am Nachmittag wurden die Seiten gedruckt, die Fontane eiligst am Post-Office ablieferte. Da die von Berlin bewilligten Mittel nicht ausreichten, alle wichtigen Zeitungen zu abonnieren, studierten Fontane und sein Mitarbeiter sie im Lesecafé »Divan« am Strand.

Im November versandten sie Probedrucke, und im Dezember folgten die ersten Korrespondenzhefte. »Ich bin kaput«, schrieb er an Lepel. »Es geht über meine Kraft. Ich büffle. Von London seh und hör' ich nichts. Ich leb' hier gerade so wie in Letschin. Ich mache bis 6 Uhr eine Zeitung, esse, schreibe Briefe, arbeite weiter und geh um 2 zu Bett. Das ist mein Leben. [...] Was aus mir hier wird, mögen die Götter wissen; ich weiß nichts.«

Bald war allen – in Berlin und London – klar, daß das Unternehmen keinen Erfolg haben würde. Aber auf keinen Fall wollte Fontane als »geschlagene Truppe« zurückkehren und machte verschiedene Vorschläge, wie man die Arbeit fortsetzen könnte.

Im März 1856 beschloß man in Berlin die Einstellung der Korrespondenz. Fontane sollte aber zunächst als der Gesandtschaft unterstellter »Presseagent« in England bleiben, um politische Informationen zu sammeln, Möglichkeiten einer Beeinflussung der englischen Presse zu erkunden und Berichte und Beiträge für deutsche Zeitungen zu liefern.

Ende Januar war Emilie mit dem jetzt viereinhalbjährigen George und Fontanes jüngster Schwester nach London gekommen. Von Anbeginn an stand der Aufenthalt unter einem schlechten Stern: man fand nur eine beengte Wohnung, Fontane war mit seiner Arbeit überlastet, und Emilie litt vom ersten Tag an unter Heimweh. Im Mai kehrte sie, da sie für das Jahresende ein Kind erwartete, mit George und Elise nach Berlin zurück.

Als »Presseagent« hatte er mehr Zeit für sich, die tägliche Hast fiel fort. »Hier hab ich nun das Leben, die Dinge selbst, nicht mehr blos ihre Beschreibung, ihr Zeitungsschatten tritt an mich heran, und jede Stunde belehrt den armen Balladenmacher: daß jenseits des Berges auch Leute wohnen.«

Er bat die mit George heimgekehrte Emilie: »Ich wünsche recht *sehr*, daß Du ein gesundes Kind zur Welt bringst; das Geschlecht ist, vorläufig, gleichgültig, und alles wird dankbar akzeptiert. Nur keine allzu elenden Würmerchen, es ist eine Art Ehrensache. Also nimm Dich zusammen und tu das Deine. Man schreibt mir sonst auf den Grabstein: seine Balladen waren strammer als seine Kinder.«

Er wollte bis zum Jahresende in London bleiben, und hatte jetzt Zeit für Ausflüge in die Umgebung Londons. Er fuhr nach Oxford und besuchte Max Müller, den Freund aus den 1844er Tagen in Leipzig, der seit 1850 Professor für Sprachwissenschaften war. »Um 2 Uhr nach Oxford. Gegen fünf dort. Herzlichen Empfang zu Tisch. Alles reich und nobel [...] Sehr heiter und belebt und endlich mal mit Appetit gegessen.« Die übliche englische Küche konnte er kaum noch ertragen. »Immer Hammel, ich kann es kaum noch aushalten; ich gäbe einen Taler für eine Portion Schoter mit Mohrrüben oder eine Satte saurer Milch. Mein Magen ist hin; und bis Weihnachten ist noch eine Ewigkeit...« Doch so lange mußte er nicht mehr warten. Ende August reiste er nach Berlin, lebte sechs Wochen bei seiner Familie und fuhr Anfang Oktober mit Dr. Metzel nach Süddeutschland. Auf der Rückreise nach London besuchte er Paris.

Am 7. November bekam Emilie einen Knaben, der die Namen Theodore und Henry erhielt. Ende des Jahres erschien ein neuer Band der »Argo«, jetzt mit dem Untertitel »Album für Kunst und Dichtung«. Fontane war mit seiner Ballade *Archibald Douglas* und zusammen mit Lepel mit der Tenzone *Reden ist Silber, Schweigen Gold* vertreten.

Als »Presseagent« blieb er in London und sandte Berichte an die Centralstelle in Berlin, erledigte Aufträge der Gesandtschaft und verfaßte Beiträge für Zeitungen und Zeitschriften,

Argo.

Belletristisches Jahrbuch

für

1854.

Herausgegeben

von

Theodor Fontane und Franz Kugler.

Dessau,

Druck und Verlag von Gebrüder Katz.

1854.

»Argo« Belletristisches Jahrbuch von 1854. Titelblatt.

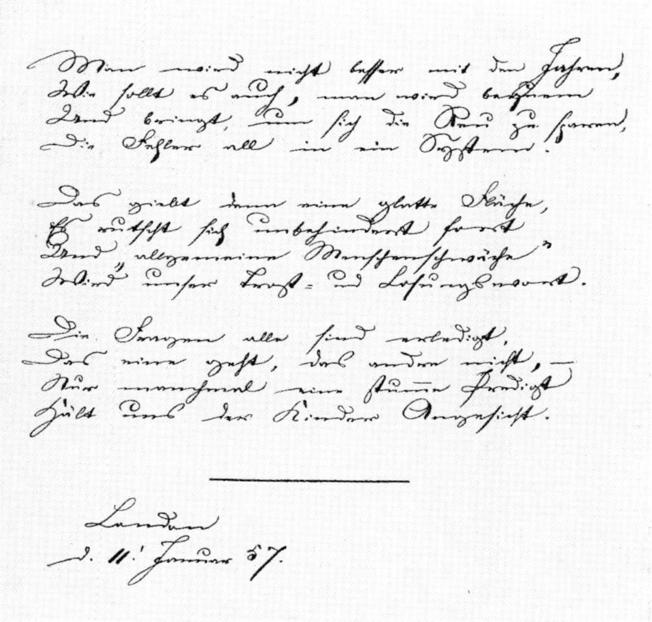
Man wird nicht besser mit den Jahren,
Wie sollt' es auch, man wird bequemer
Und bringt, um sich die Reu' zu sparen,
Die Fehler all' in ein System!

Das giebt denn eine glatte Fläche,
Es rutscht sich unbehindert fort
Und „allgemeine Menschenschwäche"
Wird unser Trost- und Losungswort.

Die Sorgen alle sind erledigt,
Das eine geht, das andre nicht, –
Nur manchmal eine stumme Predigt
Hält uns der Kinder Angesicht.

London
d. 11. Januar 57.

»Man wird nicht besser…«,
Fontanes Handschrift von 1857 in London.
Folgende Seite: Der Reiseweg Fontanes
durch Schottland, 1858.

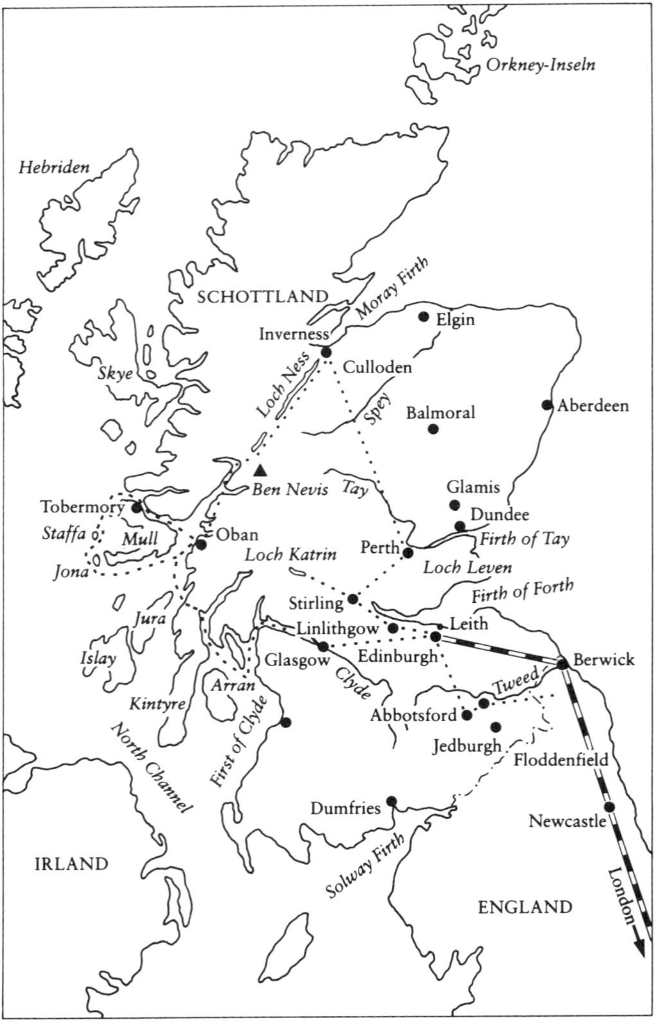

Orkney-Inseln
Hebriden
SCHOTTLAND
Moray Firth
Elgin
Inverness
Culloden
Skye
Loch Ness
Spey
Aberdeen
Balmoral
Ben Nevis
Tay
Glamis
Tobermory
Dundee
Staffa
Mull
Oban
Firth of Tay
Perth
Loch Katrin
Jona
Loch Leven
Firth of Forth
Stirling
Jura
Linlithgow
Leith
Islay
Glasgow
Edinburgh
Berwick
Clyde
Arran
Tweed
Kintyre
Abbotsford
First of Clyde
North Channel
Jedburgh
Floddenfield
Dumfries
Newcastle
IRLAND
Solway Firth
ENGLAND
London

in denen er über das politische Leben in England berichtete, von seinen Ausflügen in die Umgebung erzählte, und über die englische Presse und die Lage der Bühnen und Theater schrieb. Er besuchte Kunstausstellungen und traf mit Verlegern und Redakteuren zusammen. Das alles war interessant und anregend, aber er sah keine Zukunft. »Niemand macht sich eine Vorstellung von der äußerlichen Einfachheit und Schlichtheit meines Lebens hier«, klagte er seiner Frau. »Ich würd' es auch faktisch nicht ertragen können, wenn diese Art zu leben nicht einigermaßen zu meinen Neigungen stimmte, [...] *das* Leben, das mir mitunter als Ideal einer Existenz vorgeschwebt hat, hab' ich eigentlich hier: still sitzen, wenig Störung, schreiben, lesen, Kaffee trinken.« Ende des Jahres wurde er siebenunddreißig Jahre alt:

Man wird nicht besser mit den Jahren –
  Wie sollt' es auch? man wird bequem
Und bringt, um sich die Reu' zu sparen,
  Die Fehler all in ein System.

Das gibt dann eine glatte Fläche,
  Man gleitet unbehindert fort,
Und »allgemeine Menschenschwäche«
  Wird unser Trost- und Losungswort.

Die Fragen alle sind erledigt,
  Das eine geht, das andre nicht,
Nur manchmal eine stumme Predigt
  Hält uns der Kinder Angesicht.

Ende März 1857 nahm er Urlaub und fuhr nach Berlin. Er sehnte sich nach Emilie und George und wollte den beinah halbjährigen Theodor auf seinen Arm nehmen. Es galt auch, seine Stellung und weitere Verwendung zu klären. Sollte man sich nicht entscheiden, dann würde er alles abbrechen. »Die Folgen sind mir gleichgültig. Von Verhungern ist keine Rede. Ich habe jetzt den Poeten aus- und den Zeitungsmenschen angezogen; als letzterer hoff ich mich ohne besondre Mühe durchzuschlagen. [...] Was ich also fordre, ist das: 1. ich will noch nicht jahrelang von meiner Familie getrennt sein, und 2. sichert mir soviel Geld zu, als nötig ist, mit meiner Familie in London zu leben.« Seine Unterredungen und Vorstellungen hatten Erfolg. Nach der Rückkehr Ende April konnte er in den ersten Maitagen seiner Frau schreiben:

Der Brief spricht:
Bin ich auch nur klein,
Melden kann ich doch:
London soll es sein
Drei, vier Jahre noch.

Es wurde ein Vertrag von drei Jahren vorgesehen, außerdem wurden die Kosten für einen Umzug Emiliens mit den beiden Söhnen nach London übernommen. Das Jahresgehalt wurde mit etwa 2000 Taler festgesetzt.

In den letzten Julitagen traf Emilie mit dem fast sechsjährigen George und dem achtmonatigen Theodor in London ein. Sie fanden in der St. Augustin Road in Camden Town ein Haus, das Fontane dem Ehepaar Merckel beschrieb. »Unser Haus besteht aus 3 Etagen, ein Souterrain, ein Hochparterre und ein Eine-Treppe-hoch. Zwei-Fenster-Front wie fast alle englischen Häuser. Die Vorderfront des Hauses ist gefällig: flaches Dach, der Abputz von graubrauner Farbe.« Er schilderte die große Küche, das Waschhaus, die zwei Speisekammern, den kleinen Garten, die Einrichtung im Hochparterre und die Aufteilung der Räume. Auch der Mutter in Neuruppin erzählte er vom Leben der Familie in London. »Es ist (doch bitt' ich das für Dich zu behalten) durchaus beneidenswert. Die Vorzüge und Reize sind groß, die Sorgen und Unannehmlichkeiten gering.«

Im Herbst 1857 erkrankte König Friedrich Wilhelm IV. so schwer, daß er seinem Bruder Wilhelm die Stellvertretung übergeben mußte.

Nach den Jahren der Einsamkeit feierte Fontane das Weihnachtsfest diesmal im Kreis seiner Familie. Ein weiterer Band der »Argo« war erschienen, in der er mit seiner Ballade *Der letzte York* vertreten war.

Im Januar 1858 lebte Fontane seit fast zweieinhalb Jahren in London, seit einem halben Jahr war die Familie bei ihm. Sie bewohnten ein angenehmes und geräumiges Haus, es ging ihnen »passabel«, wie er es in seinen Briefen nannte. Und dennoch sah er seine Lage mehr und mehr als Sackgasse an: der Journalist hatte nur begrenzte Möglichkeiten, dem Poeten fehlte die Resonanz des Publikums. »Es ist ein kühles Amphibien-Dasein, ein 3jähriger Krötenschlaf unterm Stein«, klagte er Wilhelm von Merckel. »In diesen Zustand verfallen alle Fremden, die hier leben; sie erkennen die Krankheit, aber sie fühlen sich unfähig, dagegen anzukämpfen [...] ebenso gewiß wie man in der Wüste Durst und in Spitzbergen den Skorbut kriegt, ebenso gewiß erzeugt England Apathie. In diesem indifferenten Zustand aber kann man ebenso wenig Gedichte schreiben, wie man von einem Seekranken erwarten wird, daß er einen Braten tranchiert oder die Tarantella tanzt.« Hinzu kam, daß das Londoner Klima seine Lunge angriff. Hilfe und Heilung sollte eine Kur im niederschlesischen Bad Salzbrunn bringen. Er bat die Gesandtschaft um Urlaub und einen Kostenzuschuß, beides konnte jedoch nur Berlin genehmigen. Und dort hatte man in diesen Wochen andere Sorgen: alle erwarteten, daß der Bruder des Königs endlich die Regentschaft übernehmen würde. »An demselben Tage, an welchem die Regentschaft proklamiert wird«, prophezeite Fontane, »(und sie muß doch am Ende kommen, wenn das Volk nicht stutzig werden soll und spöttischer denn je), fällt die alte Wirtschaft zu Boden. Manteuffel geht über Bord, Metzel auch, Fontane auch ...«. Merckel empfahl ihm, in Berlin eine Beamtenstelle zu erlangen. »Wenn man mich ruft, so bin ich da«, antwortete er Merckel, »wenn man mich nicht ruft, so läßt man's bleiben. Die Beamtenlaufbahn ist ganz gut, aber sie ist auch deprimierend und nicht äußerlich, aber *innerlich* meiner Natur zuwider.«

Nicht nur die ungewisse Zukunft, nicht nur seine labile Gesundheit quälten ihn. »Was ich hier auf die Dauer nicht ertragen kann, das ist das Alleinstehn«, gestand er seiner Mutter, »die geistige Vereinsamung. Wie schön, wie segensreich könnte dieser Aufenthalt sein und wie wenig ist er es [...] Ich bin müde, abgespannt und beinah ohne Streben weil ohne Hoffnung. Es fehlt mir aller Zuspruch, alle Aufmunterung, alles Mitstreben, alles was wohlthut, erfreut, erhebt, begeistert. Lau und flau gehen die Tage dahin.«

Aus Berlin kam keine Entscheidung, so entschloß er sich, auf Salzbrunn zu verzichten. Statt dessen wollte er sich einen lange gehegten Wunsch erfüllen: eine Schottland-Reise. »Ich bin mit Maria Stuart zu Bett gegangen und mit Archibald Douglas aufgestanden, das romantisch Phantastische hat mich von Jugend auf entzückt ...« Und seine Reise nach Schottland sollte eine Reise ins »romantische Land« werden. Er wollte die Stätten besuchen, wo Mary of Scotland gelebt hatte, die Orte sehen, an denen die »Waverly Novels« von Walter Scott spielten. Er wollte – ganz bewußt – die Vergangenheit in der Gegenwart suchen und finden. Dringend bat er den Freund Bernhard von Lepel, ihn zu begleiten. »Ich erwarte nun unter allen Umständen Dich bald zu sehn. Gib die schottische Reise nicht auf, Du kannst sie so gut nicht wiedermachen. Sieh ein paar Taler dabei nicht an.«

Lepel kam, und am 9. August reisten sie nach Norden. »Nach Schottland also! Die Koffer waren gepackt, die Billets gelöst, und als der Spätzug sich endlich in Bewegweg setzte und majestätisch aus der Halle des *Kings-Croß*-Bahnhofes hinausglitt, überlief es mich ähnlich wie vierzehn Jahre früher, wo es zum ersten Male für mich hieß: ›Nach England!‹« In Edinburgh war die erste Station, sie durchstreiften die Stadt, machten Ausflüge in die Lowlands, dann brachen sie in die Highlands bis Inverneß und Culloden auf, fuhren den Caledonischen Kanal zurück bis Oban. Sie wagten eine Schiffstour nach Staffa und Iona und kehrten über Glasgow nach Edinburgh zurück, am 24. August waren sie wieder in London. Es war eine »tour de force«, fast 1300 Kilometer in zwei Wochen, und Lepel klagte später: »Ach, ich muß es ewig beklagen nicht vier Wochen länger in England gewesen zu sein. Aber ich werde in meinem Leben nie mehr so jagen. Entweder mit Muße oder gar nicht...«

Für Fontane blieb Schottland das große Erlebnis, zwei unvergeßliche Wochen. »Es waren schöne Tage (16)«, schrieb er seiner Mutter, »und wenn ich, so Gott mich leben läßt, längst ein alter Krepel sein werde, der die Vossische liest und bei Odeum's Kaffe trinkt, werd' ich alten Staatshämorrhöidarien mit einem letzten Rest von Feuer [...] von Edinburg erzählen und von Stirling und Perth...« Mit der Beschreibung seiner Erlebnisse, die er nach der Rückkehr begann, wurde er zum Erzähler. Darüber hinaus wurde diese Reise der entscheidende Anstoß zu dem lange gehegten Plan, ein Buch über die

Marken und ihre Männer in der Art zu schreiben, wie er in den *Briefen aus Schottland* von der Landschaft und ihrer Geschichte erzählte. Als er Lochleven-Castle aufsuchte, stand ihm alles klar vor seinen Augen, wie eine Fatamorgana tauchte aus dem stillen See das Rheinsberger Schloß auf. Beim Erscheinen des ersten Bandes der *Wanderungen* gedachte er im Vorwort jenes Tages an einem schottischen See. »Erst die Fremde lehrt uns, was wir an der Heimat besitzen.«

Im Oktober begann die »Neue Ära«, Wilhelm, Prinz von Preußen und Bruder des Königs, hatte die Regentschaft übernommen. Das Kabinett Manteuffel stürzte, und Fontane kündigte seinen Vertag, der noch zwei Jahre galt, wenn man ihm ein Jahresgehalt als Abstand zahlen würde. Dem wurde entsprochen. »Die Sache bei Lichte betrachtet ist nun einfach die: [...]«, begründete er Lepel seinen Schritt, »ich bin ganz einfach Fontane der blos nicht Lust hat Manteuffeln unmittelbar nach seinem Sturze anzugreifen. [...] Ich befand mich in der Lage einer Frau, die ihren wenig liebenswerten Mann nie geliebt aber auch ihn nicht gehaßt hat, weil er ihr persönlich eher zu Diensten als abgeneigt gewesen ist. Was hat eine solche Frau zu tun, wenn ihr der Mann stirbt? Sie wird sich hier zu Lande nicht wie eine indische Witwe en grand parure mit verbrennen lassen, aber sie wird ihr Trauerjahr anständig durchmachen, bevor sie einem andern die Hand gibt und mit ihm ihr Geschick auf's neue versucht. Danach habe ich handeln wollen.« Fontane und seine Familie feierten ihr letztes Weihnachtsfest in der Fremde. Mitte Januar 1859 reiste er nach Berlin zurück, Emilie folgte einige Wochen später, da sie noch den Haushalt auflösen mußte.

1859-1864

Journalist –
Wanderer durch die Mark
Brandenburg

Theodor Fontane.
Bleistiftskizze von Hugo von Blomberg.

»Meine liebe Frau. Heute früh 7 ½ Uhr, bei knusprigem Wetter, bin ich glücklich hier eingetroffen«, schrieb er am 17. Januar seiner Frau aus Berlin, »und im Hotel de Pologne, genau gegenüber der Kreuz-Ztng (so daß ich sie arbeiten sehe) abgestiegen.« Er stellte sich bei verschiedenen Ämtern vor und bemühte sich um eine Redakteurstelle bei der »Preußischen Zeitung« (dies war der neue Name der »Zeit«). Er sprach bei dem neuen Leiter der Centralstelle vor, aber alles schlug fehl, außer einigen unverbindlichen Hinweisen erreichte er nichts.

Anfang Februar kehrte Emilie mit dem kleinen Theo zurück, George war noch bei einer befreundeten Familie in London geblieben. Sie logierten zunächst in Hotels und möblierten Zimmern, da es schwierig war, eine geeignete Wohnung zu finden.

Mitte Februar lud Paul Heyse Fontane zu einem Besuch nach München ein, es bestünde die Möglichkeit, ihm die Stelle des Privatbibliothekars des Königs zu vermitteln. Hoffnungsvoll reiste Fontane nach München. »Hätt ich gewußt, daß die Dinge hier so stehn, wie sie stehn, so wär ich nicht gereist«, berichtete er Wilhelm von Merckel, »Zeit und Geld hätt ich an eine so prekäre Sache und an die Passierung eines so dornenreichen Weges nicht gesetzt.« Zwei Wochen blieb er in München, erhielt eine Audienz beim König, aber es fiel keine Entscheidung, und so kehrte er Ende März mit leeren Händen nach Berlin zurück.

Hier hatte sich Emilie um eine Wohnung bemüht und in der Potsdamer Straße eine »Sommerwohnung« gefunden. »Anständig und auch groß genug mit Garten und Laube; freilich nicht elegant, aber Dein hochstrebender Sinn könnte sich damit beschwichtigen, daß es eben *Sommer*wohnung und Personen von distingtion [!] gegenüber, könnte man in Zweifel lassen in welcher Gegend die schöne Stadtwohnung, uns gehörig, liegt...«, versuchte Emilie, ihm die Anmietung schmackhaft zu machen.

Anfang April 1859 zogen sie ein, und in der »Sommerwohnung« schrieb Fontane seine Aufsätze über Schottland. Ein großer Teil erschien als *Bilder und Briefe aus Schottland* in der »Vossischen Zeitung« und unter dem Titel *Eine Reise durch das schottische Hochland* in Cottas »Morgenblatt«. Auch die »Kreuz-Zeitung« und andere Blätter druckten einzelne Berichte.

Im Sommer begann er die ersten Wanderfahrten in die Mark. Vor drei Jahren – am 19. August 1856 – hatte er im Tagebuch notiert: »Einen Plan gemacht. ›Die Marken, ihre Männer u. ihre Geschichte. Um Vaterlands u. künftiger Dichtung willen gesammelt u. herausgegeben von Th. Fontane.‹ – Die Dinge selbst geb ich alphabetisch. Wenn ich noch dazu komme, *das* Buch zu schreiben, so hab ich nicht umsonst gelebt und kann meine Gebeine ruhig schlafen legen.« Nun wollte er diesen Plan, wenn auch in veränderter Form, verwirklichen. Er fuhr mit Lepel in seine Heimat, ins Ruppiner Land, wanderte durch den Spreewald und die Städte der Altmark.

Er rechnete seiner Frau vor, daß diese Reisen zunächst »ein ziemlich trauriges business« wären, so habe ihn der Spreewald 10 Taler gekostet, aber nur 21 Taler eingebracht, für acht Tage Arbeit etwas wenig. »Ich darf aber die Dinge nicht so auffassen, ich muß solche Aufsätze als Visitenkarten ansehn, die ich bei den Redaktionen abgebe. Wenn man auch nicht an Ansehn wächst, so bleibt man wenigstens im Gedächtnis der Leute und hält sich die Möglichkeit eines angemessenen Placements offen.« Er schilderte ihre Finanzlage und rechnete vor, daß die Honorare etwa 200 Taler betragen würden, weitere ständen noch aus, »aber die Schwierigkeit besteht in dem flüssigmachen des Geldes«, die Redaktionen zahlten zumeist erst Wochen nach dem Abdruck. Er bat Emilie, nicht verstimmt zu sein: »Wenn ich vor Aerger 3 Tage lang nicht arbeiten kann, so bringt uns das um 10 Rthl. [...] Ich habe mich auf's äußerste gequält es besser zu arrangieren, aber ich kann mein Schicksal nicht zwingen.«

Ende September zogen sie in einen Neubau auf der Tempelhofer Straße, die damals noch vor den Mauern Berlins lag. »Zunächst von unserem Befinden«, schrieb er seiner Mutter, »Emilie ist etwas matt und angegriffen [...] aber doch eigentlich wohl und kleine Anfälle abgerechnet heiter und zufrieden. George geht seit gestern in die Schule [...] Der Kleine kränkelte 8 Tage in Folge der feuchten Wohnung, der Dunst und Schimmel hat sich nun ziemlich verloren und mit der besseren Luft ist auch der Kleine wieder besser geworden.«

Seit der Rückkehr aus London versuchte er, drei Bücher unterzubringen: einen Band mit Londoner Skizzen, einen weiteren mit Studien über das englische Theater, die englische Kunst und die englische Presse und einen dritten mit den Reisebriefen aus Schottland. Ende November übernahm der Verlag Ebner und Seubert in Stuttgart das Manuskript der Studien. Auch Heyse bat er um Hilfe, und der vermittelte ihm eine Verbindung zu seinem Berliner Verleger, dem 37jährigen Wilhelm Hertz, zu dessen Autoren neben Heyse Ernst Curtius, Hermann Grimm, Otto Gildemeister und andere gehörten. Fontane stellte sich ihm vor, und sie wurden bald einig. »Seine Ansichten über ›Lyrik‹ verdienten aufgezeichnet zu werden«, berichtete Fontane nach München, »und bei der

Honorar-Frage ließ er mit drunter laufen, daß er es liebe sich die Sache nach der *Typenmasse* zu berechnen; diesen Maßstab angelegt, müßt' ich zugeben, daß seine Anerbietungen höchst anständig seien. Ich nahm nicht den geringsten Anstand dies zuzugeben.«

1859 blieb ein schwieriges Jahr, und er schrieb der Mutter: »Der Ceremonienmeister des diesmaligen Weihnachtsfestes hat angeordnet: ›die Herren erscheinen mit leeren Händen; die Damen schließen sich den Herren an.‹« Am Ende zeigten sich doch einige Lichtblicke: zwei Bücher erschienen, die Zeitungen druckten seine Aufsätze und Mathilde von Rohr und Wilhelm von Merckel bemühten sich, beim Kultusminister einen Zuschuß für seine landesgeschichtlichen Arbeiten zu erreichen.

Hertz hatte ihm geraten, seine »Schottland-Briefe« dem Verleger Julius Springer anzubieten. Bereits Ende Januar erhielt er Antwort auf sein Angebot, und man einigte sich schnell auf ein Honorar von 100 Taler, Druckbeginn sollte im Mai sein. In Anlehnung an das englische »Beyond the Tweed« schlug Fontane als Titel *Jenseit des Tweed* vor, »wiewohl ich das ›Jenseit des Tweed‹ (man muß das ›s‹ in Jenseits fortlassen wodurch die Leichtigkeit des Aussprechens sehr gewinnt nicht übel finde; es ist ein bischen apart ohne pretensiös zu sein.«

Am 21. März wurde die Tochter Martha geboren. »Nun gratulier' ich«, schrieb Lepel. »Das muß ja ein Ausbund von Schönheit werden. Blaue Augen u. schwarzes Haar sind das Gefährlichste, was Einem passieren kann.«

Am 1. Juni 1860 begann er seine neue Stelle bei der »Kreuz-Zeitung«. Der Tunnelfreund George Hesekiel, der schon seit Jahren Redakteur des französischen Artikels war, hatte Fontane für den englischen Bereich vorgeschlagen, und der Chefredakteur Tuiscon Beutner hatte ihn aufgefordert, sich vorzustellen. »Vier Uhr war Sprechstunde. Pünktlich erschien ich in der Bernburgerstraße, wo der Chefredakteur der Kreuzzeitung schräg gegenüber der Lukaskirche wohnte. Matthäi wäre wohl besser gewesen, aber Lukas war auch gut. Endlich in der zweiten Etage glücklich angelangt, zog ich die Klingel und sah mich gleich darauf dem Gefürchteten gegenüber. Er war aus seinem Nachmittagsschlafe kaum heraus und rang ersichtlich nach einer der Situation entsprechenden Haltung. Ich hatte jedoch verhältnismäßig wenig Auge dafür, weil ich zunächst nicht ihn, sondern nur sein unmittelbares Milieu sah, das links neben ihm aus einem mittelgroßen Sofakissen, rechts über ihm aus einem schwarz eingerahmten Bilde bestand. In das Sofakissen war das eiserne Kreuz eingestickt, während aus dem schwarzen Bilderrahmen ein mit der Dornenkrone geschmückter Christus auf mich niederblickte.« Man kam schnell überein, und Fontane hatte endlich eine feste Stellung, in der er auch das nächste Jahrzehnt verblieb.

»Bis jetzt hab' ich durchaus keine Ursach, den getanen Schritt zu bereun«, schrieb er Paul Heyse. »Man wird mit den Jahren ehrlich und aufrichtig konservativer und läßt sich durch Persönlichkeiten und zufällige Vorkommnisse immer weniger in den großen Prinzipien beirren.« Inzwischen war bei Springer *Jenseit des Tweed – Bilder und Briefe aus Schottland* erschienen, im Juli folgte bei Ebner und Seubert in Stuttgart *Aus England* mit den Studien und Briefen über englische Theater.

Wolfsohn vermittelte ihm die Mitarbeit an dem Sammelwerk »Männer der Zeit«, einem biographischen Lexikon der Gegenwart, für das Fontane knapp fünfzig Artikel über Politiker, Schriftsteller, Künstler und Schauspieler verfaßte. Im

Jenseit des Tweed.

Bilder und Briefe

aus

Schottland.

Von

Th. Fontane.

Berlin.
Verlag von Julius Springer.
1860.

Titelseite der Erstausgabe »Jenseit des Tweed. Bilder und Briefe aus Schottland« von 1860.

George Fontane in einer zeitgenössischen Fotografie.

Schloß Rheinsberg.

Im Spreewald.

Oktober erschienen bei Wilhelm Hertz die *Balladen*, mit einer Widmung an Wilhelm von Merckel, in einem Umfang von fast dreihundert Seiten und bereits mit der Jahreszahl 1861.

Auf der Redaktion der ›Kreuz-Zeitung‹ hatte er durchaus »bequeme Tage«, Frankreich war wichtiger als England, »und so kam es, daß zeitweilig jeden Morgen der Chefredakteur an meinen Platz trat und mir mit seiner leisen Stimme zuflüsterte: ›Wenn irgend möglich, heute nur ein paar Zeilen; je weniger, desto besser.‹«

So blieb ihm reichlich Zeit für Fahrten in die Mark, um Material für seine »Wanderungen« zu finden. Sechzehn Reisen unternahm er in den Monaten April bis November, und in der ›Kreuz-Zeitung‹ und in Cottas ›Morgenblatt‹ erschienen *Märkische Bilder* und *Ansichten aus der Mark Brandenburg* über Ruppin, das Havelländische Luch, Tegel, Spandau, Fehrbellin, Küstrin und Gusow.

Das Jahresende war von Krankheit überschattet, und Fontane entschuldigte sich bei den Merckels: »nur die Mitteilung, daß wir beide ziemlich tief in der Grippe drinstecken und deshalb – gewiß unter Ihrer vollsten Zustimmung – Silvester durch frühes Zubettgehn und Tee und Wärmflasche feiern wollen.«

Am 2. Januar 1861 starb in Sanssouci Friedrich Wilhelm IV. und sein Bruder folgte ihm mit dreiundsechzig Jahren auf dem Thron als der neue preußische König Wilhelm I.

Im Herbst 1860 hatte Fontane Hertz gefragt, ob Springer wohl geneigt sein könnte, seine »Märkischen Bilder« unter dem Titel »Zwischen Oder und Elbe« zu verlegen. Doch Hertz zeigte sich selbst interessiert, und Fontane wollte nun – im Januar 1861 – wissen, ob er dabei bliebe. Hertz stimmte zu, und Fontane schlug vor: »Nach langem Hin- und Hererwägen hab' ich mich nun für 2 Bände, jeder von etwa 30 Bogen, entschieden.« Sie schlossen einen Vertrag über die *Wanderungen*, der für den ersten Band eine Auflage von 1000 Exemplaren bei einem Honorar von 300 Taler vorsah. Im März besuchte er seinen Vater in Schiffsmühle, der seit fast vierzehn Jahren getrennt von seiner Frau lebte, die mit ihrer jüngsten Tochter Lischen in Neuruppin wohnte. »Ich kam etwas nach 12 Uhr Nachts bei ihm an«, berichtete er seiner Mutter, »wir legten uns zu Bett und plauderten, da er sich wieder einen langen Fragezettel gemacht hatte, bis nach 4. Um Schlag 7 weckte er mich schon wieder, so daß ich sagen kann daß ich Strapazen durchgemacht habe, als wäre ich anno 13, 14, u. 15. mit dabei gewesen. Am andern Tage gingen wir zu den ›Geschäften‹ über, d.h. zur Durchsicht einer Menge alter Zettel, auf denen er in seinen vielen Mußestunden die fabelhaftesten Berechnungen angestellt hatte.«

Ende März erfolgte endlich die Bewilligung eines jährlichen Zuschusses von 300 Taler durch den Kultusminister, der bis Ostern 1865 von Jahr zu Jahr erneuert wurde, und im Juni konnte er das Manuskript für den ersten Band der *Wanderungen* abschließen. Der Druck begann, und bald kamen die ersten Korrekturfahnen, auch kleine Änderungen mußten berücksichtigt werden. Die tägliche Arbeit auf der Redaktion war zu leisten und weitere Fahrten sollten geplant werden. Am 13. November wurden die *Wanderungen durch die Mark Brandenburg* ausgeliefert, der Band hatte noch keinen Neben- oder Untertitel. Erst später, nach Erscheinen weiterer Bände, wurde er zum Haupttitel. Ende des Monats überreichte er eines der ersten Exemplare dem Kultusminister und mußte sich dabei einige kritische Bemerkungen gefallen lassen. »Ich bin innerlich tief-müde seit Monaten, vielleicht seit dem Moment schon, wo ich von England als eine geschlagene Truppe zurückkam [...]«, klagte er resignierend seinem Verleger und versuchte zu erklären, was er mit seinem Buch gewollt hatte. Er wollte einfach seinen Landsleuten zeigen, »daß es in ihrer nächsten Nähe auch nicht übel sei und daß es in Mark Brandenburg auch historische Städte, alte Schlösser, schöne Seen, landschaftliche Eigentümlichkeiten und Schritt für Schritt tüchtige Kerle gäbe. So entstand das Buch *›wandernd, plaudernd, reise-novellistisch‹*.«

Während des ganzen Jahres unternahm Fontane zahlreiche Fahrten in die Mark, und seine Berichte erschienen Monat für Monat in verschiedenen Zeitungen, besonders – wie bisher – in der »Kreuz-Zeitung« und in Cottas »Morgenblatt«. Am letzten Tag des Jahres trugen die Tunnelfreunde Wilhelm von Merckel zu Grabe, dessen stete Fürsorge Fontane in vielen Situationen geholfen hatte.

Anfang 1862 schrieb Fontane an Hertz, man »hat mir erzählt, daß man bei *Hofe* (wer?) mein Buch vielfach gelesen und sich anerkennend drüber ausgesprochen habe. Haben Prinzen Zeit zum Bücher lesen?« Im Tagebuch vermerkte er in diesen Wochen: »Vorarbeiten zum Roman.« Seit geraumer Zeit plante er einen Roman, der zunächst den Arbeitstitel *Lewin von Vitzewitz* trug. (Siebzehn Jahre später sollte er als *Vor dem Sturm* erscheinen.) Erste Anregungen hatten die Wanderfahrten ins Oderbruch ergeben, und in einem Notizbuch von 1862 finden sich Skizzen zur Handlung mit Gliederungen, die der späteren Struktur entsprechen. Es blieb zunächst bei den Notizen. »Den Roman anfangen, dazu hab' ich nicht innerliche Ruhe genug«, schrieb er seiner Frau, »auch ist die Frucht noch nicht reif; es können noch Jahre vergehn eh' ich ihn anfange, aber dann hintereinander weg [...]«

Ende Mai 1862 fuhr Emilie für mehrere Wochen zu ihrer

Freundin Johanna Treutler, die in der Nähe von Liegnitz wohnte. In langen Briefen erzählte ihr Fontane von seinem Leben in Berlin und seinen Wanderfahrten. Er schrieb ihr von seinen gesellschaftlichen Besuchen, die ihm doch oft sehr lästig waren. »Ich sehe doch die Tage kommen, wo ich mich aus diesem Krimskrams wieder zurückziehen werde. Als *Schule* haben solche Gesellschaften Wert, als *Vergnügen* stehen sie meist (einzelne Ausnahmen zugegeben) auf sehr niedriger Stufe. Ich glaube, daß ich jetzt den ›Ton‹ einigermaßen gelernt habe. Bis zur *Perfektion* werd' ich es nicht bringen, ist aber auch nicht nötig; nur das Stolperstudium (körperlich wie geistig) muß man hinter sich haben. Und so weit bin ich am Ende.«

Einen Monat später schrieb er ihr, daß die Wohnung zu Anfang Oktober gekündigt wurde, aber er sähe sich bereits nach einer anderen um. »Übrigens trag' ich mich mit einem großen Gedanken, angeregt durch Hesekiel der ähnliches beabsichtigt – nämlich mit dem *Bau eines Hauses*, in dem man nur selbst wohnt. Man kauft eine Bau-Stelle für 1000 rthl. und hat man solche Stelle, so erhält man ohne Mühe 3000 rthl. zum Bau eines Hauses, die dann zu erster Hypothek völlig sicher stehn. Hat man dann auch 5000 rthl. zu verzinsen zu 4 und 5 %, so wohnt man immer nicht theurer als wenn man für 200 bis 250 rthl. zu Miethe wohnt.« Es kämen noch Ausgaben dazu, aber der Wert würde mit der Zeit auch steigen. Da aber die wichtigen ersten tausend Taler fehlten, blieb es bei dem Gedankenspiel.

Ende September 1862 bezog die Familie eine Parterrewohnung in der Alten Jakobstraße. In diesen Tagen hatte der König Otto von Bismarck zum Ministerpräsidenten ernannt, damit er die Auseinandersetzungen wegen der Budgetfrage mit dem Parlament beende.

Auf der Redaktion der »Kreuz-Zeitung« stellte Fontane

Fontanes Frau Emilie um 1864.

Königgrätzerstraße (früher Hirschelstraße)
Ecke der Dessauerstraße.

Wanderungen

durch die

Mark Brandenburg.

Von

Theodor Fontane.

Berlin.

Verlag von Wilhelm Hertz.

(Besserſche Buchhandlung.)

1862.

Titelblatt der Erstausgabe der »Wanderungen durch die Mark Brandenburg« von 1862.

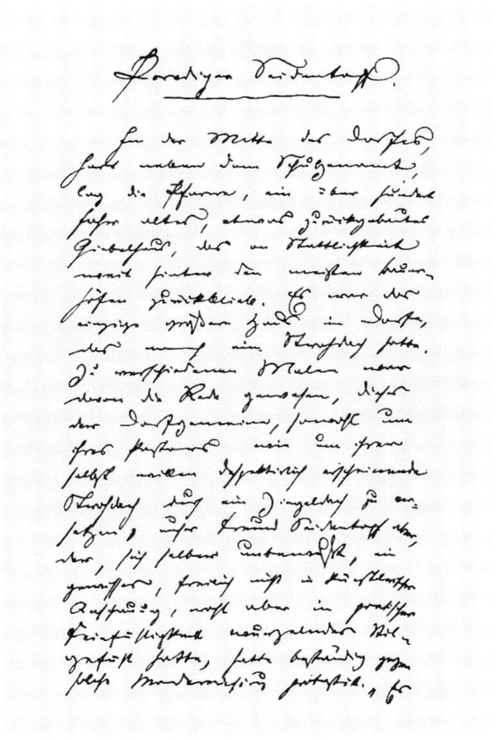

Aus der Handschrift von »Vor dem Sturm«.

George Hesekiel (1819-1874).
Fontanes Redaktionskollege bei der ›Kreuz-Zeitung‹.

täglich von halbzehn bis mittags halbeins den »englischen Artikel« zusammen, indem er Beiträge und Kommentare aus der englischen Presse auswählte, übersetzte und redigierte. Der Nachmittag und der Abend blieben ihm für seine eigene Arbeit und für die Aufsätze für einen weiteren Band der *Wanderungen*. Dazu wollte er von seinem Verleger wissen, ob er weiterhin daran interessiert sei.

»Was nun den Inhalt des zweiten Bandes angeht, so liegt er, wenn auch nicht druckreif, im Wesentlichen vor mir. [...] Es ist fast alles Oderland oder Oderbruch. [...] Die Liebe ist dieselbe geblieben, Ernst und Eifer sind gewachsen; aber andrerseits ist es wohl möglich, daß eine gewisse Frische, Unbefangenheit und gefällige Plauderhaftigkeit fehlt, die dem ersten Bande vielleicht wesentlich mit zu seiner guten Aufnahme verholfen haben. Ist ein solcher Unterschied da, so ist er (selbst wenn der zweite Band mindres Glück hätte) doch nur eine natürliche Fortentwicklung. Daß ich im *Prinzip* das ›plaudern‹ nicht aufgegeben habe und nicht aufgeben werde, versteht sich von selbst.« Hertz antwortete: »Eiligst die kurze Zusage meines schon ausgesprochenen Wunsches: ich übernehme gern den Verlag von Band II.« und Ende Mai schlossen sie den Vertrag, der eine Auflage von 1250 Exemplaren bei einem Honorar von 13 Taler pro Bogen vorsah.

In den letzten Augusttagen fuhr Fontane an die Ostsee. Mit der Eisenbahn erreichte er Stettin und dann mit dem Schiff Swinemünde, die Stadt seiner *Kinderjahre*. »Es ist alles anders geworden«, gestand er Emilie. »Leutnants und Soldaten treiben sich in den Straßen herum [...] Aber auch die Stadt selbst hat sich verändert, und in abermals 30 Jahren wird sie den Charakter einer kleinen Schifferstadt mit Giebelhäusern völlig verloren haben.« Er ging durch die Straßen seiner Kindheit und suchte das Haus, in dem er fünf Jahre gelebt, gespielt, gelacht und geweint hatte. Aber die Apotheke war verlegt worden, vieles fand er nicht mehr. »Ich bin in allen solchen Stücken so unsentimental wie möglich, und ich kann nicht sagen, daß das alles mich tief ergriffen hätte; aber von leiser Wehmut, von einer gewissen Herbststimmung wird das Herz doch beschlichen.

Dunkle Zypressen –
Ring dich nicht ab,
Es wird doch alles vergessen –

so ähnlich sagt *Storm*, und er hat recht.« Am 2. September kehrte er nach Berlin zurück. »Ich habe nun das Meer zu allen Tageszeiten gesehn, grau, grün, blau, mit und ohne Wellen, bei Mond- und Sonnenschein, und ich habe nun nachgerade ein Gefühl davon; ja, so schön das ist, man kann doch nicht immer bloß aufs Meer blicken.« In den darauf folgenden Wochen war er mit den Korrekturen für den neuen Wanderungsband beschäftigt.

Am 1. Oktober 1863 zog die Familie in ein Haus der Hirschelstraße, direkt an der Ecke Dessauerstraße, in der die ›Kreuz-Zeitung‹ ihr Büro hatte. »Ein dunkler Flur trennte zwei nach vorn liegende, als Arbeitszimmer des Hausherrn und als Damenzimmer dienende, leidlich große zweifenstrige Räume von zwei auf einen engen unfreundlichen Hof gehende Schlafstuben.« Dazu kamen noch ein Berliner Zimmer, ein Durchgangsstübchen und die Küche. Im Frühjahr des kommenden Jahres erwartete Emilie wieder ein Kind.

Jahrzehnte später erinnerte sich Fontane an den ersten Winter in der neuen Wohnung, da er die ersten Seiten an *Vor dem Sturm* schrieb. »...ich schrieb abends und nachts die ersten Kapitel [...] während die österreichischen Brigaden unter meinem Fenster vorüberfuhren; und wenn zuletzt die Geschütze kamen, zitterte das ganze Haus. [...] Die Stadtmauer [...] stand noch und unmittelbar dahinter liefen die Stadtbahngeleise.«

Anfang November trafen die ersten Exemplare des neuen Buches ein, dessen Titel nun lautete: *Wanderungen durch die Mark Brandenburg / Zweiter Theil / Das Oderland / Barnim. Lebus*. Der Umfang betrug 548 Seiten, so daß Fontane mit einem Honorar von etwa 450 Taler rechnen konnte.

Mitte November starb der dänische König, sein Nachfolger Christian IX. unterschrieb ein Gesetz, das Schleswig von Holstein trennen und in Dänemark eingliedern sollte. Preußen und Österreich protestierten gegen die »Incorporationsakte« und stellten ein Ultimatum. Da Dänemark es nicht beachtete, überschritten am 1. Februar 1864 Truppen die Eider. Die Dänen konnten den Vormarsch nicht aufhalten, und bereits am 12. Mai wurde eine Waffenruhe vereinbart, ihr folgte am 18. Juli der endgültige Waffenstillstand und schließlich am 30. Oktober der Friede zu Wien, der Schleswig und Holstein zunächst Preußen und Österreich übertrug.

Am 5. Februar hatte er an Mathilde von Rohr vermeldet: »Ein kleiner Junge ist heute früh 10 ¼ glücklich – wiewohl nach einigem Sträuben – einpassiert. Mutter und Kind sind wohl.« Am 21. März war die Taufe, und der dritte Sohn sollte den Namen Friedrich tragen. Durch den Umzug und die Geburt war Emilie sehr geschwächt worden. »Ich glaube, sie kommt jetzt in die Jahre«, schrieb Fontane seiner Mutter, »für die man den etwas komischen Ausdruck erfunden hat: ›die Natur setzt sich‹. Ich warte nur noch auf den Zeitpunkt, wo es heißen wird: ›mein Mann versteht mich nicht‹. Dies pflegt der Höhepunkt zu sein.«

Im Frühjahr fragte er Hertz, ob er eine neue Auflage des ersten Bandes der *Wanderungen* plane; dann müßte er in den nächsten Monaten an die Umarbeitung gehen und mehrere Kapitel neu schreiben. Sie einigten sich auf eine zweite Auflage von 800 Exemplaren und ein Honorar von 200 Taler. Der Druck würde im Sommer beginnen, außerdem sollte demnächst ein dritter Band über das Havelland erscheinen.

Für einen biographischen Aufsatz über die Fouqués besuchte er Brandenburg, Rathenow und Nennhausen. Die Frau Friedrich Fouqués war eine geborene Briest, deren Vorfahr vom Großen Kurfürsten für seine Verdienste in der Schlacht von Ferbellin das Gut Nennhausen erhalten hatte. Effi Briest wird später in Kessin dem Apotheker Gieshübler erzählen: »Ich bin eine geborene Briest und stamme von dem Briest ab, der am Tage vor der Ferbelliner Schlacht, den Überfall auf Rathenow ausführte …«

Im Spätsommer sandte Fontane das Manuskript für die veränderte neue Auflage des ersten Bandes der *Wanderungen* dem Verlag, und im August bot er Hertz zum erstenmal seinen geplanten Roman *Levin von Vitzewitz* an, der später den Titel *Vor dem Sturm* führte. Hertz erklärte sich grundsätzlich bereit, das Buch zu verlegen und wollte einen Teil des Honorars im voraus zahlen.

1865-1878

Die Kriegsbücher – Italien
Der erste Roman

Theodor Fontane. Lithographie um 1874.

Ende August fragte Rudolf von Decker, Inhaber des gleichnamigen Verlages, Fontane, ob er ein Buch über den Krieg schreiben wolle und bot ihm 750 Taler für etwa 25 Bogen. Fontane nahm an und reiste im September nach Dänemark über Lübeck und Travemünde bis nach Kopenhagen. Auf der Rückreise besuchte er Storm in Husum und kehrte dann nach Berlin zurück. Berichte der dänischen Reise erschienen als Vorabdrucke in verschiedenen Zeitschriften, denn Fontane war bemüht, seine Arbeiten mehrfach zu verwerten, da die Zeitungsveröffentlichungen zusätzliche Honorare brachten.

Rechtzeitig zu Weihnachten erschien die zweite, vermehrte Auflage der *Wanderungen durch die Mark Brandenburg / Erster Theil / Die Grafschaft Ruppin. Barnim. Teltow.* schon mit der Jahreszahl 1865. »Statt eines regelrechten Vorwortes, heute lieber ein Wort über ›reisen in der Mark‹«, leitete er das Buch ein und gab Ratschläge für die Reisenden. »Du wirst, wenn du heimkehrst, nichts Auswendiggelerntes gehört haben wie auf den großen Touren, wo alles seine Taxe hat; der Mensch selber aber wird sich vor dir erschlossen haben. Und das bleibt doch immer das Beste.«

Im Winter schrieb er die Reiseberichte aus Dänemark, auch als Vorarbeit für das Kriegsbuch. »An die Wiederaufnahme der unterbrochenen Arbeiten, die alle für Band III der Wanderungen bestimmt waren, ist vorläufig nicht zu denken«, teilte er einem Bekannten mit, »da ich auserlesen worden bin, eine populäre, dabei umfangreiche und reich illustrierte Darstellung des schleswig-holsteinischen Krieges zu schreiben.«

»Gegenwärtig haben meine lieben Freunde keine Nahrungssorgen«, vermerkte Henriette von Merckel im Tagebuch, »aber ihre reizbaren Naturen, und namentlich seine Angegriffenheit und Stockungen des Blutes, lassen die Frau selten zur Ruhe kommen. Es wäre ihm sehr nötig, sich schonen zu können; leider sieht man nicht ein, wie das zu ermöglichen ist, da er durch seine Geistestätigkeit die Familie erhalten muß.« Im April erkrankte Fontane und fuhr Ende des Monats zur Erholung nach Kränzlin. Auch dort arbeitete er fast täglich am Kriegsbuch, dessen äußere Form im Sommer geändert werden mußte. Aus dem geplanten Prachtband sollte nun ein einfaches, populäres Buch werden. Im August unterbrach er die Arbeit und fuhr nach Köln. »Der Dom ist ein kosmopolitisches Hauptwerk; die ganze Welt hat dran gebaut, die ganze Welt besucht es [...] Es ist alles, nur keine katholische Kirche. Es ist ein Museum und profanes Getreibe«, notierte er sich. Von Köln fuhr er weiter nach Bonn, Bingen und Rüdesheim, dann über Mainz, Worms, Speyer, Karlsruhe bis nach Basel. In Interlaken versuchte er, sich etwas zu erholen, und Ende September war er wieder in Berlin.

Er bekannte dem Verlag, daß er es verstehen würde, wenn man auf das Kriegsbuch verzichten wolle. *»Die Freude an dem Unternehmen ist allerseits längst dahin.«* Müßte er nicht von seiner Feder leben, er würde auch auf sein Honorar verzichten. Das Buch sollte jedoch erscheinen, Fontane überarbeitete sein Manuskript, und Mitte November lieferte er alles ab. So konnte er am 4. November mit Hertz im Anschluß an die Vereinbarung des vorigen Jahres den Vertrag über *Lewin von Vitzewitz* schließen, in dem eine Auflage von 1500 Exemplaren bei einem Umfang von 75 Bogen vorgesehen wurde. Pro Bogen vereinbarten sie ein Honorar von 16 Taler, also 1200 Taler für das ganze Buch.

Am letzten Tag des Jahres dankte er Mathilde von Rohr für ihre Gaben und Glückwünsche und berichtete von seinem 46. Geburtstag: »Der Tag gestern verlief sehr angenehm; die Gratulanten, die die Stunden von 1 bis 3 und dann wieder von 5 bis 7 gewählt hatten, ließen meiner Frau und mir gerade Zeit zum Nachmittagsschlaf, so daß wir auch der zweiten Serie [...] mit relativer Frische entgegentreten konnten.«

Seiner Frau hatte er Weihnachten ein Gesang- und ein Wirtschaftsbuch mit den Versen geschenkt:

Wenn das Wirtschaftsbuch nicht stimmt
Und das Debet das Credit überklimmt,
Geben die alten Luther-Lieder
Trost und Contenance wieder.

Endlich erschien im April *Der Schleswig-Holsteinische Krieg*, und Hesekiel überreichte ein Exemplar dem Prinzen Friedrich Karl, Neffe des Königs und Oberbefehlshaber der Armeen während des Krieges. »Winter und Frühjahr 1866 vergehen in der herkömmlichen Weise«, notierte sich Fontane. »Es ändert sich nichts, Arbeit, Umgang, Verkehr – alles bleibt beim alten. Im April und Mai werd ich krank und laboriere wochenlang an meinen alten gastrisch-nervösen Zuständen. – Mein *Roman* [›Lewin von Vitzewitz‹ – späterer Titel ›Vor dem Sturm‹] beschäftigt mich ausschließlich, und ich arbeite fleißig bis in den Juni hinein.« Er erläuterte seinem Verleger die Hauptpunkte seiner Arbeit: »1. man muß die Dinge nicht zu gut machen wollen; das gibt nur Unfreiheit und Peinlichkeit. 2. man muß nicht alles sagen wollen, dadurch wird die Phantasie des Lesers in Ruhestand gesetzt und dadurch wieder wird die Langeweile geboren. 3. Man muß Vordergrunds- Mittelgrunds- und Hintergrunds-Figuren haben und es ist ein Fehler wenn man *alles* in das volle Licht des Vordergrundes rückt. 4. Die Personen müssen gleich bei ihrem ersten Auftreten so gezeichnet sein, daß der Leser es weg hat, ob sie Haupt- oder Nebenpersonen sind. Auf das räumliche Maß der Schildrung kommt es dabei nicht an, sondern auf eine gewisse Intensität, die den Fingerzeig gibt.« Es war das literarische Credo seines Erzählens. »Ich möchte etwas Feines, Graziöses geben; ob ich es erreiche, steht dahin.« In den letzten Maitagen schrieb er an Heyse: »We are drifting into war now; in 8 Tagen kann's los gehn: [...] *Lepel führt seit 3 Tagen wieder eine Compagnie*, worüber wir alle sehr glücklich sind; es ist doch was. – Herrn Hertz [...] habe ich seit 14 Tagen nicht gesehn. Er ist sehr anti-kriegerisch, was ich ihm nicht verüble. Für Geschäftsleute sinds schwere Zeiten, aber ich hoffe daß alle diese Opfer nicht umsonst gebracht sein werden.«

Zwei Wochen später, am 15. Juni 1866, begann der Krieg, und bereits am 3. Juli wurde die österreichische Armee in Nordböhmen bei Königgrätz und Sadowa geschlagen. Schon im August begannen Verhandlungen mit dem R. von Deckers Verlag, der ein weiteres Kriegsbuch verlegen wollte. Zunächst bot man ein zu geringes Honorar und wollte den benötigten größeren Umfang nicht berücksichtigen, doch schließlich einigte man sich, und Fontane brach zu einer Reise nach Nordböhmen auf, um die Orte des Geschehens zu sehen. Über Dresden fuhr er nach Prag, folgte der Route der preußischen Armeen und besuchte das Schlachtfeld von Königgrätz. Nach seiner Rückkehr veröffentlichte er die *Reisebriefe vom Kriegsschauplatz in Böhmen*, die im Oktober im »Berliner Fremden- und Anzeigenblatt« des R. von Deckers Verlag erschienen.

Zum Weihnachtsfest schnitt er die Drucke aus der Zeitung, klebte sie zusammen und schenkte das Büchlein seiner Frau:

Dieses Buch hab' ich geschrieben,
Seinen Inhalt hab' ich durchgelebt,
Aber was mir das Liebste geblieben:
Ich habe auch alles aufgeklebt.

Da die offiziellen preußischen Stellen ihm wenig Informationen gaben, mußte Fontane österreichische und sächsische Quellen heranziehen. Material und Unterlagen waren dabei so umfangreich, daß er im Frühjahr 1867 dem Verlag mitteilen mußte, der Umfang würde wesentlich größer werden als bisher geplant, aus diesem Grund könnte er den Termin zum Jahresende nicht einhalten. »Gut Ding will Weile. Ich bitte Sie herzlich, mich durch Forderungen, die einfach über meine Kräfte gehn, nicht mutlos und niedergeschlagen zu machen. Es glückt einem nur das, an das man mit dem Gefühl herantritt: das kannst du, das liegt innerhalb deiner Kraft.«

Im April wurde der jetzt fast 16jährige George in der Französischen Kirche in der Klosterstraße von Pastor Fournier konfirmiert, der ihn schon 1851 getauft hatte, und der auch bereits Fontane konfirmiert und ihn mit Emilie 1850 getraut hatte.

Fontane war in den Wochen des Frühjahrs häufig krank, und die Arbeit am Kriegsbuch mußte für Tage und Wochen liegenbleiben. Im Juni fuhr Emilie zu ihrer langjährigen Freundin Johanna Treutler nach Liegnitz, denn einen gemeinsamen Urlaub glaubten beide nicht durchstehen zu können. »Die Hauptschuld mögen wohl die Verhältnisse tragen. Wir sind beide, bei Bescheidenheit in vielen Dingen, doch auch anspruchsvoll in anderen. [...] Daher dann Verstimmung, die schließlich einer dem andern vorwirft.«

Im August reisten sie doch zusammen nach Thüringen und trafen sich in Ilmenau mit Mathilde von Rohr. Sie besuchten den Kickelhahn über dem Manebacher Grund und das Waldhäuschen, an dessen Wand Goethe im September 1780 die Verse »Über allen Gipfeln ist Ruh« geschrieben hatte.

»Am 5. Oktober [1867], abends gegen 11 Uhr, stirbt mein guter Papa, 71½ Jahre alt, in Schiffmühle bei Freienwalde«, notierte Fontane im Tagebuch. »Am Dienstag mittag, den 8., zwischen 5 und 6, haben wir, nach wunderlichen Zwischenfällen, den alten Herrn auf der Höhe des Tornowschen Kirchhofs begraben. Sand, Geröll und große Steine, wie sie dort überall in der Erde stecken, liegen auf seinem Grab; sei ihm die Erde leicht ...«

Berglehnen, die Oder fließt dran hin,
Zieht vorüber in trägem Lauf,
Gelbe Mummeln schwimmen darauf;
Am Ufer Werft und Schilf und Rohr,
Und am Abhange schimmern Kreuze hervor,
Auf eines fällt heller Sonnenschein –
Da hat mein Vater seinen Stein.

Den schönsten Stein setzte ihm sein Sohn mit dem Kapitel »Vierzig Jahre später« in dem autobiographischen Roman *Meine Kinderjahre*.

Zum Jahresende erkrankten Fontane und seine Frau, wie schon so oft im Jahr. Emilie war im November dreiundvierzig Jahre alt geworden, und er feierte am vorletzten Tag des Jahres seinen achtundvierzigsten Geburtstag.

Im Frühjahr des folgenden Jahres – 1868 – berichtete Fontane seiner Mutter: »Emilie war fast immer krank. [...] Mit meiner Gesundheit ging es glücklicherweise leidlich. [...] Arbeiten, ein paar Wochen abgerechnet, hab ich immer gekonnt und das ist bekanntlich die Hauptsache, daß *diese* Maschine nicht still steht. Im Juli oder August hoff ich mit meinem Buche fertig zu sein.« Mit dem ›Buch‹ meinte er das Kriegsbuch, dessen Erscheinungstermin sich mehr und mehr verschob.

Im Mai machte er Urlaub in Thale im Harz. »Vor 8 Tagen habe ich mich hieher in diese Harzesstille zurückgezogen«, schrieb er Storm, »wohlweislich zu einer Zeit, wo der Berliner diese Gegenden noch nicht unsicher macht und seine Butterstullen-Papiere noch nicht in den Bodekessel wirft. Es führte mich die Absicht hieher zu ruhn, zu atmen, und mit Beschämung sei es gesagt auch zu dichten. Ich nahm nur drei Bücher mit: die Psalmen vom alten David, die Erzählungen eines Großvaters vom alten Scott und die Gedichte von Theodor Storm.« Nach der Rückkehr gab es Streitigkeiten mit dem Verlag des Kriegsbuches, der die unumgängliche Umfangerweiterung nicht honorieren wollte. Anfang Juli fand man schließlich einen Kompromiß.

Den August verbrachte er im Riesengebirge, in Erdmannsdorf, zwischen Hirschberg und Schmiedeberg gelegen. Er las Walter Scott, den er schon seit Jugendtagen kannte und bewunderte, »nämlich das ganze ›Heart of Midlothian‹. An einzelnen Stellen nicht viel 'was andres als ein höhrer Räuber-Roman, ist doch das Ganze von einer so kolossalen Schönheit [...] Durch das Ganze, hundert andrer Vorzüge zu geschweigen, zieht sich eine Gabe, Menschen das Natürliche, immer Richtige sagen zu lassen ... «

Emilie fuhr im Oktober, wie in den Jahren zuvor, für einige Wochen zu Johanna Treutler nach Neuhof bei Liegnitz. »Die Kinder hier sind munter«, schrieb Fontane aus Berlin seiner Schwester Lischen, »Friedel allerliebst und eigentlich jetzt ein sehr artiges Kind; Theo und Martha dafür in beständiger

Krieg-führung ›bis aufs Messer‹; Biest und ausgerissene Haare zählen zu den Alltäglichkeiten.« George stand in der Ausbildung als Fähnrich; nach Schwierigkeiten in der Schule hatte er sich entschlossen, Soldat zu werden.

Ende des Jahres hatte Fontane das Kriegsbuch in der Rohfassung fertig, nur eine »strenge Durchsicht« fehlte noch. »Es war eine Hundearbeit alles noch mal durchzuackern und doch hätte es noch schlimmer sein können«, klagte er Anfang 1869 Ludwig Burger. Dessen Illustrationen wurden jedoch nicht rechtzeitig fertig, und der Druck verzögerte sich von Woche zu Woche. Ostern besuchte Fontane seine Mutter in Neuruppin, und im Mai schrieb er ihr, daß er zur Zeit an den *Wanderungen* arbeite, und zwar am dritten Band über das Havelland. »In unsrem Hause, unberufen und unbeschrien, geht es leidlich. Emilie, die von Weihnachten bis Ostern körperlich und geistig in trauriger Verfassung war, hat sich wieder recht erholt und sieht die Welt im Allgemeinen und mich im Speziellen wieder mit andern Augen an. Ich könnte Ehe-Monatstabellen herausgeben. Von November an abnehmend, Weihnachten letztes Viertel, dann vier Monate lang totale Verfinsterung, zu Ostern der erste goldne Sichelstreifen, der holde Mondkahn, um nun in den Stillen Ozean des Frühlings und Sommers einzuschiffen. Nach Pfingsten Vollmond. Ich nehme dies alles jetzt wie Natur-Erscheinungen hin, freue mich des blauen Himmels und murre nicht, wenn es regnet. Ich weiß, alles hat seine Zeit.«

Seinen Geburtstagsbrief an Mathilde von Rohr mußte er diesmal nach dem mecklenburgischen Kloster Dobbertin richten, sie hatte dort im Damenstift den für sie reservierten Platz eingenommen.

Ende August machte er noch einmal zwei Wochen Urlaub im Riesengebirge, diesmal in Hermsdorf, südlich von Warmbrunn. »Es geht mir gut; ich habe guten Schlaf«, schrieb er seiner Frau, »meine Erkältung ist beseitigt und meine Nerven haben sich in der frischen Luft sehr gekräftigt.« Mitte September kehrte er zurück. Alles ging weiterhin den üblichen Weg, nur George machte ihnen Sorgen, da er mit seinem Geld nicht auskam. »Ich glaube aber nicht, daß es schlimm ist«, schrieb er seiner Frau, die zusammen mit Martha bei ihrer Freundin in Neuhof war, »er ist natürlich etwas eingeschüchtert und geniert sich bei jeder Forderung. Ich habe ihm geschrieben, daß er nun genau notieren soll was noch zu bezahlen ist, damit, vom 1. Okt. an, die Sache endlich wieder kontrolierbar wird.« Er selbst fühlte sich mißgestimmt. »Ich bedarf einer Auffrischung, irgend eines Geschenks; einer Gnade, die mir das Hoffnungslämpchen wieder ansteckt; das Abwickeln der Tage unter Verhältnissen, die nur gerade das tägliche Brot abwerfen und die Aussicht für den Rest des Lebens diesen Zustand der Dinge noch als besondres Glück ansehen zu müssen, hat wenig Erheiterndes.« Abwechslung brachte bisweilen die eine oder andere Einladung. An einem dieser Abende wurde bei Tische die Frage gestellt »wofür man den und den halten würde, wenn man ihm im Coupé stumm gegenüber säße«, schrieb er Emilie, »Bei mir hieß es: ›Offizier a.D., der sich wegen Kopfrheumatismus das Haar hat lang wachsen lassen.‹ Vorzüglich, besonders die Motivierung der langen Perücke.«

Er machte Ausflüge ins Havelland und fragte bei Hertz an, ob er noch Interesse habe, einen weiteren Band der *Wanderungen* zu bringen. Hertz antwortete umgehend, er würde sich freuen, ihn möglichst bald drucken zu können.

In der ersten Novemberwoche 1869 erschien dann endlich *Der deutsche Krieg von 1866. I. Band. Der Feldzug in Böhmen und Mähren. 1. Halbband: Bis Königgrätz.* Die ersten

Der

Schleswig-Holsteinsche Krieg

im Jahre 1864.

Von

Th. Fontane.

Mit 4 Portraits, 56 in den Text gedruckten Abbildungen und Plänen in Holzschnitt
und 9 Karten in Steindruck.

Berlin, 1866.

Verlag der Königlichen Geheimen Ober-Hofbuchdruckerei
(R. v. Decker).

Titelblatt der Erstausgabe 1866 von
»Der Schleswig-Holsteinsche Krieg im Jahre 1864«.

Louis Henri Fontane (1796-1867), Theodor Fontanes Vater.
Zeichnung von H. Raetzer, 1859.

Der deutsche Krieg

von

1866

Von

Th. Fontane.

Mit Illustrationen von

Ludwig Burger.

II. Band. Der Feldzug in West- und Mitteldeutschland.
Anhang: Die Denkmäler.

Berlin, 1871.
Verlag der Königlichen Geheimen Ober-Hofbuchdruckerei
(R. v. Decker).

Titelblatt der Erstausgabe 1871 von »Der deutsche Krieg von 1866«.

Kloster Dobbertin in Mecklenburg.

466 Seiten mit 7 Portraits, 164 in den Text gedruckten Abbildungen und Plänen in Holzschnitt lagen vor, der 2. Halbband erschien erst 1870.

Der Band wurde dem König, Wilhelm I., überreicht, und Fontane bat, ihm die jährliche Unterstützung von 300 Taler weiter zu gewähren. »Der König hat sich sehr beifällig über das Buch geäußert«, schrieb er Henriette von Merckel, »ein Geschenk von 80 Friedrichsd'or beigefügt; wegen der 300 Taler Bericht gefordert. Sie können sich denken, welcher Lichtstrahl damit in meine, nach der finanziellen Seite hin, novembergraue Wohnung fällt. Es war mir zwar geglückt, die Maschinerie bis hieher leidlich in Ordnung zu erhalten, aber doch wirklich nur unter Dransetzung aller Kräfte, was ich auf die Dauer und bei meiner Kränklichkeit nicht aushalten könnte.«

Auch an Bismarck hatte er den *Deutschen Krieg* gesandt, der ihm aus Varzin antwortete: »Euer Wohlgeboren danke ich verbindlich für die Übersendung Ihrer neuesten Arbeit, der deutsche Krieg von 1866, von der ich mir in Erinnerung an das Interesse, mit dem ich Ihre Wanderungen durch die Mark gelesen habe, und im Hinblick auf die gelungene artistische Ausstattung, eine besonders anziehende Lektüre verspreche.«

Am 13. Dezember starb Fontanes Mutter im Alter von 71 Jahren. Seit mehr als zwei Jahrzehnten, seit der Trennung von ihrem Mann im Sommer 1847, hatte sie allein mit ihrer jüngsten Tochter in Neuruppin gelebt. »Am Donnerstag haben wir dann unsre gute Mama auf dem alten Ruppiner Friedhof [...] an einer schönen, baumbepflanzten Stelle zur letzten Ruhe bestattet. Die ganze Stadt war voll Teilnahme, was uns wieder einmal zeigte, daß ein ordentliches, ehrliches, anständiges Leben, voll Strenge gegen sich selbst und voll

Güte gegen die Mitmenschen, immer noch seine Würdigung findet.«

Verfallene Hügel, die Schwalben ziehn,
Vorüber schlängelt sich der Rhin,
Über weiße Steine, zerbröckelt all,
Blickt der alte Ruppiner Wall,
Die Buchen stehn, die Eichen rauschen,
Die Gräberbüsche Zwiesprach tauschen,
Und Haferfelder auf und ab –
Da ist meiner Mutter Grab.

In Stille und Ruhe verging das Weihnachtsfest, und am 30. Dezember 1869 beging Fontane mit seiner Familie seinen 50. Geburtstag.

Trotz häufiger Erkrankung arbeitete er die ersten Monate des Jahres 1870 am Wanderungsband *Havelland*. Das Dreihunderttaler-Gesuch wurde im März abgelehnt. »Dies große Kriegsbuch, die Tag- und Nacht-Arbeit dreier Jahre, war der letzte Zug«, schrieb er resigniert an Hertz, »alles wieder umsonst, und so darf ich denn sagen: ich habe diesen Literaturbettel gründlich satt.«

Zur gleichen Zeit bot ihm Geheimrat Hahn vom Innenministerium, den er von den »politischen Ressourcen« der ›Kreuz-Zeitung‹ her kannte, die freie Mitarbeit bei der ministeriellen Pressekorrespondenz an. Für ein wöchentliches Feuilleton würde er im Vierteljahr 100 Taler erhalten. Diese 400 Taler jährlich wurden ihm bis an sein Lebensende gezahlt, ohne jemals zu Beiträgen aufgefordert zu werden.

Mitte April fuhr Emilie mit Martha nach London, die Tochter sollte dort eine längere Zeit bei der Familie Merrington bleiben, mit der die Fontanes seit ihrem letzten Englandaufenthalt befreundet waren. »Da wir unsern Kindern sonst nichts hinterlassen können«, schrieb er an Mathilde von Rohr, »so wollen wir wenigstens versuchen, ihnen eine innerliche Ausrüstung mit auf den Weg zu geben, und dazu gehört beispielsweise Sprachkenntnis.« Wenige Stunden nach der Abreise von Frau und Tochter kündigte er ohne Wissen seiner Frau die Stellung bei der Kreuz-Zeitung. »Die Unfreiheit, die Dürre, die Ledernheit des Dienstes fingen an mir unerträglich zu werden [...] Ich sagte mir also, das geht noch so 10 Jahr, dann sehnt man sich nach einer jüngeren Kraft, behandelt Dich schlecht und zwingt Dich Deine Stelle zu quittiren; *dem* komme lieber zuvor, *jetzt* kanns noch glücken; und danach hab ich gehandelt.« Erst drei Wochen später berichtete er den Entschluß seiner Frau, bat sie um Verständnis und rechnete ihr vor, daß sie auch mit geringeren Einkünften auskommen würden. »Meinst Du nicht, daß, wenn es durchaus sein *müßte*, die Sache auch davon zu bestreiten wäre? meinst Du nicht, daß diese Summe unter allen Umständen ausreichen würde, uns vor Erniedrigung und Unwürdigkeit zu bewahren. Und nur *darauf* kommt es schließlich an. Indepenz über alles. Alles andre ist zuletzt nur Larifari.« Emilie antwortete sofort. »Liebster Theodor. Du wirst nicht erwarten, daß mich Dein Brief erfreut hat; dazu blickst auch Du zu dankbar auf die letzten 10 glücklichsten Jahre unseres Lebens zurück. Noch bitte ich Gott mir die Überzeugung zu geben, daß Du richtig gehandelt hast; möge das Gefühl der Freiheit, welches Dich jetzt erquickt, Dir Kraft und Mut zu dem neuen Lebensweg geben; überrascht hat mich dieser Dein Schritt nicht.« Mitte Juni kehrte Emilie nach Berlin zurück.

Eine neue Stellung fand sich. »1870 starb der alte Gubitz; die Vossische Zeitung sah sich nach einem Ersatzmann für ihn um, und ich rückte an seine Stelle. Mit Beginn der Spielzeit (15. August) sollte ich eintreten.« Für 700 Taler jährlich übernahm er die Berichterstattung der Aufführungen am Königlichen Schauspielhaus.

Inzwischen hatte sich während der letzten Wochen die politische Lage zugespitzt. Zwischen Preußen und Frankreich war es in der Frage der spanischen Thronfolge zu tiefgreifenden Meinungsverschiedenheiten gekommen, die sich diplomatisch nicht mehr beilegen ließen. Am 19. Juli erklärte Frankreich den Krieg. Fontane war zu dieser Zeit mit der Familie in Warnemünde. Sofort kehrte Emilie mit den Kindern nach Berlin zurück, er selbst verbrachte noch einige Tage bei Mathilde von Rohr in Dobbertin. Hier erreichten ihn die ersten Siegesmeldungen. »Wozu das alles? um nichts! Blos damit Lude Napoleon festsitzt oder damit der Franzose sich ferner einbilden kann, er sei das Prachtstück der Schöpfung – um solcher Chimäre willen der Tod von Tausenden!« George war zum Seconde-Leutnant befördert worden und nach Frankreich eingerückt.

In den ersten Augusttagen fragte Rudolf von Decker bei ihm an, ob er ein drittes Kriegsbuch schreiben wolle. »Es erging mir wie Ihnen«, antwortete Fontane, »ich hatte das Gefühl: nun ist es auf Lebenszeit an Siegen und Sieges*beschreibung* genug. Es hat anders kommen sollen; alles steht ein drittes Mal im Felde, so denn auch wir.« Man einigte sich schnell auf ein Honorar von 50 Taler je Bogen. Inzwischen war auch der zweite Halbband des *Deutschen Krieges von 1866. Königgrätz. Bis vor Wien.* erschienen und dem König überreicht worden, für den Fontane eine Ehrengabe von 50 Friedrichsd'Or erhielt.

Am 2. September kapitulierte ein großer Teil der französischen Armee bei Sedan und Napoleon III. geriet in Gefangenschaft. Zwei Tage später wurde die Republik in Paris ausgerufen.

»Ich sollte den Krieg beschreiben, und wer dabei nicht bloß auf seinem Drehstuhl reiten bzw. mit der Papierschere vorgehen will, wer, wenn weiter nichts, so doch wenigstens die Szenerie kennenlernen will, um hinterher sein Bild zu malen, der hat den Beruf, sich die Sache anzusehn.« So fuhr Fontane in den letzten Septembertagen nach Nordfrankreich. Von Toul aus machte er einen Abstecher in das unbesetzte Gebiet nach Domremy, dem Geburtsort der Jungfrau von Orleans. Dort wurde er am 5. Oktober als vermeintlicher Spion gefangengenommen. Er war in eine höchst gefährliche Situation geraten, und in den ersten Tagen mußte er durchaus mit dem Tod durch Erschießen rechnen. Endlich klärte sich in Besançon die Lage zu seinen Gunsten, er wurde vom Verdacht der Spionage freigesprochen, man billigte ihm den Status eines »officier supérieur« zu und brachte ihn quer durch Frankreich auf die Atlantikinsel Oléron. Anfang November traf er dort ein. Aus Berlin hatte er noch immer keine Nachricht. In den Tagen und Nächten am Meer gedachte er der zurückliegenden Jahre. Vor wenigen Wochen, am 16. Oktober, hatte er des Tages vor zwanzig Jahren gedacht, da Emilie und er geheiratet hatten.

O trübe diese Tage nicht,
Sie sind der letzte Sonnenschein;
Wie lange, und es lischt das Licht,
Und unser Winter bricht herein.

Dies ist die Zeit, wo jeder Tag
Viel Tage gilt in seinem Wert,
Weil man's nicht mehr erhoffen mag,
Daß so die Stunde wiederkehrt.

Er hatte in diesen Wochen erlebt, wie schmal der Grat zwischen Leben und Tod sein kann.

Die Flut des Lebens ist dahin,
Es ebbt in seinem Stolz und Reiz,
Und sieh, es schleicht in unsern Sinn
Ein banger, nie gekannter Geiz;

Ein süßer Geiz, der Stunden zählt
Und jede prüft auf ihren Glanz –
O sorge, daß uns keine fehlt,
Und gönn uns jede Stunde *ganz*.

Bereits am 24. des Monats konnte er seiner Frau schreiben: »Ich bin frei.« In einer langen Fahrt über die Schweiz kehrte er zurück, am 5. Dezember – zwei Monate nach seiner Gefangennahme – war er wieder in Berlin. Bereits auf Oléron hatte er begonnen, seine Erlebnisse zu beschreiben, jetzt arbeitete er weiter daran, und am 25. Dezember erschienen in der »Vossischen Zeitung« die ersten Kapitel von *Kriegsgefangen*.

Den Weihnachtsabend und seinen Geburtstag verbrachte er mit seiner Frau und den Söhnen Theo und Friedel. Martha war noch in England und George in Frankreich.

In den ersten Märztagen lag die Buchausgabe von *Kriegsgefangen. Erlebtes 1870* vor. Mitte des Monats wurde der abschließende zweite Band vom *Deutschen Krieg von 1866. Der Feldzug in West- und Mitteldeutschland* ausgeliefert.

Am Ostersonntag 1871 brach Fontane zu einer zweiten Frankreichreise auf, die ihn nach Reims, St. Denis, Rouen, Dieppe und Neuville führte. Auch sie war für das Kriegsbuch gedacht, vorab aber wollte er die Berichte in Zeitungen veröffentlichen und auch als Buch verwerten. »Von ›Vergnügen‹ hab' ich bis jetzt noch nichts genossen«, schrieb er an Emilie, »läßt sich auch nicht danach an und ist auch nicht nötig. Ich hab' es auch nicht erwartet. Solche Reisen macht man, weil man sie, mit Recht oder Unrecht, für nötig hält, und *dafür halte ich sie noch*. Das Büchermachen *aus Büchern* ist nicht meine Sache. Ergeh' es Dir gut und ängstige Dich nicht. Natürlich kann man, *wie überall*, einen Stein an den Kopf kriegen, aber *zunächst* und auf den großen Linien von Gefahr träumen, ist lächerlich. Passiert einem *doch* ein Unglück, so ist es das berühmte Fingerbrechen in der Westentasche.« In St. Denis traf er mit seinem Sohn zusammen. »Er war sehr nett; eigentlich wenig verändert«, berichtete er seiner Frau. »Er ist noch ganz im Werden. Was aus ihm sich bilden wird, ist schwer zu sagen und wird von Fügungen abhängen. [...] Begabt ist jeder dritte Mensch. Er kann einfach ›bon camerade‹ werden, der Billard und Kegel spielt und eigentlich nicht recht von der Kneipe herunterkommt; er kann es aber auch zu einer feinen Künstlernatur und speziell zum Humoristen bringen. Nous verrons!«

Anfang Mai war er wieder in Berlin. Julius Rodenberg, Herausgeber des »Salon für Literatur, Kunst und Gesellschaft«, fragte ihn, ob er einen Beitrag über Walter Scott zu dessen 100. Geburtstag im August schreiben wolle. »Sie haben es getroffen! Wiewohl mit Arbeit überbürdet (70er Krieg, mehrbändig, dem eine Beschreibung meiner *zweiten* Reise, mit der ich eben beschäftigt bin, vorausgehen soll), akzeptiere ich dennoch Ihr freundliches Anerbieten. Wie Sie ganz recht vermuten, aus Liebe zu meinem Lieblings-Dichter, noch mehr Lieblings-*Menschen*.« Rechtzeitig erschien der Aufsatz. »Wenige haben gelebt, die so viele Herzen gelabt, erheitert, erhoben haben. Er konnte es, weil er vor allem eine unendlich liebenswürdige Natur war und Großes und Kleines, das er schuf, den gleichmäßigen Ausdruck einer reinen und schönen Seele darstellte.« Im Spätsommer fuhr er nach Dobbertin, um zu arbeiten und sich zu erholen. »Das Ganze ein dörfliches, in klein*re* Verhältnisse (aber keineswegs in kleine) transponiertes Oxford. Park, Gärten, alte Bäume, geräumige, anheimelnde Wohnungen, alles um die Kirche herum gruppiert. Wohlleben, Abwesenheit der kleinen Tagessorge, *geistige Freiheit.*« Manche Kapitel seiner Reiseerlebnisse – »einiges davon zählt zu dem Besten, was das Buch überhaupt enthält« – schrieb er dort.

Im November 1871 erschien bei R. v. Decker *Aus den Tagen der Occupation. Eine Osterreise durch Nordfrankreich u. Elsaß-Lothringen 1871* in zwei Bänden bereits mit der Jahreszahl 1872. Außerdem mußte vom *Deutschen Krieg von 1866* eine zweite Auflage gedruckt werden.

Seiner Frau, die am 14. November siebenundvierzig Jahre alt wurde, gratulierte er:

Nun wieder geborgen, wieder daheim,
Fest auf dem alten Rutenleim,
Statt franco-oléronischer Haft
Eine andre Sorte Gefangenschaft.

Beide litten unter der winterlichen Witterung, Emilie hatte ihre »Novemberzustände«, und für ihn war es »Theaterzeit«, bisweilen mußte er vier Vorstellungen in einer Woche besuchen.

1871 hatte er mehr als dreißig Aufführungen im Schauspielhaus besprochen, 1872 würden es wahrscheinlich noch mehr werden. Obwohl ihm diese Arbeit des »Kritikers«

Theodor Fontane. Fotografie, 1869.

Fontanes Söhne Friedrich und Theodor.

Aus den Tagen

der

Occupation.

Eine Osterreise
durch Nordfrankreich und Elsaß-Lothringen
1871.

Von

Theodor Fontane.

Band I.

Berlin 1871.

Verlag der Königlichen Geheimen Ober-Hofbuchdruckerei
(R. v. Decker).

*Titelblatt der Erstausgabe 1871 von
»Aus den Tagen der Occupation«.
Rechts: Fontane in Frankreich 1870 und 1871.*

ENGLAND
London
Dover
Calais
BELGIEN
Dieppe
Le Havre
Rouen
Reims
Thionville
Bitche
St. Denis
Metz
Seine
Marne
Toul
Nancy
Straßburg
Paris
Domrémy la pucelle
Lunéville
Neufchâteau
Freiburg
Langres
Loire
Basel
Dijon
SCHWEIZ
Pontarlier
Bern
Poitiers
Moulins
La Rochelle
Oléron
Vichy
Genf
Rochefort
Marennes
Lyon
ITALIEN
Grenoble
Bordeaux
Rhône
Nîmes
Cette
Toulouse
Marseille
SPANIEN
von der Gefangennahme in Domrémy bis Oléron (5. 10. bis 24. 11. 1870)
Rückreise nach Berlin (24. 11. bis 5. 12. 1870)
Reise durch Nordfrankreich (9. 4. bis Mitte Mai 1871)

Theodor Fontane. Fotografie um 1872.

»Spaß machte«, fühlte er sich doch nicht mehr jung genug und empfand »die Richtigkeit dessen, was mir meine Frau vorgestern sagte: es ist nicht ganz Deiner würdig.«

Im Dezember 1871 war der Schriftsteller Willibald Alexis im Alter von 74 Jahren gestorben. Julius Rodenberg bat Fontane um einen Beitrag dazu, der auch bereits im April 1872 erschien, und in dem Fontane auch von sich sprach, wenn er über den Reiseschriftsteller Alexis schrieb: »Aber die Fremde tut noch *mehr*. Sie lehrt uns nicht bloß sehen, sie lehrt uns auch *richtig* sehen. Sie gibt uns auch das *Maß* für die Dinge. Und dies ist, künstlerisch genommen, fast noch wichtiger, als daß sie uns die Dinge überhaupt erschließt.«

Im Sommer war das Kriegsbuch bis »Gravelotte« fertig, und im Tagebuch notierte er: »Am 6. Juli ich und der ganze Haushalt nach Krummhübel, wo Emilie drei Tage später auch eintrifft. Vier Wochen in Krummhübel. Sehr schöne Zeit. Viel gelesen: *Heinrich v. Kleists* sämtliche Dramen und Erzählungen...« Die Dramen fanden nicht seinen Beifall, dagegen war er von den Erzählungen begeistert. »Nach meinem Gefühl das Glänzendste und Vollendeste, das er geschrieben hat«, notierte er sich bei der Lektüre der »Marquise von O...« und über »Die Verlobung in St. Domingo«. »Es ist spannend und meisterhaft erzählt. Alles steht vor einem, hat volles Leben, volle, auch schreckliche Wahrheit, aber nichts wirkt häßlich oder abschreckend. *Konsequente Entwicklung* zeichnet alle seine Arbeiten aus.«

Das Ereignis des Herbstes war der Wohnungswechsel am Beginn des Oktober. Das Haus in der Königgrätzerstraße war verkauft worden, und der neue Eigentümer wollte die Miete beachtlich steigern. »Alles hat seine Zeit, so auch eine Wohnung. Im Übrigen wünschen wir aufrichtigst und in Dankbarkeit gegen das was zurückliegt, daß die nächsten 9 Jahre nicht unglücklicher verlaufen mögen, als die Epoche von 1863 bis 72. Es waren wie die besten so auch die interessantesten Jahre meines Lebens. Drei Kriege und welche! Alles an den Fenstern vorüber, Dänen, Croaten, Turcos. Dazu Reisen kreuz und quer und selbst eine romantische Gefangenschaft.« Die neue Wohnung lag auf der östlichen Seite der Potsdamer Straße zwischen Eichhornstraße und Potsdamer Platz. Das Haus – gebaut in den Jahren 1847/48 – trug die Nummer »134c« und gehörte dem Johanniter-Orden. Fontane bezog mit seiner Familie die Wohnung im dritten Stock mit vier Zimmern, Küche und Kammer. Die Miete betrug 70 Mark monatlich. In den sechsundzwanzig Jahren, in denen er bis zu seinem Tode dort wohnte, änderte sich daran nichts. Ein Jahr nach dem Einzug begannen Arbeiten an der Kanalisation und verbesserten die sanitäre Situation. 1897 verkehrte eine der ersten elektrischen Straßenbahnlinien durch die Potsdamer Straße.

Ende Oktober bat er, sein Jahreshonorar für die Berichterstattung am Schauspielhaus zu erhöhen, und er erhielt 700 statt 500 Taler jährlich. Mitte des Monats erschien der dritte Band der *Wanderungen* mit dem Titel: *Ost-Havelland. Die Landschaft um Spandau. Potsdam. Brandenburg* bereits mit der Jahreszahl 1873.

Ende des Jahres war die zweite Auflage der *Grafschaft Ruppin* fast vergriffen, eine dritte sollte möglichst bald folgen. Fontane hätte den Band gern umgearbeitet, doch das Kriegsbuch ließ ihm keine Zeit dafür. Er machte Hertz den Vorschlag, die *Wanderungen* insgesamt in sechs Bände aufzuteilen. Im Januar 1873 bat er seinen Verleger um eine Entscheidung, er wollte Herrn von Decker vorschlagen, das Kriegsbuch mit Erscheinen des zweiten Teiles des ersten Bandes zu beenden. »Diese Kriegsbücher sind mir zwar nicht contre cœur, im Gegenteil, aber ich kann mich der Wahrnehmung nicht verschließen, daß an Ehre und Ansehn (von den 2 Orden abgesehen) wenig dabei herauskommt.« Hertz war gegen die vorgeschlagene neue Aufteilung, schließlich einigten sie sich auf vier Bände.

In der zweiten Märzhälfte erschien *Der Krieg gegen Frankreich 1870-1871. I. Band. Der Krieg gegen das Kaiserreich 1. Halbband: Bis Gravelotte, 18. August 1870*. Der Kaiser hatte die Widmung »Seiner Majestät dem Kaiser Wilhelm« angenommen. »Die Gnade unsres herrlichen alten Wilhelm trifft natürlich sie und nicht mich«, schrieb Fontane an Rudolf von Decker, »ich sonne mich aber gern in diesem Strahle mit und setze mich zu diesem Behuf an den äußersten Rand meiner Diogenes-Tonne.«

Im Sommer fuhr er mit seiner Familie nach Thüringen. »... viel gelesen:« notierte er im Tagebuch, »Tristram Shandy, Sentimental Journey, Schopenhauer, Schiller-Goethe-Briefwechsel.« Vom »Tristram Shandy« war er sehr angetan. »Ein Meisterstück, aber nicht Muster und Vorbild, wenigstens nicht direkt. Dergleichen darf nicht nur da sein, es *muß* sogar da sein, aber es muß ein Unikum bleiben.« Ende August waren sie wieder in der Potsdamerstraße 134 c und Fontane fuhr noch für eine Woche nach Neuruppin, um Stoff für die neue Auflage der *Grafschaft Ruppin* zu sammeln, die nun doch umgearbeitet werden sollte. Er bat Hertz, einer mäßigen Erweiterung zuzustimmen. »... ich habe ein starkes Gefühl davon, daß auch *dieser* Band und zwar à tout prix wieder gekauft werden wird. Den Grund finde ich nicht in meinen Verdiensten, sondern in der Unsumme von Individuen, die in diesem Bande vorkommen. [...] Zudem bin ich in diesen 10 Jahren zwar nicht klüger und besser, aber bekannter geworden; Segen der Gefangenschaft!«

Ende Oktober wurde im Schauspielhaus »Torquato Tasso« in neuer Einstudierung aufgeführt. Fontane berichtete darüber: »Immerhin ein Ereignis, wie das wohlbesetzte Haus sichtbarlich bekundete. Wir selbst folgten mit kalter Bewunderung [...] jenem Schönsten, das die deutsche Literatur aufzuweisen hat und das uns, mit aller seiner Schönheit, doch nur wie eine Illustration des Talleyrandschen Wortes berührte: Es gibt drei Arten Menschen: Schwarze, Weiße und – Prinzen.«

Noch vor Weihnachten erschien der abschließende zweite Teil des ersten Bandes *Der Krieg gegen Frankreich 1870 bis 1871 – Krieg gegen das Kaiserreich. II. Halbband.*

»Im Wesentlichen bin ich mit Band I [Grafschaft Ruppin] in seiner Neugestalt fertig«, meldete er Mitte Januar 1874 Hertz, »es fehlen nur noch die Korrekturen zweier Kapitel.« Obwohl oft erkrankt, konnte er in den folgenden Wochen das Manuskript beenden. Gleichzeitig arbeitete er am ersten Teil des Bandes *Der Krieg gegen die Republik – In und vor Paris bis zum 24. Dezember.* Und ein drittes Buch kam noch dazu, denn Hertz hatte sich entschlossen, eine zweite Auflage der *Gedichte* zu drucken. »Es war mir eine große Freude«, dankte ihm Fontane, »zuletzt bleiben diese halb unbekannten, halb schon wieder vergessenen Dinge doch das Beste was man gemacht hat. *Ob* sich nach meinem Tode noch jemand darum kümmern wird, ist fraglich, *wenn* sich aber jemand drum kümmert, so ist mir geholfen.« Er wollte sofort an die Vorbereitung gehen und glaubte, in wenigen Wochen fertig zu sein, »da ich ja seit Jahren daran herumgepusselt und dies und das geändert habe.«

Ende März schrieb er an Mathilde von Rohr, daß er sich seit Wochen nicht wohl fühle, aber der Druck der *Grafschaft Ruppin* ginge zügig voran, und mit den Kindern wären sie zufrieden. »Theo entwickelt sich mehr und mehr zu unsrer Freude [...] Martha zeigt Begabungen, die über das Alltägliche hinausgehen und ist – im Gegensatz zu ihren früheren Jahren – ein Liebling der Menschen geworden. Sie kommt jetzt in die 1. Klasse. Der Kleinste läßt es an sich kommen; er ist weniger begabt wie die andern und weniger ehrgeizig, wird aber wohl auch seine Meriten haben. Ganz leer läßt der liebe Gott keinen ausgehn; die Eltern und Erzieher müssen nur ausfindig machen, wo die Spezial-Begabungen liegen.«

Emilie reiste im August wieder zu ihrer Freundin, und Fontane erzählte ihr in seinen Briefen, was in Berlin geschah. »*Sonnabend* d. 22. Besuch von Ludwigs. Sehr wohl aussehend, sehr entzückt von Sylt; *sie* sehr hübsch und sehr elegant. Die Frage beschäftigt mich: was machen nur die Leute den ganzen Tag? sie können sich doch nicht immer lieben.« Abschließend teilte er ihr mit: »Am 28. oder 29. will ich meine Reise nach Italien, d.h. nach *Rom* antreten und bin fest entschlossen, coûte que coûte, Dich mitzunehmen.« Die Honorare für *Ruppin* und die *Gedichte* würden für die Reisekosten ausreichen. Hocherfreut stimmte Emilie zu. Anfang September begann der Druck des nächsten Bandes des Kriegsbuches, für September war auch das Erscheinen der *Gedichte. – Zweite, vermehrte Auflage*, vordatiert auf 1875, vorgesehen, mit den Balladen und Gedichten, die er nach 1861 geschrieben hatte. Kurz danach lieferte der Verlag die dritte, vermehrte Auflage der *Wanderungen durch die Mark Brandenburg. Erster Theil. Die Grafschaft Ruppin* mit einem Umfang von knapp 500 Seiten und der Jahreszahl 1875 aus. Bis zum letzten Tag hatte Fontane an den Korrekturen gearbeitet. Er sandte Hertz Listen mit Namen für die Rezensionsexemplare, fehlende Begleitbriefe wollte er aus Italien nachschicken. Den

Emilie Fontane auf der Italienreise, 1874.
Rechts: Fontane in Italien 1874 und 1875.

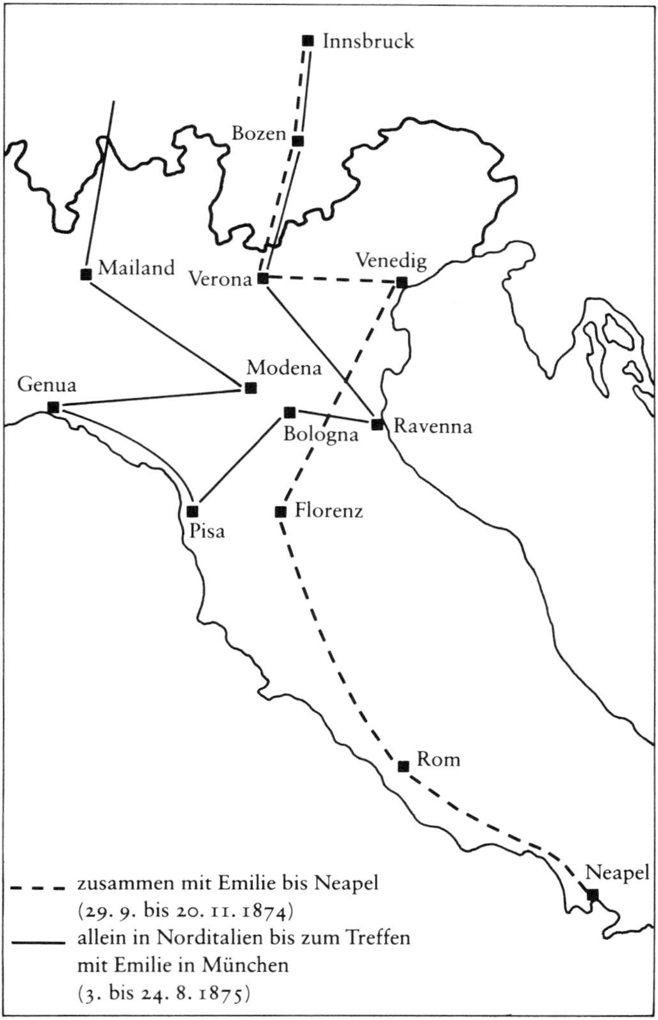
Innsbruck
Bozen
Mailand
Verona
Venedig
Modena
Genua
Bologna
Ravenna
Pisa
Florenz
Rom
Neapel
zusammen mit Emilie bis Neapel
(29. 9. bis 20. 11. 1874)
allein in Norditalien bis zum Treffen
mit Emilie in München
(3. bis 24. 8. 1875)

Fontanes letzte Wohnung im dritten Stock des Johanniterhauses Potsdamerstraße 134c. Fotografie um 1880.

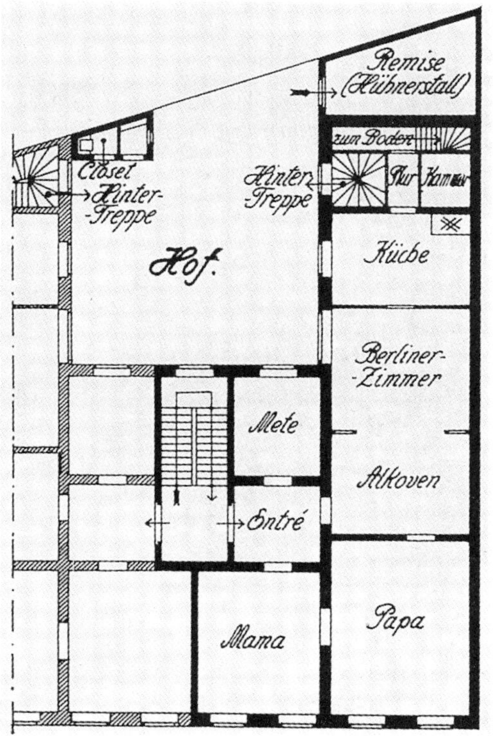

Grundriß der Wohnung Potsdamerstraße 134c, die Fontane vom Oktober 1872 bis zu seinem Tode bewohnte.

Der

Krieg gegen das Kaiserreich.

Von

Th. Fontane.

I. Halbband:

Bis Gravelotte, 18. August 1870.

Mit 32 Plänen in Holzschnitt.

Berlin, 1873.

Verlag der Königlichen Geheimen Ober-Hofbuchdruckerei
(R. v. Decker).

Titelblatt der Erstausgabe 1873 von »Der Krieg gegen das Kaiserreich«.

Theodor Fontane. Fotografie.

Verlag R. v. Decker bat er, Korrekturbogen nach Italien »poste restante« zu senden.

Am 30. September 1874 begannen Fontane und Emilie ihre »Italienische« Reise. Nach Aufenthalten in Leipzig und München trafen sie am 3. Oktober in Innsbruck ein. Von dort fuhren sie mit der Brennerbahn: »Das Innthal hinauf, das Etschthal hinunter. Passaier, Sterzing, Iselberg – die ganze Hofer-Speckbacherei zog noch einmal an uns vorüber. [...] Frierend fuhren wir in das schöne Land Italia hinein. Es goß mit Mollen. Der erste Eindruck war: ›das leisten wir auch‹. In Verona Nachtquartier.« Sie machten Spaziergänge, und am nächsten Tag besichtigten sie im Dom eine »Assunta« von Tizian, bewunderten den Giardino Giusti und standen vor dem »Grab der Julia«. Nachmittags fuhren sie weiter nach Venedig und bezogen ihr reserviertes Zimmer im Hotel Bauer. »Wir wollten 2 Tage hier bleiben; es werden wohl 6 werden«, schrieb er an Zöllner. »Meine kühnsten Erwartungen wurden übertroffen. Das Einzelne, auf allen Gebieten, ist vielfach beanstandenswert, das Ganze ist unsagbar schön, anheimelnd, beglückend.« Sie blieben fünf Tage, flanierten über den Marcusplatz, machten Gondelfahrten. »Hier ist nicht nur alles interessant, malerisch, poetisch, hier ist auch alles *in jedem Sinne schön* [...] Ich finde nichts lächerlicher, als ein Herumkritisieren an Bauwerken wie die Marcuskirche und der Dogenpalast. Sint ut sunt, aut non sint. [...] So kolossale Sachen, die in einem Jahrtausend geworden, gewachsen, gemodelt sind, liegen über alle Kritik hinaus. Man hat sich lediglich vor ihnen zu verneigen.« Auf dem Postamt holte ihn Berlin wieder ein. Die Korrekturfahnen des Kriegsbuches waren eingetroffen. Emilie ging »flanieren« und er korrigierte. Abends bestiegen sie den fast hundert Meter hohen Campanile und erlebten den Sonnenuntergang über der Lagune. Am letzten

Tag gingen sie noch einmal in die Academia, standen vor der »Assunta« des Tizian und vor Tintorettos »L'Adultera«: Fontanes erste Begegnung mit dem Leitbild seines späteren Romans. Nachmittags fuhren sie weiter nach Florenz, Venedig lag hinter ihnen. »Es ist interessant, von Schritt zu Schritt [...] aber es repräsentiert doch nicht die Form der Schönheit, die ich *dauernd* vor Augen haben möchte. Dazu ist mir, rund heraus gesagt, die ganze Geschichte doch zu schmutzig. Sie bedarf des Mondlichts, bei dem man nur halb sieht, sie bedarf der Verschleierungen, um immer wieder zu entzücken.«

Ein Wagen brachte sie in die »Casa Nardini«, und Emilie notierte: »etwas primitiver Eindruck; Betten aber gut, dicker Mann u. dünne Frau freundlich, nach vielen Flohstichen gut geschlafen.« In Florenz blieben sie sieben Tage, spazierten durch die Straßen und über die Plätze, besuchten die Uffizien, Santa Croce und den Palazzo Pitti. Fontane machte sich überall Notizen und notierte nach dem Besuch der Gemäldesammlung im Palazzo Pitti. »Im Ganzen aber – *immer von der Fülle herrlichster Portraits abgesehn* – stellt sich für mich, nach dem Besuche von Verona, Venedig und Florenz, die Sache so, daß ich in meinem Wissen und meinem Gemüt nur um 5 Bilder reicher geworden bin: 1. *Tizians* ›Assunta‹ in Verona – 2. *Tizians* ›Assunta‹ in Venedig – 3. *Rafaels* Madonna del Granduca – 4. *Murillos* Madonna im Apollo-Saal – 5. *Leonardo da Vincis* Medusen-Haupt in der Uffizien-Galerie.«

Am 15. Oktober reisten sie nach Rom, wo sie fast drei Wochen verbrachten. Zunächst fanden sie eine kleine Wohnung, aber: »ich habe einen furchtbaren Eindruck«, notierte Emilie, »beim Licht macht es einen etwas besseren Eindruck; zu Bett u. eine wahre Höllennacht durchlebt. *Ich* durch Flöhe und entsetzlichen Lärm auf der Straße im höchsten Fieber der Verzweiflung, Theo ganz krank! innigste Sehnsucht nach

Potsdamerstr. 134 III.« Während Fontane im Hause blieb und korrigierte, mietete Emilie ein freundliches Hotelzimmer. Sie zogen sofort um, mußten aber die vereinbarten 150 Franken für die Wohnungsmiete zahlen. Erst dann begann ihr Romaufenthalt. Zu Fuß und Wagen streiften sie durch die Stadt und bewunderten vor allem das alte Rom. »Das Trümmer-Rom interessiert mich 100 mal mehr, als das was steht und prunkt. O, wie begreif' ich die Kaiserzeit, die von dem Mann aus Bethlehem nichts wissen wollte. Gewiß hatte sie Unrecht; aber für die *Sinne* ging von da ab eine große Welt unter und eine kleine kam herauf.« Sie besuchten die Peterskirche und die Kunstschätze des Vatikan, bewunderten die Stanzen Raffaels, erlebten einen Sonnenuntergang auf dem Monte Pincio, und am 2. November verließen sie Rom und fuhren nach Neapel.

»Was zu leisten war, ist geleistet worden. Ich habe die Lage der Stadt, der Straßen und Plätze, der Paläste und Kirchen, das Genrehafte und das Landschaftliche, wie ich mir einbilde, zur Genüge weg; damit muß man sich zufrieden geben. [...] Ein Menschenleben reicht dafür nicht aus.«

Abends waren sie in Neapel und wohnten im Hotel Washington, von dem sie eine herrliche Aussicht auf den Golf hatten. Die Novembertage waren zum Teil noch sehr warm, und sie besuchten Pompeji, machten eine Ausfahrt nach Capri, Sorrent, Salerno und Paestum. »Noch wenige Tage in Neapel selbst und dann in drei großen Etappen: Florenz, Verona, München, wieder nach Haus [...] Milachen ist müde, ich bin krank: dazu ist das Geld ausgegeben.« – »Es ging wieder heim. Der ›ewig blaue Himmel Italiens‹ lag unverändert über der Landschaft, aber diese Landschaft selber lag im Schnee. Eine tiefe Sehnsucht nach Teppich und Doppelfenster fröstelte mir durchs Herz [...] Zwölf Stunden später, oder wenig mehr, keuchte die Lokomotive die Brennerbahn hinan, und das ›schöne Land Italien‹ lag hinter mir.« In Berlin waren erste Besprechungen der *Gedichte* erschienen, doch der dritte Halbband des Kriegsbuches, für den er in Italien Korrekturen gelesen hatte, wurde vor Weihnachten nicht mehr fertig, da die Druckerei »nur noch Amtliches druckt.«

Nach dem Weihnachtsfest bedankte er sich bei Mathilde von Rohr für ihre Geschenke und gestand: »ich kann ein beständiges Bangen darüber nicht los werden, daß ich ungefähr dreimal so viel Geld ausgebe, als ich mit einer Art Sicherheit zu verdienen im Stande bin und daß alles Fehlende mir alljährlich wie durch ein Wunder zufällt. Nun ist die Gnade Gottes zwar die einzige Garantie unsres und jedes Glückes, aber es liegt in der Eigenwilligkeit der menschlichen Natur, das Glück wie ein natürliches Resultat eignen Thuns und Könnens anzusehn, statt es tagtäglich, und immer neu, von der wunderwirkenden Hand Gottes zu erwarten.«

Anfang 1875 erschien dann etwas verspätet der dritte Teilband des Kriegsbuches: *Der Krieg gegen die Republik. I. Halbband: In und vor Paris bis zum 24. Dezember.* Jetzt stand nur noch der vierte und letzte Teilband aus.

Ende März wurde der achtzehnjährige Theo Schulbester am Französischen Gymnasium in Berlin. »Ich *glaube* nicht nur, daß Du der erste ›primus omnium‹ in der Familie bist«, schrieb ihm sein Vater, »ich bin dessen gewiß. Nach meiner nun durch 4 Generationen gehenden Kenntnis zählt es zu den fragwürdigen Vorzügen unsres Geschlechts, daß nie ein Fontane das Abiturientenexamen gemacht, geschweige vorher die Stelle eines primus omnium bekleidet hat. Der Durchschnitts-Fontane [...] ist immer aus Oberquarta abgegangen und hat sich dann weiter geschwindelt, das beste Teil seiner Bildung aus Journalen 3. Ranges zusammenlesend. *Ich* war schon eine Ausnahme, ein abnormer Zustand, der nun durch Dich seinen Abschluß gefunden hat.«

Das »Kriegsbuch« hoffte er bis Ende September zu beenden. »Eine Erholungsreise dann anzutreten, verbietet sich, da am 16. Oktober unser silberner Hochzeitstag ist, den ich zwar am liebsten in Italien oder der Schweiz zubringen würde, den meine Frau aber natürlich im Kreise ihrer Kinder und Freunde feiern will. Selbstverständlich füge ich mich, aber ganz contre cœur.«

Im Winter wollte er wieder seinen Roman vornehmen und neue Kapitel der *Wanderungen* schreiben. Er schlug vor, die Reise in die Schweiz und nach Italien früher zu machen, doch Emilie wollte nicht. So begann er Anfang August 1875 allein seine zweite »Italienische Reise«. Verstimmt blieb seine Frau in Berlin zurück.

Am 3. August fuhr er nach Basel. Rheinfall und Konstanz waren die nächsten Stationen, danach folgte Chur, und er wechselte von der Bahn auf eine mehrspännige Eilkutsche, die ihn durch die Via Mala und über den Bernhardinopaß nach Bellinzona brachte. »Das Beste ist *fahren*; mit offenen Augen vom Coupé, vom Wagen, vom Fiaker aus die Dinge an sich vorüberziehen lassen, das ist das A und das O des Reisens [...] Wir lernen mit dem Auge am meisten, es ist *beständig* tätig, das Ohr nur sehr ausnahmsweise. Dazu kommt, daß wir im *Sehen* immer etwas empfangen, im *Hören* sehr oft nichts.« Ein Schiff brachte ihn über den Lago Maggiore, von dort reiste er mit der Bahn nach Mailand. Hier blieb er drei Tage, besichtigte den Dom, den Platz vor der Scala und schlenderte durch die »Galleria Vittore Emanuele«, die fast 200 m lange und 26 m hohe Passage, gegen welche die Passage der Friedrichstraße zu »einem bloßen Gäßchen zusammenschrumpft. Überhaupt welche Stadt! Oh Berlin, wie weit ab bist du von einer wirklichen Hauptstadt des Deutschen Reiches! Du bist durch politische Verhältnisse über Nacht dazu geworden, aber nicht durch dich selbst. Wirst es, nach dieser Seite hin, auch noch lange nicht werden.« Er »flanierte« durch Mailand, suchte Santa Maria della Grazie mit dem »Abendmahl« des Leonardo da Vinci auf und stand im Palazzo di Brera vor der »Sposalizio« Raffaels. »Es ist entzückend und zählt zu dem allerschönsten, das er je gemacht hat [...] hier entfaltet sich eben das Genie, Schönheit und Lieblichkeit sind ganz und gar über dies Bild ausgegossen.« Er eilte weiter an den Gardasee, und mehr und mehr wurde es eine Reise der Kurzaufenthalte, denn oft war er nur wenige Stunden an einem Ort. »Auch hier, wie überall im Leben, heißt es sich bescheiden. Wer alles zwingen will, wird confus. Das denkbar Unangebrachteste an dieser Stelle ist das ›Austitschen-wollen‹, zu dem ich vielleicht von Natur, jedenfalls durch Gewohnheit einen Hang habe.« Sein Weg führte ihn weiter nach Mantua, Modena und Parma. »Die Stadt wirkt ähnlich wie alle diese oberitalienischen Städte von mittlerer Größe: eine Hauptstraße, ein paar Plätze, ein Dom, ein paar Kirchen und Paläste, eine Bildergalerie [...] ein leidliches Gasthaus, ein gutes Café, wenig Leben, wenig Reichtum, aber freundliche, zivilisierte, durch Weniges zufrieden gestellte Menschen.« Als er in Genua eintraf, bat er Emilie, sich mit ihm Ende August in Berchtesgaden zu treffen. »Betracht' es als vorweg genommene silberne Hochzeitsreise.«

Von Genua reiste er nach Pisa, besichtigte den Dom, das Baptisterium und den »schiefen« Campanile. In Bologna führte er das übliche Programm durch: Stadtbummel, Kirche und Museen. An einem Sonntag der letzten Augustwoche

Daheim

Ein deutsches Familienblatt mit Illustrationen.

Erscheint wöchentlich und ist durch alle Buchhandlungen und Postämter vierteljährlich für 2 Mark zu beziehen.
Kann im Wege des Buchhandels auch in Heften bezogen werden.

XIV. Jahrgang. Ausgegeben am 5. Januar 1878. Der Jahrgang läuft vom Oktober 1877 bis dahin 1878. 1878. № 14.

Zum neuen Jahre.

Ein Jahr entschwand, es war ein Jahr voll Gnaden.
O du, mein Volk, vergiß des Herren nicht!
Sein treuer Arm bewahrte dich vor Schaden,
Reich war der Tisch, an den er dich geladen,
Groß seine Huld und schonend sein Gericht.
In Frieden ruhten deines Landes Marken,
Des Krieges dumpfe Donner blieben fern,
Und sicher liegt dein Scepter in den starken,
Den sieggewohnten Händen des Monarchen:
O du, mein Volk, gedenke deines Herrn!

Ein Jahr entschwand — o wilde Flucht der Zeiten!
Wie strömt dahin das Leben Well' auf Well'!
Was suchest du am Ufer kurze Freuden?
Was schrecken dich vom Ufer kurze Leiden?
Schon reißt dich fort das rauschende Gefäll!
Der Erde Blüten sinken welkend nieder,
Empor, mein Herz! Dort sind die ew'gen Güter,
Dort ist das Ziel, dort winkt ein Stern!
Im Ewigen ist Friede der Gemüther
O du, mein Volk, gedenke deines Herrn!

Ein Jahr beginnt, trüb dämmert es im Morgen,
Wer sagt dem ahnungsvollen Herzen an,
Welch ein Geschick in seinem Schoß verborgen?
Heilt es die alten, bringt es neue Sorgen?
Ist dornenvoll, ist friedvoll seine Bahn?
Getrost! Der Höchste sitzt im Regimente!
Sein ist der Segen, und Er segnet gern.
Daß sich Sein Vaterauge zu dir wende,
Daß Er am Tag der Noth dir Hilfe spende,
O du, mein Volk, gedenke deines Herrn!

Ein Jahr beginnt, Heil uns, die wir's erleben!
Uns schlägt zur Arbeit eine neue Frist.
Wohlan, frischauf! zu neuem Thun und Streben!
Es rege sich, wem Kunst und Kraft gegeben,
Es wirke fröhlich, wer im Lichte ist!
Und wenn die Pflichten schwer und sauer dünken,
So lerne dulden und zu hoffen lern'!
Wenn des Erfolges Sterne andern blinken,
Wenn müd' im Kampfe dir die Hände sinken,
O du, mein Herz, gedenke deines Herrn!

Karl Hackenschmidt

Vor dem Sturm.

Nachdruck verboten. Ges. v. 11. VI. 70.

Historischer Roman von Theodor Fontane.

I. Heiligabend

Es war Weihnachten 1812, heiliger Abend. Einzelne Schneeflocken fielen und legten sich auf die weiße Decke, die schon seit Tagen in den Straßen der Hauptstadt lag. Die Laternen, die an lang ausgespannten Ketten hingen, gaben nur spärliches Licht; in den Häusern aber wurde es von Minute zu Minute heller und der „heilige Christ“, der hier und dort schon einzuziehen begann, warf seinen Glanz auch in das draußen liegende Dunkel.

So war es auch in der Klosterstraße. Die „Singuhr“ der Parochialkirche setzte eben ein, um die ersten Takte ihres Liedes zu spielen, als ein Schlitten aus dem Gasthof zum grünen Baum herausfuhr und gleich darauf schräg gegenüber vor einem zweistöckigen Hause hielt, dessen hohes Dach noch

XIV. Jahrgang. 14.

Die Titelseite der Zeitschrift »Daheim. Ein deutsches Familienblatt mit Illustrationen«, vom 5. Januar 1878 mit dem Abdruck von »Vor dem Sturm«.

Vor dem Sturm.

Roman

aus dem Winter 1812 auf 13

von

Theodor Fontane.

Erster Band.

Hohen-Vietz.

Berlin,

Verlag von Wilhelm Hertz.

(Besser'sche Buchhandlung.)

1878.

Titelblatt der Erstausgabe 1878 von »Vor dem Sturm«.

Blick von der Brücke am Tay
nach dem Einstürz am 28. Dezember 1879.

machte er einen Abstecher nach Ravenna. Wegen Verspätung des Zuges hatte er nur wenig Zeit. »So blieben mir nur zwei Stunden für die alte berühmte Stadt, die übrigens nicht blos den Eindruck der Stille und Zurückgezogenheit, sondern auch der Armut und Verkommenheit macht.« Über Padua, Verona reiste er weiter nach Innsbruck und traf dort am 24. August ein. Er besuchte die Franziskaner Kirche mit dem Grabmal Kaiser Maximilians, eilte zum Bahnhof und war abends in München. Am nächsten Tag traf Emilie ein. Sie besuchten Museen und Galerien, trafen Paul Heyse und hörten eine Aufführung von Mozarts »Don Giovanni«.

Beide fuhren nach Berchtesgaden und mieteten für eine Ruhewoche eine kleine Wohnung. Leider war es kalt und regnerisch, so reisten sie weiter nach Wien. »In Wien, das meine Erwartungen noch übertraf, drei sehr angenehme Tage zugebracht. Eine rechte Lebestadt; alles nah, bequem zur Hand und wenn leidlich teuer, so meist auch preiswürdig. [...] Kirchenmusik in der Schloßkapelle. – Stephansdom. Kapuzinergruft. Restaurant Dreher. Kaffee Daun am Kohlmarkt (sehr gut). Prater, bei schlechtem Wetter mässiges Vergnügen. Von Wien selbst mit sehr angenehmen Eindrücken geschieden.« Über Brünn, Prag und Dresden fuhren sie nach Berlin zurück, Anfang September hatte sie die Potsdamer Straße wieder. »Ich denke mit einer Art Trauer daran zurück«, erinnerte er sich Jahrzehnte später. »So was kann sehr schön sein, aber es war es nicht. Einsam, allein, im wesentlichen gelangweilt, so sehr, daß nur ganz besondere Dinge mich herausreißen konnten. [...] Als ich zurück war, hatte ich das Gefühl: Nun ist es genug.«

Rom im Siebenhügelkranz,
Cremmen, Schwante, Vehlefanz,
Nemi-See, Genzano-Sträußchen,
Stralau, Treptow, Eierhäuschen,
Blick aufs Forum, Ara Celi,
Tasse Kaffee bei Stehely,
Lockt auch die Fremde, Schönheit, Pracht,
Glücklicher hat mich die Heimat gemacht.

Er fuhr nicht mehr in den Süden und sah Italien nie wieder. Die Erinnerung blieb und tauchte später in seinen Romanen hier und da auf. Es blieben aber immer Schilderungen am Rande, kleine, farbige Bilder, doch letztlich nur Staffage. Von Jahr zu Jahr verspürte er, was er einmal viel später in einem Brief aussprach: »Ich bin Nordlandmensch, und Italien kann, für mich, nicht dagegen an.«

Nach der Rückkehr nahm er wieder das Kriegsbuch vor und beendete das Manuskript für den letzten Teil. Am 16. Oktober feierten er und seine Frau ihre Silberne Hochzeit zusammen mit den Kindern und Freunden. Dann suchte er das bisherige Manuskript seines Romans *Vor dem Sturm* hervor und schrieb neue Kapitel für die *Wanderungen*.

1876 begann verheißungsvoll. »Am 15. Januar fragte mich Zöllner auf einer großen Reunion bei Heydens, ob ich wohl geneigt sei, anstelle des jüngst verstorbenen Prof. Gruppe die Stelle eines Ersten Sekretärs der Akademie der Künste anzunehmen. Ich sagte ja.« Anfang März wurde er unterrichtet, daß der Kaiser »geruht habe«, ihn zu ernennen. Er sollte sofort beginnen, sein Gehalt jedoch erst ab Mai beziehen. Fontane meinte, die ihm gemäße Stellung gefunden zu haben. Sie war mit 2300 Taler jährlich dotiert, der Geheimratstitel war sicher, er war Beamter. Emilie war glücklich; alles, was sie erhofft hatte, war eingetreten. Doch es kam anders. »Es war so ziemlich meine schlechteste Lebenszeit. Nichts wie Ärger, Kränkungen. Ich war gewiß nicht sehr befähigt für eine solche Stellung, vielleicht für etwas Dienstliches überhaupt nicht; aber bei mehr Glück und freundlichem guten Willen hätte es trotz meiner geringen Befähigung für dergleichen doch anders verlaufen müssen. Alles lag so pechös, wie nur irgend möglich.«

Ende Mai wußte er nicht mehr weiter. Es war zu Auseinandersetzungen in der Akademie gekommen, und am 28. Mai bat Fontane um seine Entlassung, er würde selbstverständlich die Geschäfte bis zur Ernennung eines Nachfolgers weiterführen. Der Minister vermerkte dazu: »Das ist gar keine besondere Haltung des H. F., sondern das geringste Maß von Schuldigkeit.«

Emilie hatte seinen Entschluß fassungslos aufgenommen. Die schwerste Krise ihrer Ehe war gekommen. Sie konnte nicht verstehen, daß ihr Mann diese Stellung aufgab, und er verlangte zuviel, wenn sie seiner Entscheidung klaglos zustimmen sollte. »Wir erleben wohl allerhand, aber wenig Erfreuliches«, schrieb Fontane in diesen dunklen Tagen der sechzehnjährigen Tochter Martha, die in Rostock zu Besuch war, »und was sonst noch von Bildern an einem vorüberzieht, wird von trüben Augen nicht recht wahrgenommen. Verstimmte Sinne verlieren die Aufnahmekraft; das Bild fällt wohl hinein, wird aber nicht festgehalten. Übrigens werden wieder heitere Tage kommen; das Schlimmste, so hoff ich wenigstens, liegt hinter mir. Du wirst schon wissen, worauf sich dies bezieht. Sei glücklich, daß Du diese letzten Wochen auf neutralem Boden zugebracht hast.«

Emilie reiste zu ihrer Freundin nach Neuhof bei Liegnitz, um dort Ruhe zu finden. Nach ihrer Abreise schrieb Fontane an Mathilde von Rohr über alles, was sich zugetragen hatte. Alle Welt möge ihn verurteilen, er habe nicht anders handeln können. »...meine Frau ist tief-unglücklich und von ihrem Standpunkte aus hat sie Recht. [...] Die Glücksarten der Menschen sind eben verschieden; ›den eenen sin Uhl is den annern sin Nachtigall.‹ Mir ist die Freiheit Nachtigall, den andern Leuten das Gehalt.«

Erst Ende August kehrte Emilie nach Berlin zurück. Fontane schrieb ihr lange Briefe und versuchte, ihr zu erklären, warum er nicht anders habe handeln können. »Das Schlimme ist, daß Du Dich nicht daran gewöhnen kannst und auch nicht gewöhnen willst, mich für einen verständigen und auf meine Weise ganz praktischen Menschen anzusehn. [...] ich weiß auch, daß man Miete und Steuern bezahlen muß und daß man von der Luft nicht leben kann. Am wenigsten ich. [...] Egoistisch bin ich, aber nicht lieblos. Das ist ein großer Unterschied. [...] Ich liebe die Liebe, aber ich kucke sie mir an und prüfe sie auf ihre Echtheit; vieles, was sich in gutem Glauben dafür gibt, ist nicht weit her. Die bloße persönliche, aus leidlicher Begriffsverwirrung geborene Überzeugung: ›Ich liebe‹ ist noch lange keine Legitimation.«

In der Zwischenzeit hatte er mit der Familienzeitschrift »Daheim«, die seit 1864 im Verlag Velhagen und Klasing erschien, den Vorabdruck des noch in vielen Teilen zu schreibenden Romans *Vor dem Sturm* zu einem Honorar von 1000 Talern vereinbart, und er hoffte, ihn in Jahresfrist beenden zu können.

Die Berichterstattung für das Schauspielhaus konnte er im Oktober wieder aufnehmen. Zur Aufführung von Kleists »Prinz Friedrich von Homburg« am 10. Oktober 1876 schrieb er: »das schönste und vollendetste Stück, das uns der unglückliche, an der Zeiten Mißgunst gescheiterte Dichter hinterlassen hat. [...] Die Last des Tages – oft auch ganz speziell die Last des Abends – fällt von einem ab, und die reine Luft wirklicher Kunst erquickt den Ermüdeten und facht die alten Hoffnungen auf goldene schöne Tage wieder an.«

Schließlich erschien im Oktober 1876 der letzte Teilband des Kriegsbuches *Der Krieg gegen Frankreich 1870-1871*. Sechs Jahre hatte er an den vier Teilbänden gearbeitet. Ein Dutzend Jahre von 1864 ab hatten alle Kriegsbücher ihn festgehalten: insgesamt 3400 Seiten waren erschienen, der Erfolg jedoch war ausgeblieben, der finanzielle Ertrag blieb gering.

An Hertz schrieb er Ende des Monats: »Ich habe heute meine Entlassung erhalten. An und für sich höchst erfreulich. Am Schlusse des Schreibens heißt es: ›Wir ersuchen Sie, das für die Monate November und Dezember bereits empfangene Gehalt, an unsere Kasse zurückzuzahlen.‹« Man hatte nicht einmal berücksichtigt, daß er in den Monaten April und Mai kein Gehalt erhalten hatte. Er fand es »einfach empörend«.

»Bei Tage sitz' ich an meinem Schreibtisch, fleißig bei der Arbeit, am Abend bin ich im Theater, oder lese oder mache einen 2stündigen Dauerlauf am Rande des Tiergartens«, schilderte er Mathilde von Rohr seinen Tageslauf. »Ja, der Roman! Er ist in dieser für mich trostlosen Zeit mein einziges Glück, meine einzige Erholung. [...] Ich empfinde im Arbeiten daran, daß ich nur Schriftsteller bin und nur in diesem schönen Beruf – mag der aufgeblasene Bildungs-Pöbel darüber lachen – mein Glück finden konnte.« Die Wochen vergingen mit diesen Arbeiten, und am Tag vor dem Heiligen Abend schrieb er wieder nach Dobbertin: »Wir leben jetzt viel in und mit den Kindern, die uns glücklicherweise alle Freude machen. George wird in Jahresfrist Premier, Theo lebt sich in seinem reichen Kommerzienratshause mehr und mehr ein.

Martha gefällt, und Friedel ist glücklich in Indianer- und Entdeckungsgeschichten. Morgen abend werden alle unter dem Christbaum versammelt sein und zwei Stunden später den durch Pfefferkuchen und Marzipan verlatschten Magen mit Hülfe des herkömmlichen Heringssalats wieder in Ordnung bringen.« Aber der Ärger und die Sorgen des Jahres 1876 waren noch nicht überwunden. Im Januar und Februar 1877 erkrankte er häufig. »... im Großen und Ganzen aber darf ich sagen, daß ich seit Jahresfrist nur Niederlagen, Kränkungen, Fehlschläge erlebe und daß ich mich nach einem bischen Glück und Sonnenschein sehne wie ein Verdurstender nach einem Glase Wasser [...]«, klagte er. »Meine Frau hat das vorige Jahr in so weit verwunden, daß sie mir keine Vorwürfe mehr macht, ja sogar in rührender Weise einräumt, ich hätte, meiner ganzen Natur nach, nicht anders handeln können. [...] Und so gedeiht langsam, langsam, unter Sorgen und Kümmernissen mein Roman. Ich bin nun mit der Hälfte fertig; nach einem halben Jahr wird er beendigt sein, ein wahres Schmerzenskind.« Seine Stimmung änderte sich auch in den folgenden Wochen kaum, noch Mitte Mai dankte er einem Freunde für das Angebot, ihm die Mittel für eine Kur vorzustrecken. »Aber wie Anno 70 ein Sachse mir sagte: ›es sitzt diefer.‹ Mit Bad und Brunnen ist mir nicht mehr beizukommen und die Bergluft, die ich brauche, ist nicht in den Alpen zu Hause.«

Im August fuhr er nach Thale. »In Magdeburg traf ich *George*. Da wir eine ganze Stunde Zeit hatten, so war er in der Lage, *to do the honors for all Magdebourg*. [...] Ich hatte, wie immer, einen freundlichen Eindruck von George; ein wenig befangen, das ist Fontanesch und liegt in der Situation. Auch genieren Väter immer; der meinige genierte mich auch.« In Thale wohnte er wieder im Hotel Zehnpfund, und versuchte – obwohl er erkältet war – die letzte Feile an den Roman zu legen. »Trotz meines Schnupfens bin ich mit der Korrektur des schwierigen 3. Kapitels doch fast durchgekommen, was mich sehr erfreut; ich werde danach in einer Woche 4 Kapitel leisten können und in drei Wochen zwölf. Das ist alles was ich verlangen kann«, berichtete er seiner Frau. »Meine Tage sehen sich hier so ähnlich wie die Pflaumen; mir ist das sehr angenehm, aber von Berichten ist keine Rede mehr: Frühstück, kleine Luftschnupperung, Arbeit, Diner, Waldkater, Tour de Force und müde nach Haus. Ich muß sagen, je gleichförmiger, desto besser.« Anfang September war er wieder in Berlin, und in seinem Arbeitszimmer ging die schwierige Arbeit weiter. »... nun begann die Abschrift und Ende des Monats konnt ich 3 Bände an *Dr. Koenig* schicken. Er ließ mich lange auf Antwort warten, kam dann in Person und sagte mir: der Stoff wäre wundervoll, Gesinnung, Tendenz ebenso und die Sorglichkeit der Behandlung evident, aber alles zu breit, nicht gerade aufs Ziel los«, notierte Fontane im Tagebuch. Im Oktober fuhr er noch einmal für »Lokalstudien« nach Frankfurt an der Oder, danach begann er den vierten und abschließenden Band.

Mitte bis Ende November wurde im Schauspielhaus ein Zyklus der historischen Dramen Shakespeares gegeben. Fast jeden Tag war eine Aufführung. »Ich meinerseits wenigstens gedenke mich auf anerkennende und, wo sich dies verbietet, auf tatsächliche Bemerkungen zu beschränken [...]«, leitete Fontane einen seiner Berichte ein. »Also wozu Tadel? Man danke Gott für das, was da ist. ›Du wirst schon essen lernen‹ pflegen die Mütter zu sagen. Und sie haben recht. Es schmeckt draußen in der Welt mitunter noch schlechter.«

Am 23. Dezember sandte er Grüße nach Dobbertin: »Auch von mir die herzlichsten Glückwünsche zum heiligen Christ wie zum neuen Jahr. [...] still und gleichmäßig vergehen unsre Tage. Gott sei Dank. Ich sehne mich nicht mehr nach Wechsel und erkenne in friedlichem Abwickeln der Tage das höchste Glück. Zu diesem Glück gehören auch Bücher, mit denen ich längst lieber verkehre als mit den Menschen. Sie bringen mich in Berührung mit dem Besten was die Besten besitzen und das Gestörtwerden durch die Unleidlichkeiten unsres Geschlechts fällt fort.« Achtundfünfzig Jahre war Fontane, als am 5. Januar 1878 der Vorabdruck seines ersten Romans in der in Leipzig erscheinenden Wochenzeitschrift »Daheim. Ein deutsches Familienblatt mit Illustrationen« mit dem Titel *Vor dem Sturm. Ein historischer Roman* begann. Gegenüber der späteren Buchausgabe war der Druck gekürzt. Die Zeitschrift hatte zu dieser Zeit eine Auflage von etwa 40 000 Abonnenten, das bedeutete fast 150 000 Leser.

»Ich arbeite sehr fleißig an dem 4. (Schluß)-band meines Romans«, notierte er im Tagebuch, »blieb Gott sei Dank leidlich gesund und konnte Anfang April [1878] alles nach Leipzig hin abliefern. Dr. Koenig schrieb mir einen Liebesbrief: ›wäre alles wie der Schlußband, besonders seine zweite Hälfte, so wäre es ein ›Durchschläger‹ geworden.‹ Neues Wort, das ich noch nicht kannte.« Zur gleichen Zeit plante er schon weitere Arbeiten, und Anfang Mai bot er dem Herausgeber der seit einem Jahr erscheinenden Monatsschrift »Nord und Süd« eine Novelle an: »Zeit 1660; Heldin: Grete Minde, Patrizierkind, das durch Habsucht, Vorurteil und Unbeugsamkeit vonseiten der Familie, mehr noch durch Trotz des eigenen Herzens, in einigermaßen großem Stil, sich und die halbe Stadt vernichtend, zu Grunde geht.« Paul Lindau, der Herausgeber, nahm sofort an.

Seinem Verleger Wilhelm Hertz teilte er mit, er wäre mit der Buchfassung von *Vor dem Sturm* fast fertig, und wolle am liebsten einen zweiten Roman schreiben. Zuvor jedoch würde er gern einen Band mit zwei Novellen veröffentlichen. Mathilde von Rohr bat er um Skizzen und Aufzeichnungen, die er verwenden könnte. »Ich sammle jetzt Novellenstoffe, habe fast ein ganzes Dutzend, will aber mit der Ausarbeitung nicht eher vorgehn, bis mir noch mehr zur Verfügung stehn.« Er setzte jetzt ganz auf den Beruf eines Schriftstellers: »Ich habe meine Schiffe verbrannt, und darf – wenn ich auch keine Siege feire – wenigstens nicht direkt unterliegen. Meine Arbeit muß zum Mindesten so gut sein, daß ich auf sie hin einen kleinen Romanschriftsteller-Laden aufmachen [...] kann.«

Am 2. Juni 1878 wurde auf den bereits 81jährigen Kaiser ein Attentat verübt. »›Ich verstehe diese Zeit nicht mehr‹, sagt der alte Tischlermeister in Hebbels ›Maria Magdalena‹«, schrieb Fontane an seine Frau in Neuhof. »Freilich zu verstehn ist es schon. Massen sind immer nur durch Furcht oder Religion, durch weltliches oder kirchliches Regiment in Ordnung gehalten worden, und der Versuch, es ohne diese großen Weltprofosse leisten zu wollen, ist als gescheitert anzusehn. [...] Der Schulzwang hat alle Welt lesen gelehrt und mit dem Halbbildungsdünkel den letzten Rest von Autorität begraben; die Militärpflicht hat jeden schießen gelehrt und die wüste Masse zu Arbeiterbataillionen organisiert. [...] Nun soll der Brunnen zugemacht werden. [...] Aber dürfen wir darauf rechnen? Mit Gesetzesparagraphen und langweiligen Protesten zwingt man's nicht.« Solche Strömungen gab es sicher auch in früheren Zeiten, aber »alles war Kinderspiel; man befand sich einer stupiden Masse gegenüber. Das ist jetzt anders. Millionen von Arbeitern sind grade so gescheidt, so gebildet, so ehrenhaft wie Adel und Bürgerstand, vielfach sind sie ihnen überlegen. [...] Sie vertreten nicht blos Unordnung und Aufstand, sie vertreten Ideen [...] Man muß sie geistig bekämpfen, und das ist, wie die Dinge liegen, sehr, sehr schwer.« Er schrieb ihr fast jeden Tag, erzählte von seiner Arbeit, sprach von Besuchen, die er machte und von denen, die er empfing. »Mit meiner Gesundheit geht es gut, besser als seit Jahr und Tag. Und doch fühl' ich, daß es eine wacklige Geschichte ist. Neulich im Theater hatt' ich einen Ärger, im Grunde genommen nur eine Bagatelle, aus der ich noch dazu mehr als Sieger wie als Besiegter hervorging. Und doch war mir eine Viertelstunde lang zumute, als müßt' ich auf dem Platze bleiben.«

Im Juli fuhren Fontane und seine Frau, nach Wernigerode. Trotz der Sommerzeit war es recht kühl, aber daraus »erwächst einem eine beständige Berechtigung zum schlafen, was wir denn auch zu allen Tageszeiten ausführen«. Er machte einen Abstecher nach Tangermünde – zwischen Stendal und Rathenow gelegen –, um Lokalstudien für *Grete Minde* zu machen. In Berlin kam Mitte August aus Leipzig sein Romanmanuskript zurück. »Mit eigentümlichen Empfindungen hab ich es auf den Boden schaffen lassen. So wird man auch selber mal bei Seite geschafft, Müh' und Arbeit liegen zurück, und niemand kümmert sich mehr drum.«

1879-1889

Der Erzähler und Theaterkritiker

Theodor Fontane in einer Fotografie um 1889/90.

Mitte September reisten sie an die Ostsee, in die Nähe von Kiel, nach Forsteck und verbrachten dort zwei Wochen. Fontane begegnete dem niederdeutschen Heimatdichter Klaus Groth, mit dem er sich ein gutes Jahrzehnt später den Schillerpreis teilen sollte. Während der Tage an der Ostsee erschien die 36. Fortsetzung und damit der Schluß von *Vor dem Sturm* in ›Daheim‹.

Die Buchausgabe wurde in den ersten Novembertagen ausgeliefert. Der Titel lautete jetzt: *Vor dem Sturm. Roman aus dem Winter 1812 auf 13*. Die Ausgabe umfaßte vier Bände, die ›elegant geheftet‹ 18 Mark und ›in zwei eleganten Leinenbänden gebunden‹ 20 Mark kostete. Fontane sandte Exemplare nach München an Paul Heyse und nach Dobbertin an Mathilde von Rohr. Alle wichtigen Zeitungen und Redaktionen erhielten Exemplare vom Verlag.

Besprechungen erschienen schon bald. Bereits am 22. November schrieb Ludwig Pietsch in der ›Vossischen Zeitung‹: »Ich begrüße den Roman, wie er da ist, als eine der wertesten Bereicherungen unserer modernen erzählenden Literatur. Daß er die Schlagworte unserer Tage einmal *nicht* enthält, daß er uns wieder einmal andre Menschen als die, welche im Salon glänzen, und die, welche die Börse unsicher machen, vorführt: daß er den gewohnten Zirkel der herrschenden geläufigen Anschauungen und Tendenzen durchbricht, macht mir ihn doppelt lieb.« Am gleichen Tag noch dankte ihm Fontane: »Am Kaffeetisch wurd ich gleich mit den Worten empfangen: ›eingehender und liebevoller und dann kam noch ein drittes Wort, daß ich, weil es mich angeht verschweigen muß – ist nie über dich geschrieben worden‹. Es war eine glückliche

Stunde...« Zu dieser Freude gesellte sich noch eine weitere, Theo hatte sein Referendarexamen bestanden.

Am letzten Tag des Jahres 1878 schrieb er an Wilhelm Hertz: »Ich war gestern Geburtstagskind und hatte von 11 Uhr an den Unterhalter zu machen und mich für Dattelschachteln und Maiblumentöpfen zu bedanken. Eine Arbeit, die man immer wieder gerne thut, die aber doch strapaziös ist.«

Zu Beginn des neuen Jahres bedankte sich Emanuel Geibel für die Zusendung von *Vor dem Sturm:* »[...] ich wüßte kaum ein Werk zu nennen, das mir einen so *wohltuenden* Gesamteindruck hinterlassen hätte.«

Vom zweiten Band der *Wanderungen* (Oderland) wurde nach der ersten (1863) und der zweiten (1868) jetzt eine dritte Auflage notwendig, bei der Fontane den Inhalt straffen und einige Kapitel neu schreiben wollte.

Eines der neugefaßten Kapitel – *Küstrin* – bot er dem Herausgeber von ›Westermanns Illustrierte Deutsche Monatshefte‹, Gustav Karpeles, an. Aber es könnte noch dauern, denn noch machte ihm *Grete Minde* viel Arbeit: »Ich bin nun 'mal ein Bastler und Pußler und kann es nun nicht mehr los werden.« Anfang März sandte er die ersten korrigierten Fahnen von *Grete Minde* an ›Nord und Süd‹. Dann schob sich eine andere Arbeit dazwischen. Die Lüderitz'sche Kunsthandlung in Berlin hatte ihn um den Text für die *Vaterländische Reiterbilder aus drei Jahrhunderten* gebeten, die im Spätherbst als Prachtband erscheinen sollten. »Das Geld lockt mich ein wenig, trotzdem ich dieses traurige Artikel-Fabrizieren – eine Theater-Rezension ist ›hohe Kunst‹ daneben – ein für allemal abgeschworen habe«, gestand er seinem Verleger. Seine Arbeitsweise war: er suchte und sammelte Stoffe. Dann machte er Notizen und danach Inhaltsskizzen, stellte Material zusammen, suchte passende Landschaften, Orte und wählte erste Namen. In seinem kleinen ›Romanschriftstellerladen‹ hatte er inzwischen einige Dutzend Skizzen liegen, und er bat Karpeles um einen Besuch: »[...] wir nehmen dann das Paket vor, drin die Novellenstoffe, manche mit fertigem Anfang und manche mit fertigem Ende, hochaufgeschichtet liegen und Sie suchen sich *das* aus, was Ihnen konveniert.« Doch am wichtigsten war ihm sein neuer Roman, an dem er schon seit einiger Zeit arbeitete. »Zeitroman. Mitte der 70er Jahre, Berlin und seine Gesellschaft, besonders die Mittelklassen, aber nicht satirisch, sondern wohlwollend behandelt. Das Heitre vorherrschend, alles Genrebild. Tendenz: es führen viele Wege nach Rom, oder noch unbestimmter: es gibt *vielerlei Glück*, und wo dem Einen Disteln blühn, blühn dem Andern Rosen. Das Glück besteht darin, daß man *da* steht, wo man seiner Natur nach hingehört; selbst die Tugend- und Moralfrage verblaßt daneben [...] Das Ganze: der Roman meines Lebens oder richtiger die Ausbeute desselben.« Drei Jahre würde er brauchen und 5000 Taler müßte er für den Vorabdruck und die Buchausgabe fordern. »Kann ich es *nicht* kriegen, nun so muß die Welt sehen, wie sie ohne meinen Roman fertig wird.«

Vom Mai an brachte ›Nord und Süd‹ *Grete Minde*. Seiner Frau, die seit Ende Mai in Neuhof weilte, berichtete er, daß Heinrich von Treitschke über *Vor dem Sturm* gesagt habe, »Das sei doch mal ein deutscher Roman, an dem man seine Freude haben könne«.

Im Sommer wollte er in den Harz und dort eine Erzählung weiter schreiben, die er später *Schach von Wuthenow* nannte. Außerdem fesselte ihn die legendäre Gestalt der ›Bernsteinhexe‹ Sidonie von Borcke, deren Geschichte er schon seit den Swinemünder Kindertagen kannte. Ende Juni suchte er, Karpeles für dieses Thema zu interessieren. »Sidonie v. B., Priorin zu Marienfleiß in Pommern, schön, gescheit, encouragiert, aber zugleich auch hochmütig, intrigant und herrschsüchtig [...] Sie ist nah an 50, aber wundervoll konserviert, groß, stattlich, königlich. Ihr Erscheinen im Kloster drückt den Rest der alten und jungen Damen zur Nullität herab; nur einige versuchen Widerstand, werden besiegt, um schließlich *doch* zu triumphieren.«

Den Sommer verbrachte er mit Emilie in Wernigerode und arbeitete an der Neuauflage von *Oderland.* Zur gleichen Zeit skizzierte und gliederte er die Erzählungen *Sidonie von Borcke* und *Schach von Wuthenw.* »Aber so lächerlich es klingen mag«, gestand er seinem Verleger, »ich darf – vielleicht leider – von mir sagen: ›ich fange erst an‹. Nichts liegt hinter mir, alles vor mir; ein Glück und ein Pech zugleich. Denn es ist nichts Angenehmes, mit 59 als ein ›ganz kleiner Doktor‹ da zu stehn.«

Nach der Rückkehr plante er eine weitere Novelle, und auf einer Reise nach Dresden schrieb er das erste Kapitel von *Ellernklipp.*

Er hatte nun einen Roman – *Allerlei Glück* – und drei oder vier Novellen in Arbeit, hinzu kam die Korrektur für *Oderland*, und die Berichte für das Theater, Buchbesprechungen und kleinere Aufsätze. Verständlich, daß er sich trotz der Sommer-Wochen im Harz fast immer »nervös herunter« fühlte.

Im November erschien die dritte und verbesserte Auflage des Wanderungsbandes *Das Oderland. Barnim-Lebus*, vordatiert auf 1880, und Hertz teilte ihm mit, daß eine zweite Auflage von *Havelland* im nächsten Jahr in Druck gehen müßte.

Am 30. Dezember 1879 – seinem sechzigsten Geburtstag – bracht die Vossische Zeitung einen großen Bericht über das schwere Brücken- und Eisenbahnunglück, das sich zwei Tage zuvor, am 28. Dezember, bei Dundee am Firth of Tay ereignet hatte. ›Die Brücke über den Tay‹ war anderthalb Jahre zuvor als längste Brücke der Welt eröffnet worden, in der Nacht des 28. Dezember brachen große Teile zusammen und rissen einen vollbesetzten Zug in die Tiefe. Über hundert Menschen fanden den Tod. »Letzte Woche hab' ich in Nr. 2 der ›Gegenwart‹ ein Gedicht publiziert:«, schrieb er Anfang 1880 an Fräulein von Rohr, »*Die Brück' am Tay*, in dem ich den furchtbaren Eisenbahnunfall bei Dundee balladesk behandelt habe [...] Es hat hier eine Art Sensation gemacht, vielleicht mehr als irgend 'was, was ich geschrieben habe.«

> Wie Splitter brach das Gebälk entzwei.
> Tand, Tand
> Ist das Gebilde von Menschenhand.

Aber dem langjährigen Freund Friedrich Witte gegenüber klagte er resignierend: »Wenn sich die Leute mehr um meine Bücher kümmerten, wenn ich statt der ewigen succés d'estime mal einen *wirklichen* Erfolg zu verzeichnen hätte, so bin ich wahrhaftig nicht der Einfaltspinsel, der sich die Butter vom Brote nehmen lassen würde. Ich habe mir manches in meinem Leben gefallen lassen müssen, aber das darf ich sagen: nie mehr als ich *mußte*.«

Noch im Januar schloß er *L'Adultera* im Brouillon ab und bot die Novelle, wie er sie damals noch nannte, ›Nord und Süd‹ an. »Es wird niemand gefeiert, noch weniger gelästert, und wenn ich bemüht gewesen bin, das *Leben* zu geben, wie es liegt, so bin ich nicht minder bemüht gewesen, das *Urteil* zu geben, wie es liegt.« Er hatte einen sechs Jahre zurückliegenden Skandal als Anstoß und Rahmen genommen. 1874 hatte die Frau des bekannten Kommerzienrates Jacob Ravené (1823-1879) Mann und Kinder verlassen und war mit ihrem Geliebten nach Königsberg geflohen.

Trotz Abspannung und Krankheit »bastelte« er an weiteren Novellenplänen, im März bot er Karpeles zwei davon an: »1. *Schach von Wuthenow*. Spielt im Sommer 1806: Zeit des Regiments Gensdarmes. Inhalt: Eitlen, auf die Ehre dieser Welt gestellten Naturen, ist der Spott und das Lachen der Gesellschaft derart unerträglich, daß sie lieber den Tod wählen, als eine Pflicht erfüllen [...] 2. *Ellernklipp*. Spielt unmittelbar nach dem 7jährigen Kriege in einem Harzdorf. Eifersucht des Vaters gegen den Sohn [...] Hauptfigur: ein angenommenes Kind, schön, liebenswürdig, poetisch-apathisch, an dem ich beflissen gewesen bin, die dämonisch-unwiderstehliche Macht des Illegitimen und Languissanten zu zeigen.« Karpeles wählte *Ellernklipp* für ›Westermanns Monatshefte‹.

Fontane arbeitete an seinen ›Novellen‹, besuchte das Theater und schrieb seiner Frau, die zur Kur in Nassau war: »Ich lebe still hin; meine krankhafte Aufregung hat sich gegeben, doch trau ich dem Frieden nicht recht. Ich habe so sehr das Ruhebedürfnis, und gerade *das* wird mir versagt; es zehrt immer 'was an mir.« Das durchkorrigierte Manuskript von *L'Adultera* sandte er ›Nord und Süd‹, wo im Juni und Juli der Roman in zwei Fortsetzungen erschien. Bereits im Februar hatte ihn die ›Vossische Zeitung‹ um einen Beitrag über das Zietensche Husarenregiment von 1730 bis 1880 gebeten. Für seine Arbeit benutzt Fontane das Buch des jungen Stabsoffiziers Armand von Ardenne über die Geschichte des Regiments, ohne zu ahnen, daß von Ardenne einmal eine der Schlüsselfiguren in *Effi Briest* sein würde.

Zwei Jahre zuvor, im Frühjahr 1878, hatte Martha ihr Examen am Königlichen Lehrerinnenseminar abgelegt. Die Zwanzigjährige ging Anfang August als Erzieherin zur Familie des Gutsherrn Max Ludwig von Mandel nach Kleindammer bei Stentsch, etwa 65 km östlich von Frankfurt an der Oder. Fontane versuchte, seiner Tochter Mut zu machen: »Ich glaube, daß Du's gut getroffen hast; einige short-comings und draw-backs fehlen *nie*. Es gibt kein unbedingtes und ungetrübtes Glück, das länger als 5 Minuten dauert.«

Mit Hertz hatte er einen Vertrag über die Buchausgabe von *Grete Minde* abgeschlossen, bei einer Auflage von 1100 Exemplaren war ein Honorar von 500 Mark vorgesehen. Erscheinungstermin sollte Oktober oder November sein.

Im Hochsommer reisten Fontane und Emilie nach Wernigerode. Dort korrigierte er die Druckfahnen für *Grete Minde* und begann mit der Durcharbeitung von *Ellernklipp*. Mit einem Stadtplan arbeitete er sich in eine neue Erzählung – *Graf Petöfy* – ein, die in Wien spielen sollte. »Ich kenne jetzt in der Altstadt jede Gasse und weiß ganz genau, wo meine Personen wohnen. Dies lokale sich Einleben bedeutet furchtbar viel.«

Am 14. November überreichte er die soeben erschienene Buchausgabe der *Grete Minde* seiner Frau zum Geburtstag. Ein Zeitschriftenartikel Heinrich von Treitschkes hatte in Berlin den schwelenden Streit um die Judenfrage verschärft. »Ich bin von Kindesbeinen an ein Judenfreund gewesen«, bekannte Fontane Mathilde von Rohr, »und habe persönlich nur Gutes von den Juden erfahren, – dennoch hab' ich so sehr das Gefühl ihrer Schuld, ihres grenzenlosen Übermuts, daß ich ihnen eine ernste Niederlage nicht blos gönne, sondern wünsche. Und das steht mir fest, wenn sie sie jetzt *nicht* erlei-

Theodor Fontane in einer Fotografie von 1880.

Martha Fontane, gen. Mete, die einzige Tochter Theodor Fontanes.
Porträt von E. H. Grunwald, o. J.

Die märkische Stadt Tangermünde,
Schauplatz von Fontanes Erzählung »Grete Minde«.
Stich aus dem 17. Jahrhundert.

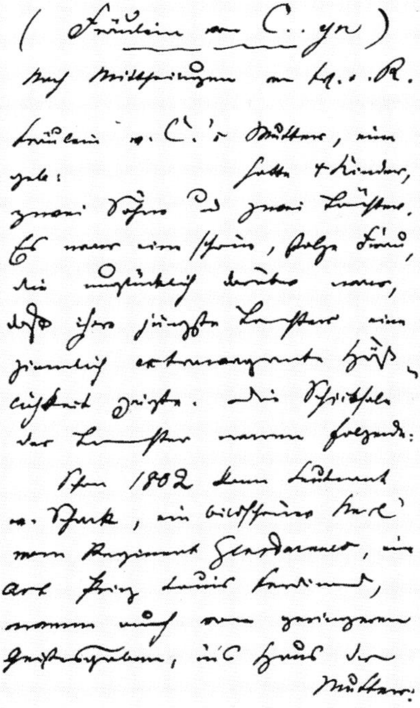

(Fräulein von C..yn)
Nach Mittheilungen von Fr. v. R.
Fräulein v. C.'s Mutter, eine
geb. [illegible] hatte 4 Kinder,
zwei Söhne und zwei Töchter.
Es war ein schönes, stolzes Kind,
die unglücklich darüber war,
daß ihre jüngste Tochter ein
ziemlich extravagant häß-
liches Gesicht. Die Schicksale
der Tochter waren folgende:
Um 1802 kam Lieutenant
v. Schack, ein bildschöner Mann
vom Regiment Gensdarmes, eine
Art Prinz Louis Ferdinand,
[illegible]
Gesellschaften, ins Haus der
Mutter.

Aus der Handschrift von »Schach von Wuthenow«.

den und sich auch nicht ändern, so bricht in Zeiten, die wir beide freilich nicht mehr erleben werden, eine schwere Heimsuchung über sie herein.«

1880 hatte Theo seinen Militärdienst abgeleistet. George – jetzt 29 Jahre alt und Oberleutnant – war Lehrer an der Hauptkadettenanstalt in Berlin-Lichterfelde. Aber Martha erkrankte in Kleindammer und mußte sich im Elternhaus erholen. Trotz der Kur im Frühjahr und den Wochen im Harz fühlte sich auch Emilie krank und hinfällig. »Wir haben uns ganz aus der Welt zurückgezogen [...] Es versteht sich von selbst, daß trotz dieser Zurückgezogenheit von der Welt, zu der mich Neigung und Verhältnisse gleichmäßig bestimmen, die alte Ur-Legende fortlebt, ich führte eigentlich ein Leben wie in Tausend und einer Nacht...«

Beginn des Jahres 1881 arbeitete er am Wanderungsband *Spreeland*, außerdem versuchte er die Kapiteleinteilung für *Graf Petöfy* zu ordnen. Ende Februar schloß er mit Hertz einen Vertrag über den letzten Band der *Wanderungen*.

Als die Druckfahnen für den Vorabdruck von *Ellernklipp* eintrafen, stellte Fontane fest, daß man seinen Text verändert hatte. Er wandte sich sofort an Karpeles: »Ich bilde mir nämlich ein, unter uns gesagt, ein Stilist zu sein, nicht einer von den unerträglichen Glattschreibern, die für alles nur *einen* Ton und *eine* Form haben, sondern ein wirklicher [...] Und so kommt es denn, daß ich Sätze schreibe, die 14 Zeilen lang sind und dann wieder andre, die noch lange nicht 14 Sylben, oft nur 14 Buchstaben aufweisen.«

Ende April schrieb er an Graf Eulenburg: »Ich habe die letzten Wochen sehr unruhig verbracht, fast immer auf Reisen, weil zu Weihnachten ein vierter Band meiner ›Wanderungen‹ erscheinen soll, zu welchem Zweck ich noch allerhand sehen mußte.«

Im Mai und Juni wurde *Ellernklipp* in ›Westermanns Monatsheften‹ vorabgedruckt.

»Der älteste Sohn, nun schon 30, ist Kadettenlehrer in Lichterfelde, der zweite Kammergerichts-Referendar, der dritte soll zum Herbst als Buchhändler eintreten [...]«, schrieb er einem Bekannten. »Die Tochter ist Erzieherin in einem adligen Hause nicht weit von der schlesischen Grenze. Allen geht es gut. Meine Frau kränkelt, aber doch weniger als in den letzten Jahren, und ich selber sitze wie immer an meinem Schreibtisch, sehe wenig Menschen und schreibe Kritiken, Novellen, Wanderungen. Also das Alte.«

Im Sommer beendete er eine neue Erzählung im Brouillon. »Es handelt sich um eine *politische* Novelle [...] Der Titel soll sein: *Storch von Adebar* und die Tendenz geht dahin, den *pietistischen* Konservatismus, den F. W. IV. aufbrachte und der sich bis 1866 hielt, in Einzel-Exemplaren (Potsdam) auch *noch* vorhanden ist, in seiner Unechtheit, Unbrauchbarkeit und Schädlichkeit zu zeichnen. Die Hauptträgerin dieses Konservatismus ist die ›Störchin‹ und ihr eigentlichstes Opfer ihr Gatte, der alte Storch [...] Ich habe all diese Dinge erlebt, diese Figuren gesehn, und freue mich darauf, sie künstlerisch gestalten zu können.«

Bereits im Juni hatte er mit Hertz den Vertrag über die Buchausgabe von *Ellernklipp* geschlossen, (Auflage 1100 Exemplare und 500 Mark Honorar) und Ende des Monats bezog er im Hotel Zehnpfund in Thale sein altes Zimmer wieder. Neben der täglichen Korrekturarbeit las er Lessing und vor allem Turgenjew, über den er Emilie schrieb: » ... eine künstlerische Meisterhand, aber keine poetische Seele. Schließlich ist er *auch* Russe und grenzt an die Gesellschaft, die er perhorresziert. Aber ein solcher Künstler sein, ist immerhin sehr viel.« Und er begann mit Wagner und dessen ›Ring des Nibelungen‹. »Über Rich. Wagner nächstens: Es fängt an furchtbar zu werden«, gestand er seiner Frau und schrieb ausführlich an den Freund Karl Zöllner. »Es ist, aller glänzenden Rekapitulationen unerachtet, doch in einer totalen *Konfusion* stecken geblieben, deshalb stecken geblieben, weil er sich eine Aufgabe stellt, die entweder überhaupt nicht zu lösen war, oder für die wenigstens *seine* Kräfte, so respektabel sie an für sich waren, nicht ausreichten.«

Mit ›Nord und Süd‹ vereinbarte er einen Vorabdruck des Wanderungskapitels *Groeben und Siethen* für 300 Mark, allerdings hatte er mehr als das Doppelte erhofft, und im August schloß er mit dem Verlag Samuel Schottländer den Vertrag über die Buchausgabe von *L'Adultera*, für 1200 Exemplare wurde ein Honorar von 1200 Mark vereinbart.

Nach Berlin zurückgekehrt, arbeitete er an *Graf Petöfy* weiter, und bereits im Oktober hielt er die ersten Exemplare der Buchausgabe von *Ellernklipp – Nach einem Harzer Kirchenbuch* in den Händen, das der Verlag ›elegant geheftet‹ für 3 Mark und ›fein gebunden‹ für 4 Mark anbot. Einen Monat danach erschien der vierte und letzte Band der *Wanderungen* unter dem Titel *Spreeland. Beeskow-Storkow und Barnim-Teltow*, bereits auf 1882 vordatiert.

Im Schlußwort wünschte Fontane: »daß das Lesen dieser Dinge dem Leser wenigstens einen Teil der Freude bereiten möge, den mir das Einsammeln seiner Zeit gewährte«.

Im November skizzierte er die erste Fassung einer neuen Novelle – *Stine* – und beendete am Jahresende das Brouillon. Zwei Monate zuvor, am 9. September, war der Dichter und Tunnelfreund Christian Friedrich Scherenberg (* 1798) gestorben. Über ihn, seine Dichtung und über seine Zeit plante

Fontane, einen Aufsatz zu schreiben, aus dem schließlich ein Buch wurde, das aber erst vier Jahre später erschien.

Er wurde zu einer ›Tafelrunde‹ des überaus populären Prinzen Friedrich Karl von Preußen nach Jagdschloß Dreilinden eingeladen. »Sehr gnädig, sehr liebenswürdig«, teilte er Hertz mit. »Vielleicht daß ich in Hesekiels seit 7 Jahren erledigte Hof-Toast-Stelle einrücke.« Weitere Besuche folgten im Dezember und in den ersten Monaten 1882.

Ende November zeigte die National-Galerie eine Sonderausstellung der Werke von Carl Blechen. Zwei Jahrzehnte zuvor hatte Fontane in der ersten Auflage der *Grafschaft Ruppin* über ihn geschrieben und im Kapitel ›Müggelsee‹ das Gemälde ›Semnonenlager‹ geschildert. In den späteren Auflagen wurde dieses Kapitel ausgeschieden, aber jetzt in *Spreeland* wieder aufgenommen. Angeregt dadurch, wollte er über den berühmten Sohn der Stadt Kottbus ›ein märkisches Kapitel‹ schreiben.

In den drei vergangenen Jahren hatte Fontane die Romane *Vor dem Sturm* und *L'Adultera*, dazu die Erzählungen *Grete Minde* und *Ellernklipp* veröffentlicht, und er plante weitere Romane und Novellen. Von ihnen gab es Skizzen, zum Teil bereits Brouillons, von einigen sogar bereits ausgearbeitete Kapitel. Diese Arbeitsweise: beginnen und dann liegenlassen bisweilen auf Jahre, behielt er auch in der Zukunft bei.

»Es gibt Unglückliche, die statt des Gefühls nur die *Sehnsucht* nach dem Gefühl haben und diese Sehnsucht macht sie reizend und tragisch«, begann er im Januar 1882 seine neue Novelle *Oceane von Parceval*, die jedoch Fragment blieb. Angebote des Münchener Bruckmann Verlages für ein Buch über Wilhelm I. und eine Geschichte der Mark Brandenburg lehnte er ab.

»Ach, wie bevorzugt sind doch Lieutenants«, dankte er

Hertz für eine Abendeinladung, »6 Fuß hohe Rittergutsbesitzer und all die andern aus der Familie Don Juan, und wie nehm' ich alles zurück, was ich, als ich selber noch tanzte, zu Gunsten lyrischer Dichtung und zu Ungunsten hübscher, lachender und gewaschener Herzenssieger gesagt habe.«

In Breslau erschien im März bei Salo Schottländer die Buchausgabe von *L'Adultera*, und Ende Mai druckte die ›Vossische Zeitung‹ in mehreren Fortsetzungen das ›märkische‹ Kapitel *Hoppenrade*. Anfang Juni reiste er für drei Wochen in den Harz nach Thale und legte ›letzte Feile‹ an *Schach von Wuthenow*, der in der ›Vossischen Zeitung‹ erscheinen würde. »... ich kam in drei Wochen kaum von der Stelle und machte Korrekturen, die hinterher auch wieder korrekturbedürftig waren. [...] Lassen die Kräfte doch *so* nach? Es wäre noch zu früh.« Hertz teilte ihm mit, daß er eine neue, vierte Auflage des ersten Bandes der *Wanderungen* plane und bot ihm ein Honorar von 1200 Mark.

Der ihm bisher unbekannte Paul Schlenther hatte in der ›Vossischen Zeitung‹ *L'Adultera* rezensiert. »Das nenn ich kritisieren! Es wird mir nichts geschenkt [...] Aber nebenher läuft doch zweierlei: das Anerkenntnis, daß man es mit einem ordentlichen und anständigen Menschen, und zweitens das Anerkenntnis, daß man es mit einem sein Metier ernsthaft ausübenden, anständigen Künstler zu tun hat.«

Im Juli reiste er an die Nordsee, und in der ›Vossischen Zeitung‹ erschien *Schach von Wuthenow*. »Ich bin heut erst 14 Tage von Berlin fort« schrieb er seiner Frau von Norderney, »und mir ist als wär' ich dreimal um die Welt gefahren. Ich war in Oldenburg, [...] lernte Wilhelmshafen kennen, [...] war 10 Stunden auf See, passierte Wangeroog, Spiekeroog und Langeoog, bewohne jetzt meine dritte Wohnung, habe in 10 Hôtels und Restaurationen gegessen, höre jeden Morgen und Nachmittag die Kurkapelle spielen.« Für die Neuauflage von der *Grafschaft Ruppin* erarbeitete er Kürzungen und Erweiterungen, es war viel Arbeit, »aber ich werde nicht ärgerlich dabei, weil ich einsehe: es muß sein. Ich sehe klar ein, daß ich eigentlich erst bei dem 70er Kriegsbuche und dann bei dem Schreiben meines Romans ein *Schriftsteller* geworden bin d. h. ein Mann, der sein Metier als eine *Kunst* betreibt, als eine Kunst, deren *Anforderungen* er kennt. Dies letztere ist das Entscheidende. [...] Man kann auch ohne Kritik mal was Gutes schreiben, ja vielleicht etwas *so* Gutes, wie man später *mit* Kritik nie wieder zu Stande bringt. Das alles soll nicht bestritten werden. Aber das sind dann die ›Geschenke der Götter‹, die, weil es Göttergeschenke sind, sehr selten sind...« In den Wochen nach seiner Rückkehr wollte er sich den restlichen Arbeiten für die *Grafschaft Ruppin* widmen, einen Aufsatz über Dreilinden schreiben und danach *Graf Petöfy* und den Scherenberg-Aufsatz vornehmen. Der Verlag des Hofbuchhändlers Wilhelm Friedrich in Leipzig wollte *Schach von Wuthenow* gegen ein Honorar von etwa 1000 Mark noch vor Ende des Jahres verlegen. Fontane stimmte zu, und in der letzten Novemberwoche sandte er das Buch an Mathilde von Rohr mit seinem Dank für den Stoff, den er von ihr hatte. »Wenn die Novelle vielleicht ein kleines Glück macht (auf großes zu hoffen, hab ich längst verlernt) so schieb' ich es darauf, daß es mir mit Allem gut gegangen ist, was von *Ihnen* kam.«

In der ersten Dezemberwoche erschien die vierte Auflage der *Grafschaft Ruppin* mit der Jahreszahl 1883, und zum Ende des Jahres druckte die Vossische Zeitung *Dreilinden* in vier Fortsetzungen. Anfang 1883 bedankte er sich bei Mathilde von Rohr für Lob und Zustimmung zu seiner Novelle.

Theodor Fontane. Abbildung von 1882.

Bildnis Georg Friedlaender (1843-1914).

Foto von Martha Fontane in Warnemünde.

Theodor Fontane mit seiner Tochter Martha im Riesengebirge.

»Mit dem Beifall, den Schach im Publikum und in der Presse gefunden hat, kann ich zufrieden sein [...]. Fast noch wichtiger ist mir *das*, daß mir Landgerichts-Direktor Lessing, der reiche Besitzer der Voss. Ztng., einen liebenswürdigen Brief geschrieben, mir seinen Dank ausgesprochen und für nächsten Sommer, 83, etwas ähnlich Novellistisches von mir eingefordert hat.«

Täglich arbeitete er an *Graf Petöfy*, der in der in Stuttgart wöchentlich erscheinenden ›Deutsche Roman-Bibliothek zu Über Land und Meer‹ vorabgedruckt werden sollte.

Eines Abends traf er sich mit dem bekannten Berliner Schriftsteller Rudolf Lindau, und beide unterhielten sich über ihre Arbeitsweise. Lindau gestand dabei, daß er oft nur mit Stocken weiterkommen könne, Fontane beklagte dagegen die Langsamkeit seines Schreibens. »Aber diese Langsamkeit resultiert nur aus Stilgefühl, ›aus Feile‹. [...] Von dem Augenblicke an, wo mich das starke Gefühl ergreift, ›dies ist ein Stoff‹, ist auch alles fertig, und ich überblick' im Nu und mit dem realen Sicherheitsgefühl, daß ich nirgends stocken werde, Anfang, Höhepunkt und Ende. [...] Und nun schreib' ich zwei Stunden hintereinander weg, und alles steht da. Jedes Kapitel hat seinen bestimmten Inhalt. Und im wesentlichen bleibt es auch so.« Aber oft könne er das rechte Wort nicht finden. »Und so brauch' ich sechs Monate, um eine Arbeit zu vollenden, die ich im Nu konzipierte und in zwei Stunden entwarf. Das Kind ist da. Aber eh es stehen und gehen kann, welch weiter, weiter Weg.«

Er skizzierte eine neue Novelle mit dem Arbeitstitel *Fein gesponnen und doch zerronnen*, später hieß sie dann *Unterm Birnbaum*, und er schrieb weiter am Scherenberg-Aufsatz, mußte aber immer wieder Pausen einlegen. »Mit meiner Gesundheit geht es nicht gut; ich kann mich nicht erholen, alles, es sei körperlich oder geistig, wird mir sauer.« schrieb er voller Resignation an Mete, »[...] in 4½ Monaten keinen Strich, ist etwas wenig für einen Hausvorstand und Familienvater.«

Ende Mai bat ihn der Redakteur der in Stuttgart erscheinenden Zeitschrift ›Vom Fels zum Meer‹, Joseph Kürschner, um einen Beitrag, und Fontane bot ihm die Novelle *Stine* an, deren Brouillon er vor Jahresfrist beendet hatte: »Titel: *Stine.* (Abkürzung von Justine.) Stine ist die blonde jüngere Schwester einer brünetten Witwe, typische Vorstadts-Berlinerin, die [...] als ›Freundin‹ eines gräflichen alten Garcons lebt. [...] Er erscheint meist mit Freunden; allein ist es ihm zu langweilig. Unter diesen Freunden ist auch gelegentlich einmal (und damit beginnt die Novelle) sein Neffe, 27jährig, kränklich, Anno 70 schwer verwundet und blos kümmerlich wieder zusammengeflickt. [...] Er liebt Stine wirklich, will sie heiraten und in die weite Welt gehn, [...] Der allgemeine Widerstand gegen seinen Plan aber, zuletzt auch Stinens selbst, läßt ihm das Leben wertlos erscheinen und er tritt vom Schauplatz ab. [...] C'est tout! Von Handlung, Überraschungen etc. keine Spur; nichts von Intrige, Sensation, Tendenz. Etwas ganz Alltägliches. Das Neue liegt nur darin, wie speziell *mein* Auge dies Alltägliche sieht.« Anfang Juni fuhr er wieder ins Hotel Hubertusbad nach Thale. Vor allem wollte er *Graf Petöfy* druckfertig korrigieren. »... vier Stunden arbeite ich,« berichtete er seiner Frau, »dann zu Tisch, dann plaudern, dann lesen, dann Spaziergang, dann Tee.« In Berlin schrieb seine Frau die korrigierten Seiten ab und schickte sie zurück nach Thale. In einem ihrer Begleitbriefe kritisierte sie einige Szenen des Romans. »Im Übrigen weiß ich sehr wohl, daß ich kein Meister der Liebesgeschichte bin;« verteidigte sich Fontane, »keine Kunst kann ersetzen, was einem von Grund aus fehlt.« Ende des Monats kehrte er nach Berlin zurück, obwohl erst die Hälfte des Manuskriptes durchkorrigiert war. Sein Verleger Friedrich teilte ihm mit, daß sich *Schach von Wuthenow* nur schleppend verkaufe. »Tausendmal hab' ich mir gelobt, gleichgültig dagegen zu sein (au fond *ist* es gleichgültig) aber wenn einen dann die Zahl 510 anstarrt, 510 auf 60 Millionen Deutsche, die über die Welt hin wohnen, so kriegt man ein Zittern und das Herz sinkt einem.«

Kurz darauf fuhr er nach Norderney. Obwohl schlechtes Wetter ihn begleitete, fühlte er sich in der frischen Meeresluft sofort wohler. Bereits am ersten Tag bat er in der Apotheke um Besorgung eines Medikaments. Er nannte seinen Namen und wollte ihn buchstabieren. Der Apotheker »lehnte dies aber mit einer verbindlichen Handbewegung ab und sagte nur, halb fragend halb sich verneigend ›*Theodor Fontane*‹ mit Betonung des Vornamens. Als ich nun meinerseits nickte [...] murmelte er allerlei dunkle Huldigungsworte, so daß ich die Apotheke mit dem Gefühl verließ, den größten Triumph meines Lebens erlebt zu haben.«

An der Nordsee korrigierte er weiter und versuchte, sich mit dem ungünstigen Wetter abzufinden. »Draußen gießt es wieder wie mit Mollen; ein entsetzlicher, unsagbar langweiliger Aufenthalt, denn ich habe auch nichts zu lesen. [...] *Die Luft ist himmlisch* und ihr allein verdank' ich es, daß ich meine Arbeit fertig kriege. In Berlin läg' ich längst auf der breiten Seite.« In ihren Antwortbriefen beklagte sich Emilie, daß er zu weitschweifig schreibe, Fontane versuchte ihr verständlich zu machen, daß seine ›Weitschweifigkeit‹ zu seinen literarischen Vorzügen gehöre. »Ich behandle das Kleine mit derselben Liebe wie das Große, weil ich den Unterschied zwischen klein und groß nicht recht gelten lasse, treff ich aber wirklich mal auf Großes, so bin ich ganz kurz.«

Ende *August* konnte er die letzten Kapitel von *Graf Petöfy* nach Berlin senden. »Die große Novelle mußte *hier* zu Ende gebracht werden. [...] Die Arbeit ist nun ganz was sie sein soll und liest sich wie geschmiert. Alles flink, knapp, unterhaltlich, so weit espritvolles Geplauder unterhaltlich sein kann; wer auf plot's und große Geschehnisse wartet, ist verloren. Für solche Leute schreib' ich nicht«

Trotz beider Reisen im Sommer fühlte sich der fast Vierundsechzigjährige überlastet und konstatierte eine völlige ›Nervenpleite‹. Anfang November besuchte ihn Alfred Kröner, der ab Beginn des kommenden Jahres die 1853 von Keil gegründete Zeitschrift ›Die Gartenlaube‹ übernehmen wollte und sich um Autoren bemühte. Beide kamen überein, daß Fontane ihm eine neue Novelle anbieten sollte.

Weihnachten und seinen Geburtstag verbrachte Fontane mit seiner Frau und den Kindern. »... still zu Haus; ein wahres Glück;« erzählte er der Freundin in Dobbertin, »ich habe nicht die geringste Neigung mehr in großen und kleinen Gesellschaften umherzustehn.« Er schrieb ihr von den Zukunftsplänen der Söhne und von denen Marthas. »Die Chancen eines *armen* Mädchens sind hier äußerst gering und der Umstand, daß sie sehr gescheidt und zugleich auch durch ein Leben in reichen Häusern verwöhnt ist, *erschwert* es ihr nur einen Mann zu finden. Was soll auch ein kleiner Landprediger oder Gymnasiallehrer wenn er sich nicht weit über den Durchschnitt erhebt, mit ihr anfangen?«

Ab Januar 1884 arbeitete Fontane fast täglich an seinem Scherenberg-Buch, denn der zunächst geplante Aufsatz hatte sich mit der Zeit zu einem Buch gewandelt.

Mitte des Monats wurde seine nun fast vierundzwanzigjährige Tochter Martha Gesellschaftsdame bei einer Amerikanerin aus San Francisco, die mit ihrer 14jährigen Tochter Europa besuchte. Sie begleitete die beiden auf einer fast vier Monate dauernden Italienreise. Aus Nizza und Oberitalien berichtete Martha von ihren Eindrücken, und Fontane wünschte ihr in seinem Antwortbrief schöne Tage »Glaube mir nach meinen reichen Reise-Erfahrungen überhaupt, aber speziell auch nach meinen aus zwei Aufenthalten herstammenden *italienischen* Erfahrungen, daß es nur *da*rauf ankommt, nur auf das was auf der Straße liegt, was man von jedem Hôtel- oder Wagen-Fenster aus sehen kann.«

Er berichtete über Neuigkeiten. »Auch Bismarck hat zweimal fünf Spalten lang gesprochen, [...] Beide Reden wieder der reine Zucker. Wenn er niest oder Prosit sagt, finde ich es interessanter als die Redeweisheit von 6 Fortschrittlern.« Anfang April meldete sich Martha aus Rom, und Fontane empfahl ihr eine Konditorei, »wo man kleine ›Bouche's‹ kriegt, Chocoladenbiscuits mit Creme-Füllung woneben die ganze Herrlichkeit von Kranzler-Josty nur eine Rohheit oder doch höchstens ein Kultur-Anfang ist.« Im April schloß er das Scherenberg-Buch ab und nahm die geplante Novelle *Irrungen Wirrungen* wieder »aus dem Kasten«, ordnete die Kapitel und stellte bis Ende April eine erste Rohfassung her.

Im Mai fuhr er in den Süden Berlins zu einem kleinen Ausflugsort an der Wendischen Spree. »Vom 12. bis 26. Mai, runde 14 Tage, blieb ich in Hankels Ablage und schrieb acht Kapitel zu meiner Novelle ›*Irrungen Wirrungen*‹, wodurch ich dieselbe im ersten Entwurf zum Abschluß brachte. [...] Der Aufenthalt im Restaurant Kaeppel war außerordentlich angenehm, hübscher fast als irgendein Sommeraufenthalt, den ich bis jetzt genommen habe: Wasser, Wald, freundliche Leute, ausreichende Verpflegung und billig.« vermerkte er im Tagebuch. Dreimal mußte er zu Theateraufführungen wieder nach Berlin. Ende des Monats kehrte er zurück, aber bereits am 9. Juni verließ er die Potsdamer Straße wieder und fuhr nach Thale ins Hotel Hubertusbad. »Mit meinem Befinden bin ich nicht recht zufrieden,« klagte er seiner Frau, »ich kann mich an den Gegensatz von Hitze draußen und Kellerkühle in meinen Zimmern nicht recht gewöhnen [...] Die Unterleibs-Nerven sind erbärmlich und sorgen dafür, daß ich mich immer abattu fühle.« Trotzdem wurde er zu einer Novelle angeregt, die einmal *Cécile* heißen sollte. Von einem Ausflug nach Altenbrak schwärmte er seiner Frau vor: »Alles wundervoller Stoff für meine neue Novelle [...] die sich mir heut auf dem 3 stündigen Marsch in allen Teilen klar ausgestaltet hat. Es kann nun also damit los gehn, – ich glaube was ganz Feines.« Schon einen Tag später schrieb er: »Das Beste war, daß ich mit meiner Arbeit plötzlich von der Stelle kam; bis dahin hatte ich nur die Tendenz und ein paar Einzelheiten, mit einem Male aber ging die ganze Geschichte klar vor mir auf, namentlich auch in ihren schwierigsten Partieen, und heute früh hab ich denn auch alles in 14 Kapiteln niedergeschrieben. D. h. ganz kurz, jedes Kapitel ein Blatt. Aber es lebt doch und strampelt.« Auch die politischen Tagesereignisse interessierten ihn wieder. »... es ist ein ganz ordinäres Geschäft, dies parlamentarische Politik-machen, und verdirbt den Charakter und verdummt. Die Leute sehen alles nur noch in Fraktionsbeleuchtung. Und doch ist das Ganze ein Segen. [...] Der absolute Staat mag noch so viel Vorzüge haben, er ist für ein freifühlendes Herz doch eine Unerträglichkeit, er hat die Annahme zur Voraussetzung, daß Wissen, Macht, Herrscherbefähigung in *Schichten* steckt, während es doch einfach in den *Individuen* lebt« Zur rechten Erholung wollte es dennoch nicht kommen, und in den letzten Junitagen kehrte er nach Berlin zurück. In der ›Vossischen Zeitung‹ erschien der Vorabdruck von *Christian Friedrich*

No. 33. Die Gartenlaube 1885.

Illustrirtes Familienblatt. — Begründet von Ernst Keil 1853.

Wöchentlich 2 bis $2^1/_2$ Bogen. — In Wochennummern vierteljährlich 1 Mark 60 Pfennig. — In Heften à 50 Pfennig oder Halbheften à 30 Pfennig.

Unterm Birnbaum.

Von Th. Fontane.

1.

Vor dem in dem großen und reichen Oderbruchdorfe Tschechin — halben Wegs zwischen Küstrin und Frankfurt — um Michaeli 20 eröffneten Gasthaus und Materialwaarengeschäft von Abel Hradscheck (so stand auf einem über der Thür angebrachten Schilde) wurden Säcke, vom Flur her, auf einen mit zwei magern Schimmeln bespannten Bauerwagen geladen. Einige von den Säcken waren nicht gut gebunden oder hatten kleine Löcher und Ritzen und so sah man denn an dem, was herausfiel, daß es Rapssäcke waren. Auf der Straße neben dem Wagen aber stand Abel Hradscheck selbst und sagte zu dem eben vom Rad her auf die Deichsel steigenden Knecht: „Und nun vorwärts, Jakob, und grüße mir Oelmüller Quaas. Und sag' ihm, bis Ende der Woche müßt' ich das Oel haben, Leist in Wriezen warte schon. Und wenn Quaas nicht da ist, so bestelle der Frau meinen Gruß und sei hübsch manierlich. Du weißt ja Bescheid. Und weißt auch, Kätzchen hält auf Komplimente."

Der als Jakob Angeredete nickte nur statt aller Antwort, setzte sich auf den vordersten Rapssack und trieb beide Schimmel mit einem schläfrigen „Hüh" an, wenn überhaupt von antreiben die Rede sein konnte. Und nun klapperte der Wagen nach rechts hin den Fahrweg hinunter, erst auf das Bauer Orthsche Gehöft sammt seiner Windmühle (womit das Dorf nach der Frankfurter Seite hin abschloß) und dann auf die weiter draußen am Oderbruch-Damm gelegene Oelmühle zu. Hradscheck sah dem Wagen nach, bis er verschwunden war, und trat dann in den Hausflur zurück. Dieser war breit und tief und theilte sich in zwei Hälften, die durch ein paar Holzsäulen und zwei dazwischen ausgespannte Hängematten von einander getrennt waren. Nur in der Mitte hatte man einen Durchgang gelassen. An dem Vorflur lag nach rechts hin das Wohnzimmer, zu dem eine Stufe hinaufführte, nach links hin aber der Laden, in den man durch ein großes, fast die halbe Wand einnehmendes Schiebefenster hineinsehen konnte. Früher war hier die Verkaufsstelle gewesen, bis sich die zum Vornehmthun geneigte Frau Hradscheck das Herumtrampeln auf ihrem Flur verbeten und auf Durchbruch einer richtigen Ladenthür, also von der Straße her, gedrungen hatte. Seitdem zeigte dieser Vorflur eine gewisse Herrschaftlichkeit, während der nach dem Garten hinausführende Hinterflur ganz dem Geschäft gehörte. Säcke, Citronen- und Apfelsinenkisten standen hier an der einen Wand entlang, während an der andern übereinandergeschichtete Fässer lagen, Oelfässer, deren stattliche Reihe nur durch eine zum

Braut. Nach dem Oelgemälde von H. Fechner jun.

33 70

Seite der »Gartenlaube« mit Abdruck von »Unterm Birnbaum«.

Cécile.

Novelle von Theodor Fontane.

Erstes Kapitel.

„Thale. Zweiter . . .“ „Letzter Wagen, mein Herr.“ Der ältere Herr, ein starker Fünfziger, an den sich dieser Bescheid gerichtet hatte, reichte seiner Dame den Arm und ging in langsamem Tempo, wie man eine Reconvalescentin führt, bis an das Ende des Zuges. Richtig „Nach Thale“ stand hier auf einer ausgehängten Tafel.

Es war einer von den neuen Waggons mit Treppenaufgang und der mit besonderer Adrettheit gekleidete Herr: blauer Ueberrock, helles Beinkleid und Korallentuchnadel, wandte sich, als er das Waggon-Treppchen hinauf war, wieder um, um seiner Dame beim Einsteigen behülflich zu sein. Die Compartiments waren noch leer, und so hatte man denn die Wahl, aber freilich auch die Qual, und mehr als eine Minute verging, ehe die schlanke, schwarzgekleidete Dame sich schlüssig gemacht und einen ihr zusagenden Platz gefunden hatte. Von ähnlicher Unruhe war der sie begleitende Herr, dessen Auf- und Abschreiten jedoch, allem Anscheine nach, mit der Platzfrage nichts zu schaffen hatte, wenigstens sah er, das Fenster mehrfach öffnend und schließend, immer wieder den Perron hinunter, wie wenn er Jemand erwarte. Das war denn auch der Fall, und er beruhigte sich erst, als ein in eine Halb-Livree gekleideter Diener ihm die Fahrbillets sammt Gepäckschein eingehändigt und sich bei dem „Herrn Obersten“ (ein Wort, das er beständig wiederholte) wegen seines langen Ausbleibens entschuldigt hatte. „Schon gut“, sagte der so beharrlich als »Herr Oberst« Angeredete. „Schon gut. Unsere Adresse weißt Du. Halte mir die Pferde in Stand; jeden Tag eine Stunde, nicht mehr. Aber nimm Dich auf dem Asphalt in Acht.“ Dann kam der Schaffner, um unter respektvoller Verbeugung gegen den Fahrgast, den er sofort als einen alten Militair erkannte, die Billets zu coupiren.

Und nun setzte sich der Zug in Bewegung.

„Gott sei Dank, Cécile“, sagte der Oberst, dessen scharfer und beinah stechender Blick durch einen kleinen Fehler am linken Auge noch gesteigert wurde. „Gott sei Dank, wir sind allein.“

„Um es hoffentlich zu bleiben.“

Damit brach das Gespräch wieder ab.

* * *

Es hatte die Nacht vorher geregnet, und der am Fluß hin gelegene Stadttheil, den der Zug eben passirte, lag in einem dünnen Morgennebel, gerade dünn genug, um unseren Reisenden einen Einblick in die Rückfronten der Häuser und ihre meist offen stehenden Schlafstubenfenster zu gönnen. Merkwürdige Dinge wurden da sichtbar, am merkwürdigsten aber waren die hier und da zu Füßen der hohen Bahn-

Vorabdruck von »Cécile« in der Zeitschrift »Universum«.

Henrik Ibsen (1828-1906).

Bildnis Friedrich Stephany (1830-1912).

Scherenberg und das literarische Berlin von 1840 bis 1860 in 21 Folgen.

Mit Hertz schloß er einen Vertrag über die Buchausgabe des *Scherenberg*. (Honorar 1500 Mark bei einer Auflage von 1200 Exemplaren) Mitte Juli reiste er ins Riesengebirge nach Krummhübel. »Mein Befinden ist immer noch nicht gut,« schrieb er wenige Tage nach seiner Ankunft, »aber doch besser, trotzdem das Wetter viel zu wünschen übrig läßt und zwischen Stichsonne, Sturm und Regen wechselt. Ich gehe ziemlich viel, aber an Arbeit ist immer noch nicht zu denken.« Kurz danach besserte es sich. »Vormittags arbeite ich ein wenig; ich ordne, gruppiere, erfinde, nur das Gestalten glückt nicht, es ist als ob mir alle Kraft dazu abhanden gekommen wäre und nicht wiederkommen wolle. Nun, es muß auch so gehn.« Mete, die aus Italien zurückgekehrt war, schrieb ihm: ›Ich bin nicht unzufrieden, im Gegenteil, aber ich würde mir *gerne meiner geistigen und herzlichen Fähigkeiten lebhafter bewußt*, – ich habe das Gefühl eines Menschen der Klavier spielen kann, aber kein Klavier hat.‹ »Das trifft glaube ich zu.« bestätigte ihr der Vater.

In der ›Deutschen Roman-Bibliothek zu Über Land und Meer‹ erschien in sieben Fortsetzungen *Graf Petöfy*.

Er fand gute Gesellschaft in Krummhübel, neben anderen lernte er den Schmiedeberger Amtsrichter Dr. Georg Friedlaender kennen. Man traf sich oft, erzählte und plauderte, und Friedlaender wurde in den kommenden Jahren ein von Fontane sehr geschätzter Briefpartner. Dann traf auch Emilie in Krummhübel ein, und beide blieben bis Anfang September. Nach wenigen Tagen in Berlin fuhr Fontane noch einmal für eine Woche nach Rügen. Mete wurde Erzieherin in einer Höheren Mädchenschule in der Potsdamer Straße.

In Dresden erschien Mitte Oktober die Buchausgabe von *Graf Petöfy*. Der Verlag F. W. Steffens hatte den kleinen Roman in zwei Bände mit getrennter Paginierung aufgeteilt, aber zusammen gebunden, dazwischen waren Seiten mit Anzeigen geschaltet. Der Kritiker der ›Vossischen Zeitung‹ mokierte sich über diese Art der Werbung, und Fontane stimmte ihm in seinem Dank für die Rezension zu. »Mit dem Hieb gegen den Verleger natürlich sehr einverstanden! Ich find es ›doll‹. Und noch dazu ein feiner Sachse.« Inzwischen hatte sich die ›Gartenlaube‹ für die Novelle *Fein Gespinst* entschlossen, und noch im Oktober beendete Fontane das Brouillon.

»Am 20. Dezember kommt George aus Wahlstatt, um die Weihnachtsferien bei uns zu verbringen; am Heiligabend sind wir alle beisammen, nur Friedel fehlt [er ist in Jena in einer Buchhandelsstellung],aber ein Fest- und Familienbrief von ihm wird verlesen. [...] Am 30. Geburtstagscour bei mir [...] am 31. Silvesterpunsch mit den Kindern, Theo hält an des abwesenden Friedels Stelle die herkömmliche Rede.« heißt es im Tagebuch.

Die ersten Monate des neuen Jahres gehörten der Korrektur der für die ›Gartenlaube‹ bestimmten Novelle *Fein Gespinst*. Im März erschien bei Hertz die Buchausgabe von *Christian Friedrich Scherenberg und das literarische Berlin von 1840 bis 1860*, jetzt in 25 Kapiteln mit 260 Seiten, und er sandte das durchgearbeitete Manuskript von *Fein Gespinst* an die Redaktion.

Anfang Mai fuhr er, diesmal mit der Tochter, wie im Vorjahr nach Hankels Ablage an der Spree. Beide wollten zwei Wochen bleiben. Gastspiele im Schauspielhaus zwangen ihn, immer unterwegs zu sein; »was mir daraus an Kosten entspringt, trage ich gern, denn ich fühle jeden Tag wie wohl mir die Luft tut. Berlin im Sommer ist nun mal nicht mein Fall.«

»Am 17. Mai früh stirbt mein alter Lepel, kurz vor zurückgelegtem 67. Jahr, in Prenzlau.« notierte er im Tagebuch. Seit mehr als vier Jahrzehnten waren sie miteinander befreundet gewesen.

Anfang Juni traf er zu einem langen Sommerurlaub in Krummhübel ein. »Mein Befinden ist schon besser« schrieb er umgehend an Emilie, »Du glaubst gar nicht, wie sehr ich unter der Berliner Luft leide [...] Die Hauptsache ist, daß mir meine Arbeit wieder Freude zu machen anfängt; noch freilich ist es nicht so weit, aber ich hoffe doch, daß es wiederkommt.« Theo, der in Münster lebte, berichtete über seine Vorgesetzten, und sein Vater riet ihm: »Intimitäten sind nicht nötig. Und wo gibt es überhaupt Intimitäten! Der furchtbare Lindausche Satz, daß unsre Stellung zu den Menschen durch die Frage nach unserm Vorteil und unserm Vergnügen bestimmt werde, ist au fond richtig.« In den ersten Wochen im Riesengebirge entwarf er eine neue Novelle mit dem Titel *Qitt*, anschließend korrigierte er die bisherige Fassung von *Cécile*, »welche schwierige Arbeit bis zum 17. oder 18. September andauerte, an welchem Tage ich nach mehr als 3 1/2 monatiger Abwesenheit nach Berlin zurückkehrte.« Mitte Juni war Emilie nachgekommen, und auch George verbrachte seine Ferien im Riesengebirge. »Hier ist es wundervoll« gestand Fontane Mathilde von Rohr, »und ich bin jeden Tag voll Dank, daß ich mit 65, wo doch die meisten schon sehr klapprig sind, noch so schöne, glückliche Tage leben kann. Ich kann arbeiten, in die Berge gehn, mit freundlichen Menschen plaudern, und genieße dabei vor allem des Vorzugs, eine bei jedem Atemzuge mich erquickende Luft zu atmen.« Er schrieb wieder Verse, hatte Begegnungen mit interessanten Menschen, traf oft mit dem von ihm geschätzten Dr. Friedlaender zusammen. »Dieser ganze reiche Verkehr interessierte mich lebhaft und würde mich 20 Jahre früher beglückt haben; so aber empfand ich doch beständig ein ›zu spät‹ und fühlte neben dem Freundlichen und Angenehmen etwas Störendes heraus. Immer unterwegs und am Ende ›Wozu der Lärm?‹«

Wenn es nicht so weit wäre, würde er gern einen Ausflug an Weichsel und Nogat machen, schrieb er an Emilie Zöllner, »und sähe mir in Danzig den Memling an. Die Bilder *der* Epoche, sind mir unter allem was ich in der bildenden Kunst kenne, das Liebste und gelten mir mehr als die großen Italiener. Dies ist nicht ödes Nachsprechen, sondern etwas immer wieder Empfundenes und muß mit dem Urgrund aller Kunst, vor dem das blos technische Können hinschrumpft, zusammenhängen.« Und er fügte noch hinzu: »in den ersten 6 Wochen habe ich nur Verse geschrieben, Lieder und Balladen, so daß ich mit 65 wieder bei 25 und beinah bei 15 angelangt bin.«

Im August und September erschien in ›Die Gartenlaube‹ die Novelle *Unterm Birnbaum*, und Ende September war Fontane wieder in Berlin. Die Französische Kolonie in Berlin feierte im November ihr 200jähriges Bestehen, und Fontane dichtete den Prolog, sein Sohn Theo das Festspiel. »Daß sich für uns beide 'mal die Gelegenheit zu einer Legitimierung der Kolonie gegenüber bietet, ist mir höchst angenehm;« hatte er Theo geschrieben, »wir verdanken ihr doch sehr viel.« Das Jubiläum wäre nicht ganz so schön gewesen, wie die Zeitungen berichteten, schilderte er Friedlaender, »nur in einem war nicht zu viel gesagt: die Colonistentöchter waren schön und graziös und ihren Toiletten merkte man es an, daß der *Seiden*-Webstuhl an der Wiege vieler gestanden hatte. Der Atlas knisterte von allen Seiten.«

Beim Verlag Müller-Grote erschien die Buchausgabe von

Unterm Birnbaum, und zum 70. Geburtstag Adolph Menzels am 8. Dezember veröffentlichte die ›Vossische Zeitung‹ Fontanes Huldigungsgedicht *Auf der Treppe von Sanssouci*, in dem er schildert, wie er – Fontane – dem Alten Fritz begegnet, der ihn schließlich fragt, womit er Menzel eine Freude machen könnte:

»Ach, Majestät, was soll ihm Freude machen?
Er hat vollauf von Gütern dieser Erde,
Hat Ansehn, Ehre, Titel, Ordenskreuze
(Pour le mérite, natürlich Friedensklasse),
Hat Freunde, Mut und Glück, und was die
Hauptsach':
Hat seine Kunst. ...«

Das Gedicht wurde von mehreren Zeitungen nachgedruckt, vom Kronprinzen geschätzt und von Bekannten und vielen Freunden bewundert.

Zum Jahresende ließ ihn Hertz wissen, daß er in Kürze mit dem Druck einer zweiten Auflage von *Spreeland* beginnen wolle. Fontane bat, man möge ihm die Korrektur erlassen. »Dreiviertel meiner ganzen literarischen Tätigkeit ist überhaupt korrigieren und feilen gewesen. Und vielleicht ist 3/4 noch zu wenig gesagt. Hätte ich die Kunst des ›Festhinsetzens‹ zu üben verstanden, so hätte ich vielleicht auch eine Stube mit Atlas-Tapeten. Die ich übrigens nicht sehr entbehre.«

Am Heiligen Abend verlobte sich George, der zum Hauptmann befördert worden war, mit Martha Roberts, der ältesten Tochter des Justizrates Robert. »Am 30. Dezember Geburtstag: viele Briefe und Gratulanten; um 6 ins Theater [...] Am 31. wieder ins Theater [...] Emilie zum Silvesterpunsch bei Roberts. Die Kinder munter und fidel, die Alten mit. Mög' es so bleiben!« hieß es im Tagebuch.

Am Beginn des Jahres 1886 arbeitete Fontane an der Korrektur von *Cécile*. Ende Januar erbat die vor einem Jahr gegründete Dresdner illustrierte Wochenschrift ›Universum‹ einen Beitrag, und er schlug *Cécile* vor. Für die etwa sieben Bogen forderte er ein Honorar von 500 Mark pro Bogen, der Druck könnte Ende Februar beginnen. »Der Grundgedanke des kl. Romans ist *der* von der unerbittlichen Macht zurückliegender Geschehnisse, die durch reinen Wandel und aufrichtige Buße vor Gott zu sühnen, aber *gesellschaftlich* nicht zu tilgen sind.« Den Inhalt hatte er bereits so skizziert: »Ein forscher Kerl, 35, Mann von Welt, liebt und verehrt – nein, verehrt ist zuviel – liebt und umcourt eine schöne junge Frau, kränklich, pikant. Eines schönen Tages entpuppt sie sich als reponierte Fürstengeliebte. Sofort veränderter Ton, Zudringlichkeit mit den Allüren des guten Rechts. Konflikte; tragischer Ausgang.«

Es kam zum Abschluß, und im April sollte der Abdruck beginnen. »Die Wintermonate vergehen insoweit glücklich, als ich (zum erstenmal in meinem Leben) gesund und arbeitsfähig bleibe.«

Nach langer Krankheitszeit kam Martha aus Rostock zurück. Georges Hochzeit sollte Pfingsten sein, und auch Theo hatte sich in Münster mit Martha, der Tochter des Oberpostdirektors Soldmann verlobt. Fontane sandte ihm die Glückwünsche der Eltern. »Die frühere Deklination Deiner Gefühle nach der semitischen Seite hin, so begreiflich sie mir war, war doch nicht das Richtige. Das Richtige ist: Verbleib innerhalb der eigenen Sphäre, dieselbe Nationalität, dieselbe Religion, dieselbe Lebensstellung. Nur aus dieser Gleichheit ergibt sich auch die Gleichheit der Anschauungen, die Übereinstimmung in den entscheidenden Dingen, ohne die kein rechtes Glück und keine rechte Freude möglich ist. Man muß sich verstehen. Dies oft bespöttelte Wort ist ein Weisheitswort.« Von April bis in den Mai hinein überarbeitete er die bisherige Fassung von *Irrungen, Wirrungen*. An Friedlaender schrieb er, daß die Arbeit, an der er damals in Krummhübel »herumkorrigierte« jetzt im ›Universum erscheinen würde. Seine Frau finde *Cécile* zwar langweilig. »Aber schließlich, was ist interessant? Doch am Ende nur das, was fleißig und ordentlich ist. Alles andre ist Schwindel oder nicht besser als Polizeibericht. Im Gegenteil; *der* hat wenigstens die Phrasenlosigkeit.«

Er las ›Rankes Weltgeschichte‹, »die mich an ihren großen Stellen entzückt, im ganzen aber, namentlich als stilistische Leistung, wenig befriedigt.« Aus Münster hatte Theo ein Bild der Braut gesandt. »Ihre und Deine gemeinschaftliche Photographie hat *mir* übrigens sehr gefallen;« bedankte sich Fontane, »Du siehst nicht aus wie ein Beau aus Wachs im Friseurladen-Schaufenster, aber gerade das ist gut. Das Tollste, was es gibt, ist ein Beau. ›Lauter tote Flächen‹ – sagt Menzel.«

Im Mai bot er Kröner *Quitt* für ›Die Gartenlaube‹ an, »so redlich ich mich quäle, es will mir nicht gelingen, mehr als *eine* solche Arbeit im Jahr zu vollenden, und das ist dann – neben meinem kleinen Gehalt bei der Vossin – meine Jahreseinnahme. Seide läßt sich nicht damit spinnen, und ich bleibe Dachstubenpoet, trotzdem die Honorare fast so hoch liegen wie meine Wohnung.«

Am 12. Juni war in der Französischen Klosterkirche Georges Hochzeit mit Martha Robert. Wenige Tage danach reiste Fontane zur diesjährigen »Sommerfrische« mit seiner Tochter nach Krummhübel. Er hatte die bisherigen Notizen für *Qitt* mitgenommen und begann die Ausarbeitung. »ich habe heute das 4. Kapitel geschrieben« meldete er bereits am

24. Juni nach Schmiedeberg zu Friedlaender, »alles noch roh, aber es ist doch da; ›der Stil wird angeputzt‹ sagte mal ein Berliner Baumeister.« Im August kam Emilie mit dem Mädchen nach, so daß sie sich selbst verpflegen konnten. Das Wetter wechselte von Regen zu Hitze, Fontane und seine Frau fühlten sich nicht wohl, nur Mete erholte sich. Ende August kehrten Emilie und Martha zurück. Fontane blieb noch bis zum 7. September und reiste dann ab. »... ich muß durchaus fort,« bat er Friedlaender um Verständnis, »denn ich sehe deutlich, daß es hier nichts mehr wird. Als Ritter von der traurigen Gestalt hier herum zu sitzen und auf den herrlichen Genesungstag zu warten, der vielleicht zu Weihnachten anbricht, ist doch zu weitaussehend.«

Anfang Oktober fuhren sie »fünf Mann hoch« Fontane und Emilie, Martha und George mit seiner Frau nach Münster zu Theos Hochzeit. Das junge Paar machte seine Hochzeitsreise an den Rhein, und Fontane dankte ihnen für Kartengrüße vom Drachenfels. »Uns ist es all die Zeit über nicht sonderlich gut gegangen. Vielleicht ist das sonderbare Klima dieses Sommers schuld, vielleicht die Malariawohnung in Krummhübel, vielleicht das Alter. Brauchte man nicht seine Kräfte, um, des lieben Brotes halber, am Trapez weiter zu turnen, so wär' es alles ziemlich gleichgültig; aber Aufgaben erfüllen sollen, ohne den richtigen Muck dazu, ist mitunter schwer.«

Im Herbst erschien eine zweite, unveränderte Auflage von *Spreeland* in einer Auflage von 1000 Exemplaren, für die ihm Hertz bereits im August 1200 Mark als Honorar überwiesen hatte.

Bis zum Ende des Jahres korrigierte und überarbeitete er *Irrungen, Wirrungen*. Im Dezember sandte ihm sein Verleger den soeben erschienenen Roman ›Martin Salander‹ von Gott-

Irrungen, Wirrungen.

Roman

von

Theodor Fontane.

Leipzig.

Verlag von F. W. Steffens.

Titelblatt der Erstausgabe 1890 von »Irrungen, Wirrungen«.

Theodor Fontane. Porträt von Ismael Gentz, 1888.

Theodor Fontane.
Zeichnung von Albert Korneck, 1889.

›Der Kuß der Muse‹.
Bleistiftzeichnung von Adolph von Menzel
zu Fontanes 70. Geburtstag
am 30. Dezember 1889.

Einband der Erstausgabe von »Quitt«.

Theodor Fontane.
Fotografie, 1889/90.

fried Keller. »Wie alles Keller'sche – mit Ausnahme seiner furchtbaren Verse; keiner kann alles – hab ich auch Martin Salander [...] mit größtem künstlerischen Behagen gelesen« bedankte er sich, »er ist einer der Wenigen, die einen nie im Stiche lassen, gleichviel welche Wege sie gehn, an welchem Ziele sie landen. [...] wie Sterne kann er tun was er will, weil seine dichterische Persönlichkeit (er soll auch eine undichtrische haben) alles siegreich herausreißt.«

Kröner nahm für ›Die Gartenlaube‹ *Quitt* an. »Weihnachten und Silvester verbrachten wir in aller Stille; an meinem Geburtstage rafften wir uns zu einer ›Gesellschaft‹ auf, die leidlich verlief – wir hatten die Freunde gebeten, mit ihrer Gratulation erst am Abend kommen und dann bleiben zu wollen. Und so geschah es denn auch. Wir waren bei Pute und Punsch bis nach 1 Uhr zusammen; Menzel, der immer erst spät kommt, war dafür auch der letzte, der ging.«

Mitte Januar 1887 kam der norwegische Dramatiker Henrik Ibsen (* 1828) nach Berlin, und im Residenztheater wurden in einer Matinée seine ›Gespenster‹ aufgeführt. »Ibsens ›Gespenster‹ setzten mich am Sonntag in höchste Spannung und Erregung,« gestand Fontane Georg Friedlaender, »und morgen früh werden Sie [...] meine Bedenken gegen das neue Evangelium *Ibsen* in der Vossin finden.« Er schätzte Ibsen, aber die ›Gespenster‹ hielt er für »schiefgewickelt«. »Die größte aller Revolutionen würde es sein,« schloß er seinen Aufsatz, »wenn die Welt, wie Ibsens Evangelium es predigt, übereinkäme, an Stelle der alten, nur scheinbar prosaischen Ordnungsmächte die freie Herzensbestimmung zu setzen. Das wäre der Anfang vom Ende. Denn so groß und stark das menschliche Herz ist, eins ist noch größer: seine Gebrechlichkeit und seine wetterwendische Schwäche.«

Im Februar teilte ihm Hertz mit, daß er eine 2. Auflage von *Grete Minde* vorbereite, und die ›Vossische Zeitung‹ erbat für den Sommer *Irrungen, Wirrungen*. In den nächsten Wochen arbeitete Fontane an deren endgültiger Fassung. Die Buchausgabe von *Cécile* übernahm Dominik für seinen Verlag. »Es verkehrt sich sehr angenehm mit ihm, Fortfall aller Kleinlichkeit und Sechserwirtschaft. In 14 Tagen oder noch spätestens in drei Wochen war das Buch fertig und stand in den Schaufenstern. Die Aufnahme beim Publikum ziemlich gut.« Auch die Zeitschriftenkritiken waren zustimmend. »Fontanes Arbeiten werden daher, wenn manches von der Tageswoge Getragene längst hinweggefegt ist, fortleben und einen immer größeren Kreis von Bewunderern fesseln.« schrieb die Augsburger ›Allgemeine Zeitung‹.

Anfang Juli reiste er zur Sommerfrische ins ›Seebad Rüdersdorf‹ östlich von Berlin. »Seebad Rüdersdorf! So kommt der Mensch 'runter, *der* See statt der *See*!« mokierte er sich in einem Brief an Hertz, und Emilie berichtete er: »Das Fehlen alles Komforts amüsiert mich mehr, als es mich verdrießt [...] Elegance mit *einer* Wanze oder einem unerträglichen Kellner ist schlimmer als drei zerbrochene Scheiben.« Am 21. Juli wurde er Großvater, in Münster war sein Enkel Otto geboren worden. Emilie wollte ihn in Rüdersdorf besuchen, und er bat, »bringe doch auch meine neue, erst in der Kapiteleinteilung fertige Novelle mit, die den Titel führt: ›*Unwiederbringlich*.‹« Den vor Jahren auf drei Bände geplanten Roman *Allerlei Glück* legte er endgültig »ad acta«, doch nutzte er das eine oder andere bei späteren Arbeiten. Bereits Mitte Juli hatte er erfahren, daß am Monatsende der Abdruck von *Irrungen, Wirrungen* beginnen sollte. »Gott, wer liest Novellen bei die Hitze, wer hat jetzt Lust und Fähigkeit, auf die hundert und, ich kann dreist sagen, auf die tausend Finessen zu achten, die ich dieser von mir besonders geliebten Arbeit mit auf den Lebensweg gegeben habe.« Beim Chefredakteur der ›Vossischen‹, Friedrich Stephany, bedankte er sich für das prompte Erscheinen, er wolle die »Berliner Novellenschreiberei« doch aufgeben. »Aber das Nächste, was ich schreibe spielt Anno 1400 und endet mit der Enthauptung von neunundneunzig Seeräubern. Auch nicht übel.«

Im August fuhr er mit Martha nach Krummhübel, Anfang September kam Emilie nach. Inzwischen war der Abdruck von *Irrungen, Wirrungen* beendet, und Fontane erfuhr, daß einer der Herausgeber der Zeitung sich entrüstet hatte, ob die ›gräßliche Hurengeschichte‹ nicht bald beendet sei. »Wir stecken ja bis über die Ohren in allerhand konventioneller Lüge« schrieb er seinem Sohn Theo, »und sollten uns schämen über die Heuchelei, die wir treiben, über das falsche Spiel, das wir spielen. Gibt es denn, außer ein paar Nachmittagspredigern, in deren Seelen ich auch nicht hineinkukken mag, gibt es denn außer ein paar solchen fragwürdigen Ausnahmen noch irgendeinen gebildeten und herzensanständigen Menschen, der sich über eine Schneidermamsell mit einem freien Liebesverhältnis *wirklich* moralisch entrüstet?«

»Aufgabe des modernen Romans scheint mir zu sein«, hatte er kürzlich in einer Besprechung festgestellt, »ein Leben, eine Gesellschaft, einen Kreis von Menschen zu schildern, der ein unverzerrtes Wiederspiel *des* Lebens ist, das wir führen. Das wird der beste Roman sein, dessen Gestalten sich in die Gestalten des wirklichen Lebens einreihen, so daß wir in Erinnerung an eine bestimmte Lebensepoche nicht mehr genau wissen, ob es gelebte oder gelesene Figuren waren, ähnlich wie manche Träume sich unserer mit gleicher Gewalt bemächtigen, wie die Wirklichkeit.«

Am 19. September kehrte er nach Berlin zurück. »Die schönen Tage von Aranjuez sind vorüber«, dankte er Friedlaender, »und was ich hier in Madrid vorgefunden habe, läßt zum Teil sehr zu wünschen übrig. Mein ältester Sohn ist ernstlich krank und Martha [...] muß heute noch nach Lichterfelde.« Wenige Tage darauf, am 24. September, starb der erst sechsunddreißigjährige George – vor einem Jahr hatte er geheiratet – an einer Blinddarmentzündung. »Als ich eintrat, war er eben tot. Das Begräbnis war herrlich, 4 Uhr Nachmittag, schönster Herbsttag, Exzellenzen und Generäle in Fülle, Kränze über Kränze, und die Gardeschützen gaben die drei Salven, die ihm als ›alten Krieger‹ zukamen. Er liegt nun auf dem Lichterfelder Kirchhof, einem umzäunten Stück Ackerland, und ich wünsche mir die gleiche Stelle.«

Dächer von Ziegel, Dächer von Schiefer,
Dann und wann eine Krüppelkiefer,
Ein stiller Graben die Wasserscheide,
Birken hier, und da eine Weide,
Zuletzt eine Pappel am Horizont,
Im Abendstrahle sie sich sonnt.
Auf den Gräbern Blumen und Aschenkrüge,
Vorüber in Ferne rasseln die Züge,
Still bleibt das Grab und der Schläfer drin –
Der Wind, der Wind geht drüber hin.

Fontane versuchte zu arbeiten, er korrigierte *Unwiederbringlich* und stellte bis Dezember die erste Fassung fertig. Die Buchausgabe von *Irrungen, Wirrungen* übernahm Friedrich Wilhelm Steffen in Leipzig, der schon *Graf Petöfy* verlegt hatte.

In Dominiks ›Zur guten Stunde‹ wurde die kleine Erzählung *Eine Frau in meinen Jahren* vorabgedruckt, später folgten *Onkel Dodo* und *Im Coupé*. Weihnachten und Sylvester verliefen still, Georges Tod überschattete alles. Am 24. Dezember übergab er seiner Frau das Manuskript von *Unwiederbringlich:*

> Der neue Roman, ich hab' ihn fertig,
> Wenn auch nicht in allen Stucken,
> Er ist noch deiner Abschrift gewärtig, –
> Dann kann ihn Kröner drucken.
> ›Unwiederbringlich‹ sein Titel ist,
> Unwiederbringlich ist vieles,
> Doch lassen wir das zum Heiligen Christ
> Und gedenken wir – *unsres* Zieles.

Mathilde von Rohr dankte er für ihre Glückwünsche zum Geburtstag. »Der Tag verging still, vor allem der Abend, denn Zöllners, die sonst wohl für etwas Leben und Frische gesorgt hätten, sind ja selbst in Trauer. Trauer überall [...] wir gehen wohl sehr bewegten Zeiten entgegen; mir wär' es lieber, sie blieben aus.«

Ende Januar 1888 erschien *Irrungen, Wirrungen* bei Steffens in Leipzig als Buch. »Das jüngste Kind meiner Laune wird Ihnen wohl schon 2 Stunden vor Eintreffen dieser Zeilen zugegangen sein«, schrieb er an Ludwig Pietsch. »Wenn Ihre Güte Veranlassung nehmen wollte, der Welt zu versichern, daß der Roman selbst nicht zu den *großen* ›Irrungen‹ zählt, und jedenfalls nicht die Absicht hatte, die ›Wirrungen‹ auf dem Gebiet der Sittlichkeit zu vergrößern (eher das Gegenteil), so würde ich Ihnen zu erneutem Dank verpflichtet sein.«

Ein Leser mache ihn auf vermeintliche Unstimmigkeiten im Roman aufmerksam. »Es bleibt [...] bei den Andeutungen der Dinge«, antwortete ihm Fontane, »bei der bekannten

Kinderunterschrift: ›Dies soll ein Baum sein.‹« Und er zählte Fehler auf, die ihm vielleicht unterlaufen waren. »Dies ist eine kleine Blumenlese, eine ganz kleine; denn ich bin überzeugt, daß auf jeder Seite etwas Irrtümliches zu finden ist. Und doch bin ich ehrlich bestrebt gewesen, das wirkliche Leben zu schildern. Es geht halt nit. Man muß schon zufrieden sein, wenn wenigstens der Totaleindruck der ist: ›Ja, das ist Leben.‹«

Am 9. März starb in seinem einundneunzigsten Lebensjahr Kaiser Wilhelm I., und sein ältester Sohn Friedrich folgte ihm als sechsundfünfzigjähriger, todkranker Mann auf dem Thron.

Irrungen, Wirrungen fand mehr Anerkennung als Fontane zu hoffen gewagt hatte. Bereits am 3. März hatte Fritz Mauthner den Roman unter dem Titel ›Eine Berliner Dorfgeschichte‹ besprochen, am 1. April folgte Schlenther in der ›Vossischen‹, und am 20. April veröffentlichte Otto Brahm in der ›Frankfurter Zeitung‹ seine Rezension und verwies auf Fontanes Stellung zu Ibsen und seinen Satz ›Ehe ist Ordnung‹. Umgehend dankte ihm Fontane: »Sie können sich unmöglich eine Vorstellung davon machen, wie einem alten Knopf, um den sich 68 Jahre lang eigentlich niemand [...] gekümmert hat, wie solchem vieux zu Mute wird, wenn er sich, in seinem vielleicht letzten Lebenssemester, erstens überhaupt noch beachtet und dann *so* liebevoll betrachtet sieht.«

Im Mai begann er, Motive und Personen aus *Allerlei Glück* benutzend, einen neuen Roman zu skizzieren, dem er den Arbeitstitel *Frau Kommerzienrätin* gab. »Nun ist er, im Brouillon fertig, vorläufig beiseite geschoben«, schrieb er seinem Sohn Theo, »... Zweck der Geschichte: das Hohle,

Phrasenhafte, Lügnerische, Hochmütige, Hartherzige des Bourgeoisstandpunkts zu zeigen, der von Schiller spricht und Gerson meint.« Er erzählte ihm, daß er in Lichterfelde Georges Grab besucht habe und daß ihn die ›Zwanglosen‹, d.h. Schlenther, Brahm, Mauthner, Schiff und andere sehr gut besprochen hätten. »Die Jugend hat mich auf ihren Schild erhoben, ein Ereignis, das zu erleben ich nicht mehr erwartet hatte.« Mit Hertz schloß er einen Vertrag über *Fünf Schlösser*, eine Art Nachlese der *Wanderungen*, in der er ›Altes und Neues aus der Mark Brandenburg‹ bringen wollte. Erscheinungstermin sollte der Spätherbst sein.

Mathilde von Rohr schenkte ihm Lepels Silberstiftzeichnungen von der Schottlandreise. »Jetzt sind es 30 Jahre, fast auf den Tag, daß ich mit Lepel die Reise machte«, bedankte er sich, »eine der schönsten in meinem Leben, jedenfalls die poetischste, poetischer als Schweiz, Frankreich, Italien und alles was ich später sah.« Und er erinnerte daran, dort in Schottland »stand es in meiner Seele fest, die Mark Brandenburg und ihre Schlösser und Seen beschreiben zu wollen. Was dann auch geschehn ist.« Eine Woche später schrieb er ihr zum Tode ihres Bruders. »Und wiewohl ich gern gelebt habe, jetzt am Ende meiner Tage, bin ich doch tief davon durchdrungen, daß dies alles eine Welt der Mängel ist, viel viel mehr noch als man in jungen und mittleren Jahren annahm, und daß es nicht schlimm ist, die Unruhe mit der Ruhe zu vertauschen.«

Am 15. Juni starb nach nur 99 Kaisertagen Friedrich III., sein ältester Sohn (* 27. 1. 1859) folgte ihm als Wilhelm II. »... alles atmete auf, als das Kranken- und Weiberregiment ein Ende nahm [...].« Am selben Tag verstarb auch der langjährige, stets so hilfreiche Freund Hermann Scherz (* 1818).

Nachdem Dominik und Kürschner *Stine* nicht angenommen hatten, bot Fontane den Roman der ›Vossischen‹ an, doch auch Stephany lehnte nach den Erfahrungen mit *Irrungen, Wirrungen* ab. Erst zwei Jahre später konnte der kleine Roman im Vorabdruck und als Buch erscheinen. Inzwischen war das Manuskript für *Fünf Schlösser* druckreif und wurde dem Verlag gesandt, der auch eine 4. Auflage von *Oderland* und eine 3. Auflage von *Havelland* vorbereitete.

Am 4. Juli starb Theodor Storm. Langsam kam die Einsamkeit immer näher. »Mit wem soll man noch verkehren? Ich hätte nichts dagegen, wenn mich Bismarck alle 4 Wochen zu Tisch lüde oder wenn Graf Otto Stollberg oder der Herzog von Ratibor [...] mich in den Kreis ihrer Intimen zögen; aber billiger kann ich es nicht tun. Was soll ich mit dem jungen Nachwuchs, der sich längst daran gewöhnt hat, einen für einen toten Mann zu halten.«

Im Sommer fuhr er wieder nach Krummhübel. Mete hatte in der ›Brotbaude‹ Quartier gemacht. Emilie, Anna Witte und auch Georges Frau Martha kamen nach. Fontane beschäftigte sich mit *Quitt* und las die Korrekturen zu *Fünf Schlösser*. Ende August kehrte er nach Berlin zurück, und einen Monat später, am 1. Oktober, gründete sein jüngster Sohn den Verlag ›Friedrich Fontane u. Co.‹ Da Emilie zur Erholung gefahren war, führte Mete den Haushalt. »... sie ist doch nicht blos die klügste, sondern auch die beste von allen; sie hat alle guten Fontane'schen Familieneigenschaften im höchsten Maß und die schlechten und bummligen nur wenig.« Mit Hertz konnte er eine neue Auflage der *Gedichte* für Herbst 89 in guter Ausstattung und mit einem Porträt vereinbaren. Im Oktober erschienen *Fünf Schlösser – Altes und Neues aus Mark Brandenburg* als stattlicher Band von knapp 500 Seiten. Das Residenztheater wiederholte Ibsens ›Wildente‹, und Fontane besprach begeistert die Aufführung. »Was hier gepredigt wird, ist echt und wahr bis auf das letzte Tüttelchen und in dieser Echtheit und Wahrheit der Predigt liegt ihre geradezu hinreißende Gewalt [...] Es ist das Schwierigste was es gibt (und vielleicht auch das Höchste), das Alltagsdasein in eine Beleuchtung zu rücken, daß das, was eben noch Gleichgiltigkeit und Prosa war, uns plötzlich mit dem bestrickendsten Zauber der Poesie berührt.«

Er nahm Verbindung mit Rodenberg und dessen ›Deutscher Rundschau‹ auf, sandte ihm die *Fünf Schlösser* und versprach eine Besprechung von Rodenbergs ›Unter den Linden‹ in der ›Vossischen‹. Gleichzeitig bot er ihm eine neue ›Novelle‹ an, deren Geschichte ihm eine Dame vor Jahren ›zur freien Verfügung‹ erzählt hatte: die Geschichte einer Ehe, die geschieden wird und schließlich zur erneuten Trauung führt. »Plötzlich aber ist die wieder Getraute, die wieder Strahlende, die wieder scheinbar Glückliche von der Seite ihres Mannes verschwunden, und als man nach ihr sucht, findet man sie tot am Teich. Und auf ihrem Zimmer einen Brief, der nichts enthält als das Wort: *Unwiederbringlich* [...] Geschrieben habe ich die Geschichte jetzt vorm Jahr, in den Wochen und Monaten, die dem Tode meines Sohnes folgten. Ich habe mich unter der Arbeit bei Trost und Frische gehalten.«

Im Dezember wurde ihm das Ritterkreuz des ›Hohenzollerschen Hausordens‹ verliehen, und Mitte des Monats besprach Maximilian Harden in ›Die Nation‹ *Fünf Schlösser*: »Überall aber erkennt man die feinen geistigen und sittlichen Qualitäten des Erzählers, der heimische Art mit zärtlicher Gründlichkeit wiederzugeben sich bestrebt, immer geleitet von unerschütterlicher Wahrhaftigkeit.« Und er meinte zu wissen, warum der breite und populäre Erfolg ausblieb. »Schönheiten aufsuchen ist nicht jedermanns Sache, und es finden sie nur solche, denen die Schönheit spricht, auch wenn sie ›nur‹ naturschön ist.« Am Heiligen Abend bedankte sich Fontane. »Ihre Besprechung meines Buches ist so ziemlich das Liebenswürdigste, was über mich gesagt worden ist...« »Weihnachten und Silvester still wie gewöhnlich« notierte er im Tagebuch.

»Seit Frühlingsanfang, wo ich einen kl. Roman, der mich ein Jahrlang beschäftigte, an Kroener geschickt habe«, erzählte er Hertz, »sitze ich wieder emsig bei Mark Brandenburg und habe die Sachen vorgenommen, die, früher oder später, in den Grafschafts-Ruppin-Band der Wanderungen hineinsollen.« *Quitt* hatte die ›Gartenlaube‹ zum Vorabdruck angenommen.

An vielen Abenden mußte er ins Schauspielhaus: »Da setzt man sich hin und hat in 3 Stunden eine ellenlange Kritik zu schreiben [...] Das Mädchen, eingemummelt, steht schon hinter einem, mit einem Markstück in der Hand, um sich sofort auf eine Droschke 1. Klasse stürzen zu können, alles ist in Hast, Angst, Aufregung und noch immer sitzt der unglückliche alte Mann an seinem Schreibtisch und fegt über die Seite hin und ist immer noch nicht fertig.«

Im April fragte er seinen Verleger Hertz, ob die neue Auflage der *Gedichte* zu seinem 70. Geburtstag erscheinen könnte. Er hätte genügend ›unter der Feder‹, um ein gutes Manuskript abliefern zu können. Mitte Mai fuhr er nach Meseberg, in der Nähe von Gransee, zu Carl Robert Lessing, dem Besitzer der ›Vossischen‹. Wahrscheinlich erzählte ihm bei diesem Besuch die Dame des Hauses die Geschichte vom Skandal im Hause Ardenne und dem nachfolgenden Duell, eine Geschichte, die später die Keimzelle der *Effi Briest* wurde.

»Mit meiner Dichterei bin ich nun fast zu Ende (zweideutig)«, schrieb er seiner Tochter, das Manuskript für die *Gedichte* sei abgeschlossen, »zu schreiben ist nichts mehr, nur hier und da noch zu korrigieren [...] Dann kann der Druck beginnen, vor dem ich mich fürchte; nichts regt mich so auf wie Korrekturbogen.«

Rodenberg dankte er für die Zusage, *Unwiederbringlich* in der ›Rundschau‹ zu bringen, und in den letzten Junitagen bat er den Besitzer der ›Vossischen Zeitung‹ um die Beendigung seiner Berichterstattung für das Schauspielhaus. »Blick' ich auf diese neunzehn Jahre mit ihrer langen Reihe von Vorzügen und Annehmlichkeiten zurück, so starrt mich dies Demissionsgesuch fast wie Undank an. Aber es sind lediglich die nun vor der Tür stehenden siebzig Jahre, die mich zu drücken beginnen und mir die Rückzugssehnsucht eingeben.« Lessing stimmte dem Wunsch sofort zu und bot Fontane an, nach Wunsch gelegentlich weiter für die Zeitung zu schreiben.

In diesem Jahr verbrachte er mit Emilie die große ›Sommerfrische‹ von Juni bis Anfang August in Kissingen, es war eine »angenehme und erquickliche Zeit«. Ende Juli machte er einen Abstecher nach Bayreuth. »... strapaziös und sehr teuer (jedes Theater-Billet 20 Mark) und das alles – um nichts zu sehn und zu hören. Ich konnte es in dem geschlossenen, mit 1 500 nassen Menschen (vorher Wolkenbruch) angefüllten Raume nicht aushalten, wartete nicht einmal den Schluß der Parsifal-Ouvertüre ab und machte, daß ich wieder 'raus kam [...] Hundert Mark waren futsch. Trotzdem tut mir die Reise nicht leid; die Beobachtung dieses Welttreibens – es war ein Hochgenuß die Fremdenliste zu lesen – hat mich aufs Höchste interessiert [...]«

Noch einmal fuhr er nach Dobbertin und besuchte die schwer erkrankte Mathilde von Rohr. Vielleicht erinnerte er sich in diesen Tagen an die Verse, die er fast zwei Jahrzehnte zuvor geschrieben hatte.

Die Sonne ist im Scheiden,
Das Boot fährt über den See,
Die Erlen und die Weiden
Spiegeln sich im See.

Die Schwäne stillere Kreise
Im weiten Wasser ziehn.
Ich denk' an die goldenen Tage,
An die Tage von Dobbertin.

Im September schickte ihm der Verleger Ackermann das Drama ›Vor Sonnenaufgang‹ des jungen Gerhart Hauptmann zu. »Ich war ganz benommen u. ich kann Ihnen nur gratulieren, etwas so hervorragendes ediert zu haben«, dankte Fontane. »[...] die Komposition, die Konsequenz in Durchführung des Gedankens, die Knappheit des Ausdrucks, die Klarheit so daß kein nebuloser Rest bleibt das ist *das* was ich an dieser Arbeit am höchsten stelle.«

Am 16. September starb Mathilde von Rohr. »Daß ich sie vor 4 Wochen noch mal besucht habe, ist mir nun eine Freude«, schrieb er Hertz, »sie hatte das Pulver nicht erfunden, war aber ein rechter Beweis dafür, daß es darauf auch gar nicht ankommt. Ich war von ihrem guten Herzen, ihrem bon sens, und ihrem Mut, wenn es galt Farbe zu bekennen, überaus eingenommen.«

Nachdem *Stine* fast ein Jahr ›im Kasten‹ gelegen hatte, bot Fontane den kleinen Roman Fritz Mauthner, den er von den ›Zwanglosen‹ und der ›Literarischen Gesellschaft‹ her kannte, für dessen neue Wochenschrift ›Deutschland‹ an. Er bat ihn:

»nur nicht in den ersten 4 Monaten; am 30. Dezember werde ich 70, und werde von ein paar Leuten als 70er, also als Urgreis, als literarischer Wrangel oder Moltke gefeiert werden; Sie werden einräumen, daß *Stine* zu solcher Urgreis-Feierung wie die Faust aufs Auge paßt«.

Ende September begann die ›Freie Bühne‹, die Otto Brahm im Frühjahr nach französischem Vorbild gegründet hatte, im Lessing-Theater ihre Spielzeit mit Ibsens ›Gespenster‹, die bereits vor zwei Jahren im Residenztheater aufgeführt worden waren, und Fontane schrieb in der ›Vossischen‹ über die Aufführung: »Was ist Wahrheit? Der Dichter, als er das Stück schrieb, war von einer Idee erfaßt, die ihm Wahrheit war und die es ihn drängte als Wahrheit zu bekennen [...] Daß es möglicherweise noch eine schärfere Beobachtung und ein tieferes Eindringen in das Wesen der Dinge gibt, ist eine Beobachtung, die morgen wieder aufhebt, was heute diesem und jenem noch gelten darf, das nimmt dem Ibsenschen Stück nichts von der Macht der *Überzeugung* (nicht der *Wahrheit*; die ist etwas andres), worauf seine Wirkung beruht, wie die Wirkung in Kunst und Leben überhaupt.«

Tags darauf verteidigte er in einem Brief an Stephany seine Stellung zu Ibsen und erzählte ihm dabei von der Bemerkung eines Bekannten, der zu ihm gesagt hatte: »Sehen Sie, dieser Ibsen, man kann nicht drei Seiten lesen, ohne zu merken, daß er Apotheker ist. Wie mir dabei zumute wurde, können Sie sich denken, im Hause des Gehenkten spricht man nicht vom Strick. Aber trotz dieses Angstgefühls, trotzdem ich mir die Frage vorlegen mußte, ›wie steht es denn mit dir? merkt man es auch?‹, trotz allem fand ich es vorzüglich. Überall der kleine, kluge, verrückte Apotheker, der sich, weltabgeschieden, in eine furchtbare Frage einbohrt. Man muß unverheiratet sein, wie unsre jungen Freunde, um auf diesen Zopf von

Ehe, freier Liebe, Selbstbestimmung, Verantwortlichkeit etc. etc. anzubeißen.« Am 20. Oktober wurde Hauptmanns soziales Drama ›Vor Sonnenaufgang‹ aufgeführt, und für die ›Vossische‹ besprach Fontane die Aufführung. »Über Hauptmanns Drama wird noch viel gestritten [...] werden, aber über eines wird *nicht* gestritten werden können, über den Dichter selbst und über den Eindruck, den sein Erscheinen machte. Statt eines bärtigen, gebräunten, breitschultrigen Mannes mit Klapphut und Jägerschem Klapprock erschien ein schlank aufgeschossener junger blonder Herr, von untadligstem Rockschnitt und untadligsten Manieren [...] Einige freilich werden aus dieser Erscheinung, indem sie sie für höllische Täuschung ausgeben, neue Waffen gegen ihn entnehmen und sich gern entsinnen, daß der verstorbene Geheime Medizinalrat Casper sein berühmtes Buch über seine Physikats- und gerichtsärztlichen Erfahrungen mit den Worten anfing: ›Meine Mörder sahen alle aus wie junge Mädchen.‹«

Im November erschienen in dritter und wesentlich vermehrter Auflage die *Gedichte*. »Ihnen habe ich dafür zu danken, daß mir die Freude dieser neuen Auflage noch zu Teil wurde«, schrieb er seinem Verleger Wilhelm Hertz. »Alles, was ich geschrieben, auch die ›Wanderungen‹ mit einbegriffen, wird sich nicht weit ins nächste Jahrhundert hineinretten, aber von den ›Gedichten‹ wird manches bleiben.«

Mitte des Monats starb Henriette von Merckel. »Sie hatte die Liebe, die der so lange vor ihr Heimgegangene [Wilhelm von Merckel] für mich und die Meinen gehabt hatte, wie ein Vermächtnis übernommen und wenn meine Frau und ich, zu Beginn unserer Ehe, *sein* ›Ehepaar‹ gewesen waren, so waren unsere Kinder die Kinder seiner ihn überlebenden Gattin.«

Der junge Maximilian Harden (* 1861) hatte von ihm

Hilfe für einen biographischen Aufsatz erbeten, der dann auch in ›Die Gegenwart‹ erschien. »Ich bin überzeugt, Jeder schreibt gern über Fontane, nicht nur, weil er meist fruchtbares Neuland betritt, sondern auch, weil er das Köstlichste entdeckt und das Seltenste in unserer uniformierten Zeit: eine ganze und ein ganz poetische Persönlichkeit.« Fontane dankte ihm zwei Tage vor seinem Geburtstag. »Ich schriebe gern noch ein paar Worte mehr, aber schon diese haben mich fieberrot gemacht, denn ich bin recht krank und elend (liege meist zu Bett) und sehe, wenn mit Freude, doch auch mit Bangen auf die nächsten Tage.« Und die kamen mit dem ›großen Tag‹, dem 30. Dezember, seinem 70. Geburtstag: »Deputationen, Blumen, Gedichte, 400 Briefe und Telegramme. Alles verläuft glatt und glücklich und jedenfalls besser, als ich zu hoffen gewagt hatte.«

Sein 70. Geburtstag wurde offiziell vom Preßclub, dem ›Rütli‹ und der ›Vossischen Zeitung‹ am 4. Januar im Englischen Haus in der Mohrenstraße gefeiert. »Zu der Empfindung eines ernsthaft ›Gefeierten‹ bin ich eigentlich keinen Augenblick gekommen, jedes Hochgefühl blieb mir fremd, und von dem berühmten ›Schwellen der Brust‹ keine Spur. Es war ein Stück, in dem ich in einer bestimmten Rolle mitspielte, zugleich aber saß ich auch wieder im Parquet und alles zog wandelbildartig an mir vorüber. Ich darf sagen, halbe Stunden lang ging es mich gar nichts an und ich mußte mich immer wieder auf mich selbst besinnen. Der Gedanke, daß alles Irdische nur Bild, Vorstellung, Traum sei, hat mich nie so begleitet.«

1890–1898

Das letzte Jahrzehnt und die großen Romane

Theodor Fontane am Schreibtisch.
Fotografie von 1896.

Im Januar 1890 begann auch der Vorabdruck von *Stine* in Mauthners Wochenschrift ›Deutschland‹, die Buchausgabe würde im Verlag seines Sohnes Friedrich erscheinen. Auf eine Italienreise müsse er leider verzichten, schrieb er an Hermann Wichmann in Rom: »Alles spitzt sich im Letzten zu einer Geldfrage zu und so liegt es denn einfach so, besässe ich so viel Guineen wie ich Markstücke besitze, so wäre ich schon in 14 Tagen an der Riviera und in 6 Wochen in Rom. Da's aber liegt, wie's liegt, so war der ganze Plan nur Idee und Traum und ich muss hier stille sitzen, bis ich zur Sommerszeit in ein schlesisches Gebirgsdorf kann.«

Am 20. März ging der ›Lotse von Bord‹; Wilhelm II. hatte Bismarck entlassen: »...er ist nicht an seinen politischen Fehlern – die namentlich, solange die Dinge im Fluß sind, sehr schwer festzustellen sind – sondern an seinen Charakterfehlern gescheitert. Dieser Riese hat was Kleines im Gemüt, und daß dies erkannt wurde, das hat ihn gestürzt.«

›Die Gartenlaube‹ begann im April mit dem Vorabdruck von *Quitt*, und im Verlag seines Sohnes erschien die Buchausgabe von *Stine*, die er an Harden sandte. »Für einen 70er ist manches darin zu ›forsch‹ und beinah genierlich; ich hab's aber (vor etwa 5 Jahren) nun mal geschrieben und kann's nun aus bloßen Altersrücksichten nicht unterdrücken; *dazu* müßt' es doch noch viel schlimmer sein.«

Zum ersten Mal wurde in diesem Jahr der 1. Mai als ›Tag der Arbeit‹ begangen. »Es gibt eine Masse von Elend und Unglück, aber lauter Elend und Unglück, was außer aller Beziehung zu unsren staatlichen und gesellschaftlichen Zuständen steht«, schrieb er zwei Tage davor an Friedlaender. »[...]

Alle die, für die ich persönlich nun seit 50 Jahren (und oft für sehr sehr wenig Taler) gearbeitet habe, waren Millionäre oder sind es noch, aber nicht eine Minute ist mir der Gedanke gekommen, ihnen die silbernen Löffel vom Tisch nehmen zu wollen. Man muß von seiner Arbeit schlecht und gerecht leben können, mehr ist nicht nötig.«

Am 7. April war in der ›Freien Bühne‹ von Arno Holz und Johannes Schlaf ›Die Familie Selicke‹ aufgeführt worden. »Denn es bleibt nun mal ein gewaltiger Unterschied zwischen dem Bilde, das das Leben stellt, und dem Bilde, das die Kunst stellt«, schrieb Fontane in seiner Besprechung, »der Durchgangsprozeß, der sich vollzieht, schafft doch eine rätselhafte Modelung, und an dieser Modelung haftet die künstlerische Wirkung, die Wirkung überhaupt.«

Schon kurz nach dem Erscheinen wurde *Stine* besprochen, Ende Mai äußerte sich Theodor Wolff im ›Berliner Tageblatt‹: »Den Holz und Schlaf mag es überlassen bleiben, das, was unweigerlich kommt, das Alltägliche, mit mühsamen Strichelchen zu zeichnen, für Theodor Fontane ist die menschliche Welt unendlich groß, und er weiß, daß man ihre Gedanken und Leidenschaften, ihr Sinnen und Empfinden nicht mit der Uhr und dem Raummaß in der Hand bestimmen darf.« Fontane dankte ihm sofort, »Große Geschichten interessieren mich in der Geschichte; sonst ist mir das Kleinste das Liebste«. Mitte Juni fuhr er mit Emilie nach Kissingen, und beide verbrachten »vier sehr angenehme Wochen«. Fontane korrigierte *Quitt* für die Buchausgabe, die Hertz Ende des Jahres herausbringen wollte. Seit Monaten plante er einen neuen Roman, dessen Brouillon er in diesen Wochen abschloß, und er fragte bei Kröner an, ob er daran interessiert sei: Der Roman »... spielt im ersten Drittel auf einem havelländischen adligen Gut, im zweiten Drittel in einem kleinen pommerschen Badeort in der Nähe von Varzin und im letzten Drittel in Berlin. Titel: Effi Briest. Es handelt sich, ganz im Gegensatz zu ›Quitt‹ und ›Unterm Birnbaum‹ nur um Liebe, also stofflich eine Art Ideal. Ob auch sonst?«

Anfang August reisten sie ins Riesengebirge, Mete hatte wieder Quartier in der Brotbaude gemacht, und auch Friedel kam für kurze Zeit. »Wir verbringen dort oben 7 wundervolle Wochen, so schön und ärgerlos, wie man's kaum glauben sollte.« In ›Die Nation‹ rezensierte Harden *Stine*. »Als Kunstwerk betrachtet, ist dieses kleine Buch von Fontane wieder ein großes Wunder. Die fünf, sechs Menschen, die uns vorüberziehen, leben; kein Wort ist da zuviel, keines zuwenig, und die Stimmung, die durch das Ganze weht, ist so warm [...] so weich und lind, daß alle kritischen Bedenken [...] gern verstummen.« Noch von der ›Brotbaude‹ dankte ihm Fontane, und Ende September war er wieder in Berlin. »Es gibt doch wirklich eine Art genius loci«, schrieb er Friedlaender, »und während an manchen Orten die Langeweile ihre graue Fahne schwingt, haben andre unausgesetzt ihren Tanz und ihre Musik [...] Wie spießbürgerlich war mein heimatliches Ruppin, wie poetisch das aus bankrutten Kaufleuten bestehende Swinemünde, wo ich von meinem 7. bis zu meinem 12. Jahre lebte und nichts lernte. Fast möchte ich hinzusetzen Gott sei Dank.«

Bereits mit der Jahreszahl 1891 erschien bei Hertz *Quitt. Roman von Theodor Fontane* in 37 Kapiteln – 10 mehr als im Vorabdruck – im Umfang von 338 Seiten. Beim ›Deutschen Verlagshaus‹, das von Emil Dominik geleitet wurde, begann eine auf zwölf Bände angelegte Ausgabe *Theodor Fontane's Gesammelte Romane und Novellen* zu erscheinen.

Ende November stürzte Fontane auf der Straße und zog sich eine Kopfwunde zu, »die mich die Festwoche in Binden und Bandagen verbringen läßt. Weihnacht und Silvester vergehen ruhig; wir schlafen ins neue Jahr hinein.«

Das Januarheft 1891 der ›Deutschen Rundschau‹ begann mit dem Vorabdruck von *Unwiederbringlich*, und im Verlag von Friedrich Fontane erschien eine zweite Auflage von *L'Adultera*. Mitte des Monats führte die ›Freie Bühne‹ Hauptmanns ›Einsame Menschen‹ auf. »Sehr respektabel, aber es befriedigt mich künstlerisch doch weniger als seine voraufgegangenen Stücke.« Friedel bat ihn um weitere Bücher für seinen Verlag, aber Fontane wollte Hertz nicht verlassen. »Ich hatte Dir noch eine Berliner Geschichte zugedacht, aber dies ist auch das Äußerste, was ich leisten kann und will. Im übrigen nur das noch: Es wäre ja fürchterlich, wenn die gesunde Basis eines Verlagsgeschäfts immer ein bücherschreibender Vater sein müßte.« Die Hauptarbeit war bis in den April hinein die Korrektur von *Frau Jenny Treibel*.

»Soll die Kunst den Moralzustand erhalten oder bessern, so haben *Sie* Recht«, antwortete er einem Leser, der gegenüber *L'Adultera* moralische Bedenken äußerte, »soll die Kunst einfach das Leben widerspiegeln, so habe *ich* Recht. Ich wollte nur das Letzre. Die Geschichte verlief so und die Dame, um die sich's handelt, sitzt unter einer Menge von Bälgen, geliebt und geachtet, bis diesen Tag oben in Ostpreußen.«

»Sehr interessiert es mich, Fontanes Roman quasi vor meinen Augen erstehen zu sehen«, hatte C. F. Meyer, dessen Novellen die ›Deutsche Rundschau‹ seit vielen Jahren veröffentlichte, an Rodenberg geschrieben. »Man sieht ihn bauen. ›Unwiederbringlich‹ ist wohl das vorzüglichste, was die R. in der reinen Kunstform des Romans *je* gebracht hat: feine Psychologie, feste Umrisse, höchst-lebenswahre Charaktere u. über alles doch ein gewisser poetischer Hauch –.« Fontane, dem Rodenberg Meyers Urteil mitteilte, bedankte sich: »Ein süßerer Happen, Biskuit mit Schweizerhonig, ist mir noch nicht in den Mund gesteckt worden. Zu allem wandelt mich freilich auch eine Sentimentalität an, und eine gewisse Rührung ist das prädominierende Gefühl. Ein lebelang [...] habe ich einer Anerkennung wie dieser zugestrebt, und es wollte nicht kommen.«

Mitte April wurde ihm und Klaus Groth der Schillerpreis zuerkannt. Er bedankte sich bei Paul Heyse, der die Verleihung befürwortet hatte: »[...] am Dienstag holte ich mir meinen Schillerpreis in bar. Der Geheimrat, der mir die 3000 Mark behändigte, war sehr artig, aber wenn mich nicht alles täuscht, stand ein ›na na‹ auf seiner Stirn.« Und seiner Tochter gestand er: »Die ganze Geschichte müßte mich ja eigentlich *sehr* glücklich machen, aber es kommt ein bißchen zu spät und fällt bei mir in eine Stimmung hinein, die doch bei aller Heiterkeit schmerzlich ist, weil es ein Durchdrungensein ist von der Nichtigkeit alles Irdischen.«

Die Arbeit am *Ländchen Friesack* »als letzte märkische Aufgabe, zugleich als die *märkischste*« gab er auf, denn »es ist etwas zu Zeitraubendes und das Sich-Einlogieren auf den Edelhöfen hat mit beinah 72 doch sein Mißliches und Genierliches«. Hertz bat ihn um die Buchausgabe von *Unwiederbringlich*, die noch in diesem Jahr erscheinen könnte.

Im Juni fuhr er mit Emilie wieder nach Kissingen. »Der Aufenthalt erfreut uns wie immer, ebenso empfinden wir doch störend das Fehlen richtiger Genossenschaft.«

Da das Haus Potsdamerstraße 134c durch den Bau des Nebenhauses beschädigt worden war und umfängliche Renovierungsarbeiten anstanden, fuhr Fontane nach der Rückkehr aus Kissingen über Hamburg nach Wyk auf Föhr und traf dort mit Friedlaenders zusammen. Er beschäftigte sich mit drei neuen Arbeiten, darunter *Die Poggenpuhls* und *Mathilde Möhring*. Die Wetterverhältnisse waren so ungünstig, daß er die meiste Zeit stark erkältet war. »Mir geht es nicht sehr gut«; schrieb er seiner Frau, »Alles Arbeiten habe ich einstellen müssen [...] Ich beschäftige mich damit, mein Leben zu überblicken, allerdings in etwas kindischer oder doch mindestens in nicht sehr erhabener Weise [...] Das Endresultat ist immer eine Art dankbares Staunen darüber, daß man, von so schwachen wirtschaftlichen Fundamenten aus, überhaupt hat leben, 4 Kinder großziehn, in der Welt umherkutschieren und stellenweis (z.B. in England) eine kleine Rolle spielen können [...] Es ist alles leidlich geglückt, und man hat ein mehr als nach einer Seite hin bevorzugtes und namentlich im kleinen künstlerischen abgerundetes Leben geführt, aber, zurückblickend, komme ich mir doch vor wie der ›Reiter über den Bodensee‹ in dem gleichnamigen Schwabchen Gedicht, und ein leises Grauen packt einen noch nachträglich [...] ...ein Apotheker, der anstatt von einer Apotheke von der Dichtkunst leben will, ist so ziemlich das Tollste, was es gibt.«

Im Oktober sandte er das durchkorrigierte Manuskript von *Frau Jenny Treibel* an Rodenberg. *Mathilde Möhring* wurde im Brouillon abgeschlossen und an *Die Poggenpuhls* weitergearbeitet. Friedlaender schrieb er einen der langen Erzählbriefe und berichtete von einem abendlichen Gespräch mit einem guten Bekannten. »Wir sprachen über moderne Kunst und Literatur in Deutschland und er sagte: ›Sonderbar, die Juden bei uns tuen die deutsche Kulturarbeit und die Deutschen leisten als Gegengabe den Antisemitismus.‹ Kolossal richtig, leider die erste Hälfte noch richtiger als die zweite.« Ende des Monats erschien die neue, vierte Auflage der *Gedichte*, wenige Wochen später die Buchausgabe von *Unwiederbringlich*, und im Dezember brachte Friedrich Fontane in seinem Verlag die zweite Auflage von *Irrungen, Wirrungen* heraus.

Bereits Anfang Dezember besprach Otto Brahm *Unwiederbringlich* in der ›Freien Bühne‹. Der Reiz des Romans läge nicht in den Ereignissen, schrieb er, »sondern – das viel mißbrauchte Wort will einem kaum noch aus der Feder fließen – das Milieu. Zwei Welten stellt der Dichter nebeneinander, anschaulich bis ins Kleinste: und aus ihrem Gegensatz ergibt sich der Konflikt dann von selbst, [...] nur Ton braucht es, nicht Inhalt.«

In der Potsdamerstraße gehörten die Abende der Lektüre. »Mit Vergnügen lesen wir Storms letzte Arbeit ›Der Schimmelreiter‹ und des alten Hippel ›Lebensläufe in aufsteigender Linie‹, als Roman eigentlich schwach, als Biographie (weil nicht echt und zuverlässig) auch sehr anfechtbar, aber in höchstem Maße klug und geistreich und so doch eine vortreffliche Lektüre.«

Von den Ende 1890 begonnenen, auf zwölf Bände angelegten *Gesammelten Romane und Novellen* waren die ersten neun Bände bei Emil Dominik erschienen, ab Band 10 verlegte Friedrich Fontane die Ausgabe.

Mitte Januar fragte Fontane – er hatte das Manuskript der *Poggenpuhls* beendet – bei seinem Verleger an, wann ein Neudruck der *Wanderungen*, insbesondere des Bandes *Ruppin* vorliegen würde. Mit dieser Neuauflage aller Bände der *Wanderungen* sollte die sogenannte ›Wohlfeile Ausgabe‹ zu einem Preis von 5 Mark je Band erscheinen. Die ›Deutschen Rund-

Theodor Fontane 1893.
Gemälde von Hanns Fechner.

Theodor Fontane

Frau Jenny Treibel

oder

„Wo sich Herz zum Herzen find't."

Roman

Berlin W
F. Fontane & Co.
1893

Titelseite der Erstausgabe 1893 von »Frau Jenny Treibel«.

Handschrift aus »Effi Briest«.

Unwiederbringlich.

Roman

von

Theodor Fontane.

Berlin.

Verlag von Wilhelm Hertz.

(Bessersche Buchhandlung.)

1892.

Titelseite der Erstausgabe 1892 von »Unwiederbringlich«.

schau‹ brachte ab Anfang Januar den Vorabdruck von *Frau Jenny Treibel oder ›Wo sich Herz zum Herzen findt‹.*

Mitte des Monats waren Gerhart Hauptmann »mit seinen Paladinen Brahm und Schlenther« und andere Freunde geladen worden. »So saßen wir acht Personen um den Tisch, der, so klein und einfach der Haushalt im ganzen war, was Form und Gehalt der Tafelgenüsse betraf, französische Verfeinerung und Kultur zeigte«, erinnerte sich Hauptmann. »Die Unterhaltung bei Tische war eine prickelnde. Der alte Herr liebte eine gewisse Pikanterie [...] Gewagteste Zweideutigkeiten indes – hier trat die französische Abkunft des Dichters zutage – gingen unter in dem bezaubernden Fluß seiner meist übermütigen Konversation.«

Schlenther hatte in ›Die Nation‹ *Unwiederbringlich* ausführlich besprochen: »So lebendig bewegt seine Menschen vor einem stehen, so malt er doch nicht eigentlich die Menschen selbst, sondern viel mehr die Luft, die sie einatmen und ausatmen.« Fontane dankte. »Eigentlich weiß man nicht, wie man aussieht, und am wenigsten, was mit einem los ist. Und nun sieht man sich: ›also so: nu ganz nett, beinah besser als ich dachte‹.«

Ende Februar erkrankten er und Emilie an einer schweren Grippe. Erst Wochen später konnte er Mete beruhigen: »Mit mir geht es so weit besser [...] Mama dagegen ist noch sehr herunter, wiewohl seit gestern Mittag auch ein besserer Zustand eingetreten ist. Diese Wandlung zum Beßren verdanken wir der Cognacflasche; die Medizin etc. versagte völlig. Es muß in solchen Fällen recht langweilig sein Arzt zu sein, überhaupt, mit Ausnahme des Chirurgischen.« Wenige Tage danach waren sie »außer Bett«, und der Tochter teilte er mit: »Es hat uns sehr mitgenommen, besonders mich; Mama war ein paar Tag elender, nur 56 Pulsschläge, aber ich hatte dafür das spezifisch Influenzliche: den schaudervollen Geschmack, den Pelz, den Degout und die tiefdeprimierte Stimmung.« Anfang April nahm er versehentlich eine zehnfach erhöhte Morphiummenge und befürchtete das Schlimmste; Gaben von Brom beruhigten ihn schließlich. Die Familie plante eine Erholungsreise ins Riesengebirge, und er bat Friedlaender um Rat und Vorschläge. Schließlich wählten sie Zillerthal an der Bahnstrecke von Hirschberg nach Schmiedeberg. Am 21. Mai traf Fontane mit seiner Frau und Tochter und dem Mädchen in der Villa Gottschalk ein. Der Schnee lag noch bis in die Täler, aber wenige Tage danach schlug das Wetter um, und die Temperaturen stiegen stark an. Die Ruhe tat ihm gut, trotzdem wollte sich eine Besserung nicht einstellen. »Es geht mir nicht gut, vielleicht Influenzafolgen, vielleicht die natürliche Folge von 72«, schrieb er an Wilhelm Hertz, »Brahm, Gerh. Hauptmann und Otto Erich Hartleben waren am Pfingstsonntag, durchgeregnet, anderthalb Stunden bei uns. Sehr nett.« Aber die Resignation blieb. »Immer enger, leise, leise / Ziehen sich die Lebenskreise.« Er wollte Berlin aufgeben und ganz nach Schmiedeberg ziehen. Korrekturen für die *Grafschaft Ruppin* konnte er nicht lesen, Durchblutungsstörungen machten ihn unsicher. »Ja, das Vereinsamen! Es wäre schrecklich, wenn nicht das immer wachsende Gefühl von der Lebensmühsal, vor der es nur eine Flucht gibt, nebenherginge. Hingehen in Kraft und Arbeit, wie beneidenswert! Aber wie Wenigen ist es gegönnt!«

Emilie und seine Kinder waren hilflos und wußten keinen Ausweg. Auf Drängen aller fuhr er mit Martha nach Breslau. »Zudem hat mir eine Breslauer Autorität, Prof. Hirt, mit Hülfe des Augenspiegels ruhig versichert: Gehirn-Anämie, der Sehnerv ganz weiß, also hochgradig, er könne es aber elektrisch heilen. Na na.« In Berlin wollte Max Nordau, Arzt und Schriftsteller, mit Einspritzungen helfen. Aber Fontane hatte kein Zutrauen mehr. »Ach, man muß an das Leben glauben, um glücklich zu sein; der schöne Wahn hält uns; ›nur der Irrtum ist das Leben und die Wahrheit ist der Tod‹. Schiller hat es auch *darin* getroffen.«

Mitte September kehrten sie nach Berlin zurück. Sein Hausarzt, der neunundvierzigjährige Chirurg Dr. Delhaes, vermutete, daß der Kern der Krankheit psychisch bedingt war, und sagte ihm: »wenn Sie sagen: Ich habe ein Brett vorm Kopf, die Puste ist mir ausgegangen, mit der Romanschreiberei ist es vorbei! nun, dann sage ich Ihnen: wenn Sie wieder gesund werden wollen, dann schreiben Sie eben was anderes, zum Beispiel Ihre Lebenserinnerungen. Fangen Sie gleich morgen mit der Kinderzeit an!« Und das war es, Fontane begann die Erinnerungen an seine frühesten Jahre aufzuschreiben. »Ich wählte ›meine Kinderjahre‹ (bis 1832) und darf sagen, mich an diesem Buch wieder gesund geschrieben zu haben.«

Im Oktober erschien die Buchausgabe von *Frau Jenny Treibel* im Verlag seines Sohnes. Er sandte ein Exemplar an Rodenberg und erwähnte zwischen den Zeilen eine neue Arbeit. Rodenberg erbat Näheres. »Es freut mich ungemein, daß Sie's, es sei, wie' sei, noch einmal mit mir wagen wollen«, erwiderte Fontane und bot ihm »etwas Autobiographisches« an: »*Aus meinem Leben* I. Abschnitt. Meine Kinderjahre«, und er fügte hinzu: »Ich habe vor, den ›Kinderjahren‹ nur noch die ›Schuljahre‹ folgen zu lassen. Bruchstücke sind besser als Ganzes.«

In diesen Wochen war in Frankreich beim Verlag Perrin in Paris eine Übersetzung von *Kriegsgefangen* durch M. Jean Thorel erschienen: ›Souvenirs d'un prisonnier de guerre allemand en 1870‹ mit einer ›Introduction‹ von Téodore de Wyzewa, der unter anderem im Hinblick auf den ›Schillerpreis‹ bemerkte: »wenn man – anstatt Herrn Fontane einen unbekannten Poeten aus der Provinz an die Seite zu stellen –, die andere Hälfte der Krone Friedrich Nietzsche in der Heilanstalt in Jena aufs Haupt gesetzt hätte, dann wären in Wahrheit die beiden wichtigsten Schriftsteller, die beiden einzigen wichtigen Schriftsteller des gegenwärtigen Deutschland der Bewunderung ihrer Zeitgenossen empfohlen worden«. Auch bei seinem Sohn erschien eine zweite Auflage von *Kriegsgefangen*.

Am 15. August war Band 1 *Grafschaft Ruppin* (5. Auflage) der ›Wohlfeilen Ausgabe‹ der *Wanderungen* erschienen, am 1. November *Spreeland* (3. Auflage) und am 15. November *Havelland* (4. Auflage), der noch ausstehende Band *Oderland* sollte Januar 1893 in 5. Auflage folgen. »Die Bände sehen sehr gut aus und die Fichte mit Wasser und Berg macht sich vortrefflich [...] Ich würde sogar gern drin lesen und ausproben, wie das alles nach so vielen Jahren auf mich wirkt, aber ich habe nicht mehr die Kraft dazu«, bedankte er sich beim Verlag.

Zwei Tage nach Weihnachten schrieb er an Friedlaender: »Mit unsrem Befinden geht es allerseits leidlich; daß ich wieder schlafen und mich geistig beschäftigen kann, empfinde ich jeden Tag dankbar, aber ein Gefühl der Wackligkeit, des auf den Abbruch Dastehens, werde ich doch nicht los. [...] Mit meinem neuen Buche: ›Meine Kinderjahre‹ bin ich kurz vor Weihnachten fertig geworden; gleich nach Neujahr will ich mit der Korrektur beginnen, was noch ein hart Stück Arbeit ist, wahrscheinlich mühevoller als das Niederschreiben.« Im Tagebuch vermerkte er: »1892 war ein recht bitteres Jahr für mich.« Es wäre beinahe das ›letzte‹ geworden.

Von Beginn des Jahres 1893 an arbeitete er an den *Kinder-*

jahren, änderte und feilte. »Das Gefühl der gezählten Tage werde ich nicht los und weil ich es habe, nutze ich jeden Tag und jede Stunde aus, um noch Manches, woran mir liegt, fertig zu schaffen [...]« Endlich, am 10. April konnte er Friedlaender melden: »Gestern habe ich das letzte Kapitel meiner mit dem 12. Jahre bereits abschließenden Biographie durchkorrigiert und zur Abschrift gegeben.« Hertz bat ihn, diese Erinnerungen verlegen zu dürfen, aber Fontane hatte sie seinem Sohn versprochen. »Haus Hertz wird sich hierin leicht und lächelnd zurecht finden.«

Es war Ende Mai, und er wollte wieder an den Roman gehen, bei dem er vor einem Jahr ins Stocken gekommen war, an *Effi Briest*, zuvor aber stellte er noch einen kleinen Sammelband zusammen; Texte, die zum überwiegenden Teil schon in verschiedenen Zeitschriften vorabgedruckt worden waren, und die jetzt mit dem Titel *Von, vor und nach der Reise* bei Friedrich Fontane & Co. erscheinen sollten.

Für Emilie hatte der Arzt eine Kur in Karlsbad empfohlen. »Es liegt nun also so«, schrieb Fontane Rodenberg, »der Sommer wird mir mit einer Karlsbader Kur hingehn, und nicht viel vor Herbst werde ich dazu kommen, das Durchkorrigieren des Romans in Angriff zu nehmen. Bleibe ich dann leidlich bei Gesundheit, so wird die Publikation – vorausgesetzt, daß es Ihnen so paßt – am 1. April beginnen können.« Und er bot ihm gleichzeitig das Memoirenstück (›Meine Kinderjahre‹) zur Verfügung an. Rodenberg erbat das Manuskript, las es und fand die Darstellung zu »detailliert«, daher schlug er eine Straffung und Kürzung vor. Bei einem Besuch begründete er seine Bedenken, konnte Fontane aber nicht umstimmen. »Ja, mit Rodenberg! Ich kann da nichts tun. An meiner Haltung liegt es nicht [...] Seine Bedenken, die Sache in aller Ausführlichkeit zu geben, sind wahrscheinlich berechtigt. Und doch kann ich es nicht bedauern, und bedaure es nicht, daß ich es so gemacht habe, wie's da liegt.« Rodenberg machte noch einmal Vorschläge über Auslassungen und Streichungen, aber Fontane ging nicht darauf ein. »Es ist mir ganz unmöglich, auf Ihre Vorschläge einzugehn [...] Also Schicksal, nimm deinen Lauf; ich muß es eben wagen und abwarten, was meiner harrt.«

Ende Juli starb Friedrich Witte. »... Bei kleinen Marotten und Eitelkeiten war er ein ganz ausgezeichneter Mensch, von seltener Integrität und großer Güte.« Er hinterließ Martha 12000 Mark.

Mitte August fuhr Fontane mit Emilie nach Karlsbad. »Ich hätte nie geglaubt, daß es so viel Juden in der Welt überhaupt gibt, wie hier auf einem Hümpel versammelt sind. Und dabei soll es in Heringsdorf noch mehr geben! ›Nicht zu denken gedacht zu werden‹, hieß es früher immer im Kladderadatsch. Ich halte so viel von den Juden und weiß was wir ihnen schulden, wobei ich das Geld noch nicht mal in Rechnung stelle; aber was zu toll ist, ist zu toll; es hat etwas – auch vom Judenstandpunkt aus angesehn – geradezu Ängstliches. –«
Emiliens Schmerzen wollten sich zunächst nicht geben, erst allmählich stellte sich Besserung ein. Auch Friedlaenders kamen nach Karlsbad, und Fontane hatte wieder seinen bewährten Gesprächspartner. Trotz der Differenzen mit Rodenberg veröffentlichte er in der ›Deutschen Rundschau‹ vier kleine Geschichten *Aus dem Riesengebirge*. »... Ich bin nun mal für Frieden und Kompromisse«, bekannte er Martha, »Wer diese Kunst des Kompromisses nicht kennt, vielleicht nicht kennen will, solch Orlando furioso und Charakterfatzke kann sich begraben lassen. Ich habe noch nie gesehn,

daß ein Dollbregen oder auch nur Prinzipienreiter heil durchs Leben gekommen ist. All den großen Sätzen in der Bergpredigt haftet zwar etwas Philiströses an, aber wenn ihre Weisheit richtig geübt wird, d.h. nicht in Feigheit sondern in stillem Mut, so sind sie doch das einzig Wahre und die ganze Größe des Christentums steckt in den paar Aussprüchen.«

Mitte September kehrten sie nach Berlin zurück. »Unsre 4 Wochen hier waren sehr angenehm und au fond nicht kostspieliger, als der Aufenthalt an bescheidneren und minder renomierten Plätzen.« Mit Friedlaender unterhielt er sich brieflich über dessen Schwierigkeiten, er selbst fühlte sich glücklicher beanlagt. »Ohne Vermögen, ohne Familienanhang, ohne Schulung und Wissen, ohne robuste Gesundheit, bin ich ins Leben getreten, mit nichts ausgerüstet als einem poetischen Talent und einer schlecht sitzenden Hose. (Auf dem Knie immer Beutel.) Und nun malen Sie sich aus, wie mir's dabei mit einer gewissen Naturnotwendigkeit ergangen sein muß. Ich könnte hinzusetzen mit einer gewissen preußischen Notwendigkeit, die viel schlimmer ist als Naturnotwendigkeit [...] Ich habe das Leben immer genommen, wie ich's fand und mich ihm unterworfen. Das heißt, nach außen hin; in meinem Gemüte nicht [...] Wie man's auch einrichten mag, zur *Hälfte* kommt man immer schlecht weg. Hat man sich damit durchdrungen, daß es nicht anders sein kann, so fällt zwar nicht der momentane Ärger fort, aber man verheiratet sich nicht mit ihm. Eins der schönsten Lutherworte ist das folgende: ›ja, die bösen Gedanken! Wir können nicht hindern, daß die Vögel über uns hin fliegen, aber wir können hindern, daß sie auf unsren Köpfen Nester baun.‹ Dies ist ein *gutes* Bild. Dafür ist es auch von Luther.«

Im Februar des kommenden Jahres 1894 wollte er der ›Deutschen Rundschau‹ rechtzeitig das Manuskript für den

Roman zusenden. »Titel: ›Effi Briest‹, für mein Gefühl sehr hübsch, weil viel e und i darin ist; das sind die beiden feinen Vokale.« Im Schauspielhaus wurde ein neues Stück von Gerhart Hauptmann, ›Hanneles Himmelfahrt‹ aufgeführt, das Fontane für verfehlt hielt. »Unser Generalzustand ist ohnehin schlecht genug, sollen wir nun auch noch an solcher geistigen Speise wie ›Hannele‹ (die reine Naute) uns aufrichten, so können wir nur einpacken und die Herrschaft an einen beliebigen Steppenfürsten abtreten.«

Im Dezember erschienen *Meine Kinderjahre – Autobiographischer Roman* im Verlag von Friedrich Fontane & Co., und Fontane sandte ein Exemplar an Otto Brahm mit den Zeilen:

»Was? wie? 'ne Biographie? Und Gott bewahre,
Bloß bis zum zwölften Jahre.
Was man nicht alles erleben kann!«
Nehmen Sie's trotzdem freundlich an.

Die ersten Besprechungen erschienen, und er vermerkte lakonisch im Tagebuch: »Zu Weihnachten erschienen meine ›Kinderjahre‹ mit dem bekannten Erfolg: tüchtig gelobt und mäßig gekauft.«

Nach einer ersten Besprechung, die Schlenther noch im Dezember in der ›Vossischen Zeitung‹ veröffentlicht hatte, folgten im Januar und Februar 1894 Rezensionen in der ›National Zeitung‹ und in der Schweiz und Österreich. Ende Januar informierte Fontane Rodenberg: »Mit dem Korrigieren von ›Effi Briest‹ – leider erst *erste* Korrektur – bin ich nun bis Kapitel 24 fertig [...] Von der Beschaffenheit des Manuskripts erzähle ich Ihnen heute nichts [...] ›Stil wird angeputzt.‹ Bei den Architekten gilt dies als Schrecknis und niedrigster Grad, bei uns ist es schließlich alles.«

Elisabeth von Ardenne, geb. Freiin von Plotho (1853-1952). Das Urbild der »Effi Briest«.

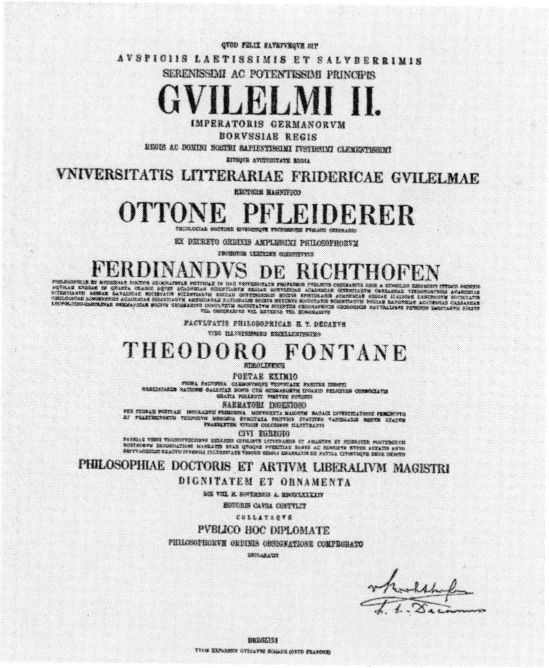

QVOD FELIX FAVSTVMQVE SIT

AVSPICIIS LAETISSIMIS ET SALVBERRIMIS

SERENISSIMI AC POTENTISSIMI PRINCIPIS

GVILELMI II.

IMPERATORIS GERMANORVM

BORVSSIAE REGIS

REGIS AC DOMINI NOSTRI SAPIENTISSIMI IVSTISSIMI CLEMENTISSIMI

EIVSQVE AVCTORITATE REGIA

VNIVERSITATIS LITTERARIAE FRIDERICAE GVILELMAE

RECTORE MAGNIFICO

OTTONE PFLEIDERER

THEOLOGIAE DOCTORE EIVSDEMQVE PROFESSORE PVBLICO ORDINARIO

EX DECRETO ORDINIS AMPLISSIMI PHILOSOPHORVM

PROMOTOR LEGITIME CONSTITVTVS

FERDINANDVS DE RICHTHOFEN

[illegible]

FACVLTATIS PHILOSOPHICAE H. T. DECANVS

VIRO ILLVSTRISSIMO EXCELLENTISSIMO

THEODORO FONTANE

BEROLINENSI

POETAE EXIMIO

[illegible]

GRATIA POLLENTI VIRTVTE POTENTI

NARRATORI INGENIOSO

[illegible]

CIVI EGREGIO

[illegible]

PHILOSOPHIAE DOCTORIS ET ARTIVM LIBERALIVM MAGISTRI

DIGNITATEM ET ORNAMENTA

DIE VIII M. NOVEMBRIS A. MDCCCLXXXXIV

HONORIS CAVSA CONTVLIT

COLLATAQVE

PVBLICO HOC DIPLOMATE

PHILOSOPHORVM ORDINIS OBSIGNATIONE COMPROBATO

DECLARAVIT

BEROLINI

TYPIS EXPRESSIT GVSTAVVS SCHADE (OTTO FRANCKE)

Ehrendoktor-Diplom für Theodor Fontane, entworfen von Theodor Mommsen.

Meine Kinderjahre

Autobiographischer Roman

von

Theodor Fontane

Berlin W
F. Fontane & Co.
1894

Titelseite der Erstausgabe 1894 von »Meine Kinderjahre«.

Aus meinem Leben.

Erstes Kapitel.

Berlin 1840.

(In der Roseschen Apotheke.)

Ostern 1836 war ich als Lehrling in die Rosesche Apotheke (Spandauerstraße, nahe der Garnisonskirche) eingetreten. Die Lehrzeit war wie herkömmlich auf vier Jahre festgesetzt, so daß ich Ostern 40 damit zu Ende gewesen wäre. Der alte Wilhelm Rose aber, mein Lehr-Prinzipal, erließ mir ein Vierteljahr, so daß ich schon Weihnachten 1839 aus der Stellung eines „jungen Herrn", wie wir von den „Kohlenprovisors" genannt wurden, in die Stellung eines „Herrn" avancierte. Der bloße Prinzipalswille reichte jedoch für solch Avancement nicht aus, es war auch noch ein Examen nötig, das ich vor einer Behörde, dem Kreisphysikat zu bestehen hatte und bei diesem vorausgehenden Akte möchte ich hier einen Augenblick verweilen dürfen.

Etwa um die Mitte Dezember teilte mir Wilhelm Rose mit, daß ich „angemeldet" sei und demgemäß am 19. selbigen Monats um halb vier Uhr nachmittags bei dem Kreisphysikus Dr. Natorp, Alte Jakobstraße, zu erscheinen hätte. Mir wurde dabei nicht gut zu Mut, weil ich wußte, daß Natorp wegen seiner Grobheit ebenso berühmt wie gefürchtet war. Aber was half es. Ich brach also an genanntem Tage rechtzeitig auf und ging auf die Alte Jakobstraße zu, die damals noch nicht ihre Verlängerung unter dem merkwürdigen, übrigens echt berlinischen Namen „Neue Alte Jakobstraße" hatte. Das noch aus der fridericianischen Zeit stammende, in einem dünnen Roccoco-Stil gehaltene Häuschen, das Natorp inne hatte, glich eher einer Prediger- als Stadtphysikuswohnung. Blumenbretter zogen sich herum und ich fühlte deutlich, wie die bange Vorstellung, daß ich nunmehr einem Oger gegenüber zu treten hätte, momentan hinschwand. Oben freilich, wo, auf mein Klingeln, die Gitterthür wie durch einen heftigen Schlag, der mich beinah wie mit traf, aufsprang, kehrte mir etwas von meiner Angst zurück und wuchs stark, als ich gleich danach dem Gefürchteten in seiner mehr nach Tabak als nach Gelehrsamkeit aussehenden Stube gegenüberstand. Denn ich sah deutlich, daß er von seiner Nachmittagsruhe kam, also zu Grausamkeiten geneigt sein mußte; sein Bulldoggenkopf, mit den stark mit Blut unterlaufenen Augen, verriet in der That wenig Gutes. Aber wie das so geht, aus mir unbekannt gebliebenen Gründen, war er sehr nett, ja geradezu gemütlich. Er nahm zunächst aus einem großen Wandschrank ein Herbarium und ein paar Kästchen mit Steinen heraus und stellte, während er die Herbariumblätter aufschlug, seine Fragen. Eine jede klang, wie wenn er sagen wollte: „sehe schon, Du weißt nichts; ich weiß aber auch nichts und es ist auch ganz gleichgültig." Kurzum, nach kaum 20 Minuten war ich in Gnaden entlassen und erhielt nur noch kurz die Weisung, mir am andern Tage mein Zeugnis abzuholen. Damit schieden wir.

Als ich wieder unten war, athmete ich auf und sah nach der Uhr. Es war erst 4. Das war mir viel zu früh, um schon wieder direkt nach Hause zu gehn und da mich der von mir einzuschlagende Weg an dem Hause der d'Heureuseschen Konditorei vorüberführte, drin — was ich aber damals noch nicht wußte — 150 Jahre früher der alte Derfflinger gewohnt hatte, so beschloß ich bei d'Heureuse einzutreten und den „Berliner Figaro", mein Leib- und Magenblatt, zu lesen, darin ich als Lyriker und Balladier schon verschiedentlich aufgetreten war. Eine spezielle Hoffnung kam in dieser denkwürdigen Stunde noch mit hinzu. Keine 14 Tage, daß ich wieder mal etwas eingeschickt hatte, noch dazu 'was Großes, — wenn das nun vielleicht drin stünde! Gedanke kaum gedacht zu werden. Ich trat also ein und setzte mich in die Nähe des Fensters, denn es dunkelte schon. Aber im selben Augenblicke, wo ich das Blatt in die Hand nahm, wurden auch schon die Gasflammen angesteckt, was mich veranlaßte, vom Fenster her, an den Mitteltisch zu rücken. In mir war wohl die Vorahnung eines großen Ereignisses und so kam es, daß ich eine kleine Weile zögerte, einen Blick in das schon aufgeschlagene Blatt zu thun. Aber am Ende, was half es, dem Mutigen gehört die Welt; ich ließ also schließlich mein Auge drüber hingleiten und siehe da, da stand es: „Geschwisterliebe, Novelle von Th. Fontane". Das Erscheinen der bis dahin in mal längeren, mal kürzeren Pausen von mir abgedruckten Gedichte, hatte nicht annähernd solchen Eindruck auf mich gemacht, vielleicht weil sie immer kurz waren; aber hier diese vier Spalten mit „Fortsetzung folgt", das war zuviel. Ich war von allem, was dieser Nachmittag mir gebracht hatte, wie benommen und mußte es sein; in wenig mehr als einer halben Stunde, war ich bei Natorp zum „Herrn" und nun hier bei d'Heureuse zum Novellisten erhoben worden. Zu Hause angekommen, berichtete ich nur von meinem glücklich bestandenen Examen, über meinen zweiten Triumph schwieg ich, weil mir die Sache zu hoch stand, um sie vor ganz unqualifizierten Ohren auszukramen. Auch mocht' ich denken, es wird sich schon rumsprechen und dann ist es besser, du hast nichts davon gemacht und dich vor Renommisterei bewahrt.

* * *

Mit diesen Ereignissen schloß 1839 für mich ab und das neue Jahr 40 brach an. Ich wechselte nicht, wie das gewöhnlich geschieht, meine Stellung, sondern blieb noch fast ein Jahr lang als Avancierter in meiner alten Position. Hatte dies auch nicht zu bedauern. Es war ein sehr angenehmes Jahr für mich, was in sehr verschiedenen Dingen und so sonderbar es klingt auch in der frischen politischen Brise, die damals gerade ging, seinen Grund hatte. Denn mit dem Sommer 1840, oder was dasselbe sagen will mit dem am 7. Juni erfolgten Tode Friedrich Wilhelms III., brach für Preußen eine neue Zeit an und ich meinerseits stimmte nicht blos in den überall um mich her auf Kosten des heimgegangenen Königs laut werdenden Enthusiasmus

[22]

Der Beginn von »Von Zwanzig bis Dreißig« im Vorabdruck in der Zeitschrift ›PAN‹, noch unter dem Titel »Aus meinem Leben«.

Martha kränkelte wie so oft in den vergangenen Jahren, Theo wurde nach drei Jahren von Berlin nach Hannover versetzt, und am 22. Januar feierten die ›Zwanglosen‹ ihr zehnjähriges Bestehen. 1884 hatten sie sich zusammen gefunden, um an jedem Freitag ›zwanglos‹ zu tagen. Zu den Gründern gehörten Hans Hertz, Paul Schlenther, Paul Meyer, Fontanes Söhne George und Theo, desgleichen Otto Brahm und Ludwig Fulda. Sie alle wollten vor allem das Werk Fontanes fördern und unterstützen.

Als Geste einer Versöhnung hatte der Kaiser Bismarck zu seinem Geburtstag eingeladen. »Er [Bimarck] hat die größte Ähnlichkeit mit dem Schillerschen (der historische war anders) Wallenstein«, schrieb Fontane seiner Tochter, »Genie, Staatsretter und sentimentaler Hochverräter. Immer ich, ich, ich und wenn die Geschiche nicht mehr weiter geht, Klage über Undank und norddeutsche Sentimentalitätsträne. Wo ich Bismarck als Werkzeug der göttlichen Vorsehung empfinde, beuge ich mich vor ihm; wo er einfach er selbst ist, Junker und Deichhauptmann und Vorteilsjäger ist er mir gänzlich unsympathisch.«

Am 11. März suchte Rodenberg Fontane auf, um die letzten Termine für *Effi Briest* zu besprechen, und notierte in seinem Tagebuch. »Heute morgen erst bei *Fontane*, der doch einer [der] in tiefster Seele liebenswürdigsten Menschen ist, die ich kenne [...]«

Fontanes Stellung zum Adel hatte sich in der letzten Zeit merklich gewandelt: »Von meinem vielgeliebten Adel falle ich mehr und mehr ganz ab, traurige Figuren, beleidigend unangenehme Selbstsüchtler«, ließ er seiner Enttäuschung gegenüber Friedlaender freien Lauf, »von einer mir ganz unverständlichen Borniertheit, an Schlechtigkeit nur noch von den schweifwedelnden Pfaffen (die immer an der Spitze sind) übertroffen, von diesen Teufelskandidaten, die uns diese Mischung von Unverstand und brutalem Egoismus als ›Ordnungen Gottes‹ aufreden wollen. Sie müssen alle geschmort werden. Alles antiquiert!« In den letzten Apriltagen hatte der Schweizer Journalist Widmann ein Feuilleton ›Altes und Neues von Theodor Fontane‹ veröffentlicht und dabei *L'Adultera* erwähnt. »Meine L'Adultera-Geschichte hat mir damals [...] viel Anerkennung aber auch viel Ärger und Angriffe eingetragen«, bedankte sich Fontane und betonte noch einmal, daß er das Ravenésche Haus nicht gekannt habe und nur das gehört hatte, was alle Welt wußte. »Ich denke, in solchem Falle hat ein Schriftsteller das Recht, ein Lied zu singen, das die Spatzen auf dem Dache zwitschern. Verwunderlich war nur, daß auch in Bezug auf die Nebenpersonen, alles, in geradezu lächerlicher Weise, *genau* zutraf. Aber das erklärt sich wohl so, daß vieles in unsrem gesellschaftlichen Leben so typisch ist, daß man, bei Kenntnis des Allgemeinzustandes, auch das Einzelne mit Notwendigkeit treffen muß.«

Im Frühjahr erschien bei Friedrich Fontane & Co. *Von, vor und nach der Reise.* »Kein Mensch kümmert sich darum, doch wohl noch weniger als recht und billig. Natürlich sind solche Geschichten nicht angetan, hunderttausend Herzen oder auch nur eintausend im Fluge zu erobern [...] aber es müßte doch ein paar Menschen geben, die hervorhöben: ›Ja, wenn das auch nicht sehr interessant ist, so ist es doch fein und gut; man hat es mit einem Manne zu tun, der sein Metier versteht, und die Sauberkeit der Arbeit zu sehn, ist ein kleines künstlerisches Vergnügen.‹«

Den Mai über »bastelte« er den Roman *Effi Briest* fertig und schrieb an Friedlaender: »Rodenberg hat ihn angenommen und mir sehr Verbindliches darüber gesagt« und erwähnte, daß damals vor zwei Jahren das Manuskript mit im Riesengebirge war. »Ich dachte damals nicht, daß es (und ich mit) zum Leben wiedererstehen würde.« Dem Sohn Friedlaenders versuchte er die Aussprache des ›Namens Fontane‹ zu beschreiben: »Es ist *alles* richtig, *alles* kommt vor, der Eine sagt so, der Andre anders. Deine Aussprache, also etwa wie Vónnthan, ist aber wohl die gebräuchlichste. Manche sprechen es ganz französisch (mit Nasallaut) und Einige sagen sogar *Fontané.*«

Hertz hatte ihm von Jakob Baechtold Gottfried Kellers Biographie zugesandt. »Entweder mußte *Baechtold* reagieren und seinerseits eine Biographie schreiben, nicht in der Absicht einen Dichter zu verherrlichen, sondern schlecht und gerecht in der Absicht, einen Menschen zu schildern, einen Menschen mit all seinen Menschlichkeiten [...] Das war der *eine* Weg: wahrheitsvolle Lebensschilderung, jeder einzelne Zug durch Briefstellen oder ähnliches kurz belegt. Der andre Weg war: *Nicht*-Biographie, oder höchstens eine Skizze von 20 Seiten, und nun anschließend an diese Skizze, eine sorgliche Briefauswahl ...«

Er nahm *Die Poggenpuhls* wieder vor und korrigierte die bisherige Fassung. »In einer ganzen Reihe von Sitzungen malt mich Professor Fechner, nachdem sein erstes Bild von mir (vor fast zwei Jahren gemalt) nicht recht genügend befunden worden ist. Er hat arme Dichter zu seiner Spezialität gemacht; mit Raabe fing er an, jetzt bin ich dran«, hieß es im Tagebuch.

Mitte August fuhr er mit Emilie wieder nach Karlsbad und schrieb seinem Sohn Friedel: »Hier prange ich massenhaft in den Schaufenstern [...] geh' aber jedesmal im Bogen drum herum, um nicht etwa ertappt zu werden. Publizität ist doch eine sonderbare Sache.« Beide tranken ihren Brunnen, gingen viel spazieren und waren oft im Freien, »auch für gute Gesellschaft ist ausreichend gesorgt [...] seit gestern ist auch Caprivi hier«, erzählte er in einem Brief zehn Tage später dem Sohn, »vor dem ich wenigstens, wenn ich ihn sehe, die preußischen Honneurs machen will. Darüber hinaus gedenke ich nicht zu gehn. – Meine Bücher liegen hier immer noch im Schaufenster, woraus ich den Schluß ziehen muß, daß sie nicht gekauft wurden, sonst wären sie eben weg.« Mitte September waren sie wieder in Berlin. Der Verlag R. v. Decker beabsichtigte, das erste Kriegsbuch über den Krieg in Schleswig-Holstein nachzudrucken, aber Fontane wollte nicht. »Damals, vor gerade 30 Jahren, habe ich das Buch so gut gemacht wie ich konnte; jetzt seh' ich nur seine Mängel und Fehler.«

Im September wurde Hauptmanns ›Die Weber‹ zum erstenmal öffentlich aufgeführt, und das ›Salon-Feuilleton‹ brachte Fontanes anonyme Besprechung: »Es ist ein Drama der Volksauflehnung, das sich dann wieder, in seinem Ausgange, gegen diese Auflehnung auflehnt, etwa nach dem altberlinischen Satze: ›Das kommt davon.‹«

Im Oktober wollte er nach Flandern, »ich hoffe, daß wir bis Brügge kommen, wegen Memling« schrieb er Mete, doch wegen der schlechten Witterung unterließ er die Reise.

Der 81. Band der ›Deutschen Rundschau‹ begann im Oktoberheft mit dem Vorabdruck von *Effi Briest* in sechs Folgen bis zum März des nächsten Jahres. Im November wurde Fontane der Ehrendokter der Universität Berlin verliehen. »Im Ganzen genommen, stehe ich mau und flau zu Auszeichnungen derart«, bekannte er Friedlaender, »diese aber hat doch einen Eindruck auf mich gemacht.«

Theodor Mommsen hatte den lateinischen Text des Diploms verfaßt, er lobte Fontane als »Dichter, Erzähler und

Bürger, gleich ausgezeichnet durch die Anmut seiner Kunst wie durch die Kraft seines sittlichen Strebens«.

Die satirische Zeitschrift ›Ulk‹ brachte die Verse:

> Fontane ist nun schön heraus,
> Doktor wurde das alte Haus,
> Und will er nicht bürgerlich mehr bleiben,
> So kann er sich auch *von Tane* schreiben.

In Kopenhagen war die dänische Übersetzung von *Unwiederbringlich* unter dem Titel ›Grevinde Holk‹ erschienen. *Meine Kinderjahre* und *Schach von Wuthenow* wurden bereits in dritter Auflage ausgeliefert.

Am 30. Dezember 1894 feierte Fontane in kleinem Kreis seinen 75. Geburtstag.

> Hundert Briefe sind angekommen,
> Ich war vor Freude wie benommen,
> Nur etwas verwundert über die Namen
> Und über die Plätze, woher sie kamen.

Er hatte erwartet, daß auch der märkische Adel, die Ribbecks, die Kattes, die Bülow gratulieren würden.

> Aber die zum Jubeltag da kamen,
> Das waren doch sehr, sehr andre Namen,
> Was sollen mir da noch die Itzenplitze!
> Jedem bin ich was gewesen,
> Alle haben sie mich gelesen,
> Alle kannten mich lange schon,
> Und das ist die Hauptsache ..., »kommen Sie, Cohn«.

Der Preußische Kultuminister Robert Bosse verlieh ihm eine Ehrenpension auf Lebenszeit.

Anfang 1895 nahm er Abschied vom *Ländchen Friesack*.

»Es war meine letzte märkische Liebe, und es hätte mich glücklich gemacht, das von mir intendierte Buch schreiben zu können.« Er arbeitete an seiner Autobiographie, die später den Titel *Von Zwanzig bis Dreißig* tragen würde. In den vergangenen Wintermonaten hatte ihm seine Frau Gottfried Kellers ›Grünen Heinrich‹ vorgelesen. »In mehr als einer Beziehung ist es doch, selbst an Keller gemessen, Nummer eins, höher potenziert, als die kunstvollendeteren Sachen seiner späteren Epoche, selbst das Glanzstück vom ›Fähnlein der sieben Aufrechten‹ nicht ausgeschlossen. Zu allem andren habe ich aufs Neue daraus gelernt, wie nebensächlich, um nicht zu sagen wie gleichgültig die Form ist, wenigstens in einem Roman, wenn man darunter den Gesamtaufbau versteht.«

Seit Wochen erregte ihn die ›Umsturzvorlage‹, mit der die Regierung ein Gesetz über Änderungen des Strafrechtes durchbringen wollte, um anarchistische Anschläge abzuwehren. Im Winter war die erste Lesung erfolgt, bei der alle Fraktionen scharfe Kritik geübt hatten. »Ehe nicht die *Macht*verhältnisse zwischen alt und neu zugunsten von ›neu‹ sich ändern, ist all unser politisches Tun nichts als Redensartenkram und Spielerei.«

»Heute vor 47 Jahren feierte ich den Sieg der ›Revolution‹ mit einem Karabiner in der Hand«, erinnert er sich am 19. März 1895, »den ich, am Tage vorher, aus dem Königstädtischen Theater geräubert hatte, um damit für die Freiheit zu kämpfen; ich stellte ihn aber bei Seit' als ich ihn hatte, weil ich seiner Schußkraft fast noch mehr mißtraute als meiner Heldenschaft.«

Luftkurort Waren an der Müritz in Mecklenburg.
Zeitgenössische Lithographie.

Theodor Fontane.
Porträt von Max Liebermann, 1896.

Die Poggenpuhls

Roman

von

Theodor Fontane

Berlin W

F. Fontane & Co.

1896

Titelseite der Erstausgabe 1896 von »Die Poggenpuhls«.

Martha Fontane. Pastellporträt von Horsfall, 1904.

Emilie Fontane. Fotografie um 1865.

Hertz druckte *Vor dem Sturm* in einer ›wohlfeilen Volksausgabe‹ für 4 Mark broschiert und 5 Mark in der Leinenausgabe. Die Auflage betrug 2 500 Exemplare, Fontane erhielt 1 500 Mark Honorar.

Effi Briest endete im Märzheft der ›Deutschen Rundschau‹ mit den Worten des alten Briest: »Ach, Luise, laß ... das ist ein *zu* weites Feld.« Damit schloß sich der Kreis zu Fontanes erster Erzählung *Geschwisterliebe*, in der er das ›weite Feld‹ bereits zitiert hatte.

»Ja, die arme Effi! Vielleicht ist es mir so gelungen, weil ich das Ganze träumerisch und fast wie mit einem Psychographen geschrieben habe. Sonst kann ich mich immer der Arbeit, ihrer Mühe, Sorgen und Etappen, erinnern – in *diesem* Falle gar nicht. Es ist so wie von selbst gekommen, ohne rechte Überlegung und ohne alle Kritik.« Er erinnerte sich, wie er von dem Skandal im Hause Ardenne erfahren, wie er damals erspürt hatte: »*Das* mußt du schreiben«, und wie er einmal ein englisches Geschwisterpaar, Dissenterkinder, auf einem Hotelbalkon im Harz gesehen hatte, und »Das Mädchen war genau so gekleidet, wie ich Effi [...] geschildert habe: Hänger, blau und weiß gestreifter Kattun, Ledergürtel und Matrosenkragen [...] und wenn es nicht anmaßend wäre [...] so möchte ich beinah sagen: das Schicksal schickte mir die kl. Methodistin.« Wenige Tage danach schrieb er dem Sohn seines Verlegers: »Ich will einen neuen Roman schreiben (ob er fertig wird, ist gleichgültig), einen ganz famosen Roman, der von allem abweicht, was ich bisher geschrieben habe [...] Er heißt ›Die Likedeeler‹ [...] Wie eine Phantasmagorie zieht alles an mir vorbei, und eine Phantasmagorie soll es schließlich auch wieder werden.« Es sollte ein Roman um den Seeräuber Klaus Störtebeker – etwa um 1400 – und seine Mannen werden.

Schon im Jahr zuvor, 1894, hatten Otto Julius Bierbaum, Eberhard Freiherr von Bodenhausen und andere eine anspruchsvolle Literatur- und Kunstzeitschrift gegründet, zu deren Redaktionausschuß auch Fontane gehörte. Im April/Mai 1895 erschien das erste Heft des ›PAN‹ mit den Erinnerungen Fontanes *Aus meinem Leben. Erstes Kapitel. Berlin 1840. (In der Roseschen Apotheke).* Die folgenden Hefte brachten weitere Kapitel neben Beiträgen von Richard Dehmel, Caesar Flaischlen, Rudyard Kipling, Detlev von Liliencron, Loris (d.i. Hugo von Hofmannsthal), Friedrich Nietzsche, Paul Verlaine und zahlreicher andrer.

Im Mai wurde die ›Umsturzvorlage‹ zum zweitenmal beraten, und erregt schrieb Fontane an Friedlaender: »Mein Haß gegen alles, was die neue Zeit aufhält, ist in einem beständigen Wachsen und die Möglichkeit, ja die Wahrscheinlichkeit, daß dem Sieg des Neuen eine furchtbare Schlacht voraufgehen muß, kann mich nicht abhalten, diesen Sieg des neuen zu wünschen.«

Auf eine Zuschrift über *Effi Briest* antwortete er: »Es ist nämlich eine wahre Geschichte [...] Effi lebt noch, ganz in der Nähe von Berlin. Vielleicht läge sie lieber auf dem Rondel in Hohen-Kremmen.« Im Juni bot er Rodenberg für die ›Deutsche Rundschau‹ weitere Kapitel seiner Erinnerungen, vor allem das Mittelstück *›Der Tunnel über der Spree‹* zum Vorabdruck an, dabei betonend, daß alles »mehr menschlich als literarisch« gehalten sei, etwa so, wie ein Blatt über ihn geschrieben habe, »man sieht ihn täglich in der Potsdamer Straße, die Leute kucken ihm nach, und alles in allem wirkt er etwas ›vorgestrig‹«. So wolle er schreiben. *Die Poggenpuhls* wurden von einer Zeitschrift mit der Begründung abgelehnt, daß der Adel darin eine Verspottung sehen könnte. »Totaler Unsinn. Es ist eine Verherrlichung des Adels, der aber, soviel kann ich zugeben, klein und dumm genug empfindet, um das Schmeichelhafte darin nicht herauszufühlen. Gott besser's.« Harden erbat einen Artikel über Adolph Menzel, Fontane sagte zu, aber er wollte nicht nur über den Künstler schreiben, sondern: »Einiges über den Menschen sagen. Als solcher ist er vielleicht noch größer, wie als Maler. Ein ganz grandioser kleiner Knopp.«

Mitte August fuhr er mit seiner Frau für vier Wochen nach Karlsbad und traf dort mit Friedlaender zusammen. Emilie nahm Bäder, und beide fanden den Aufenthalt »wieder sehr nett«. Regelmäßig schrieb er an Mete. »Das Leben, Gott sei Dank, ist kein Tummelplatz großer Gefühle, sondern eine Alltagswohnstube, drin das sogenannte Glück davon abhängt ob man friert oder warm sitzt ob der Ofen raucht oder guten Zug hat. Liebe ist gut, aber sie läßt sich nach Minuten berechnen, alles andre hat lange Stunden.«

Als sie im September wieder in Berlin waren, wurde das Haus an die Gasleitung angeschlossen: »statt der Petroleum-Funzel brennt ganz feudal eine Gasflamme aus einem großen Glasteller heraus«. Im Monat darauf bedankte er sich bei Professor Grünhagen, der ihm zu *Effi* geschrieben hatte. »Das Natürliche hat es mir seit lange angetan, ich lege nur *da*rauf Gewicht, fühle mich nur *da*durch angezogen und dies ist wohl der Grund, warum meine Frauengestalten alle einen Knax weghaben. Gerade dadurch sind sie mir lieb, ich verliebe mich in sie, nicht um ihrer Tugenden, sondern um ihrer Menschlichkeiten d.h. um ihrer Schwächen und Sünden willen. Sehr viel gilt mir auch die Ehrlichkeit, der man bei den Magdalenen mehr begegnet, als bei den Genoveven. Dies alles, um Cécile und Effi ein wenig zu erklären.«

Am 18. Oktober versandte er die ersten Exemplare der Buchausgabe von *Effi Briest*, »der erste Erfolg, den ich mit einem Roman habe«. Wenige Tage zuvor hatte Hans Hertz den Freitod gesucht. »Es ist das erschütterndste, zugleich rührendste Ereignis, das ich in meinem langen Leben erlebt habe [...] Wenn schon, denn schon. Das sich Klarmachen der Situation, das Entschlußfassen, die Konsequenz des Denkens und die Energie des Tuns, – alles imponiert mir.«

Innerhalb eines Jahres brachte es *Effi Briest* auf fünf Auflagen, und nach dem Erscheinen erhielt er von vielen Seiten Zustimmung. »Vielleicht interessiert es Sie, daß die *wirkliche* Effi übrigens noch lebt...«, schrieb er einer Leserin, und einer anderen teilt er mit: »Es ist eine Geschichte nach dem Leben, und die Heldin lebt noch. Ich erschrecke mitunter bei dem Gedanken, daß ihr das Buch – so relativ schmeichelhaft die Umgestaltung darin ist – zu Gesicht kommen könnte.«

Am 7. Dezember feierte Menzel seinen 80. Geburtstag, »Menzel beherrscht jeden Zweig seiner Kunst, aber freilich mehr noch beherrscht er sich selbst«, schrieb Fontane in ›Die Zukunft‹, »Der Mensch in ihm wächst noch über den Künstler hinaus.« Er bedankte sich bei Harden über dessen »freundliche Zeilen und das Schmeichelhafte über Effi Briest. Es gibt ein Raimundsches Stück, wo der Held in rührender Weise von der ›Jugend‹ Abschied nimmt, die er im Hintergrund als ein reizendes Balg in rosafarbenem Tüll verschwinden sieht. So nehme ich Abschied von Effi; es kommt nicht wieder, das letzte Aufflackern eines Alten.«

Weihnachten entschuldigte er sich bei Theo, daß er so lange nicht geschrieben habe. Der Grund »war einfach der, daß ich seit vier oder fünf Wochen wie toll gearbeitet und in dieser verhältnimäßig kurzen Zeit einen ganzen Roman niedergeschrieben habe. Ist man mal im Zuge, so darf man sich nicht unterbrechen, man kommt in die entsprechende Stimmung fast nie wieder hinein und hat für die Arbeit, die einem gerade beschäftigt, einen schweren Schaden davon.« Er habe kaum Besuche gemacht, wenig Briefe geschrieben, »man wird mir's auch wohl übelgenommen haben, aber ich mußt es darauf ankommen lassen.« Dieser neue Roman war *Der Stechlin.*

Seit Oktober erschienen *Die Poggenpuhls* in der ›Illustrierten Zeitschrift für das deutsche Haus – Vom Fels zum Meer‹, und der Abdruck würde noch bis März 1896 dauern. Mit dem englischen Arzt James Morris, mit dem er in London bereits 1852 und auch während des dritten Englandaufenthaltes enge Verbindung gehabt hatte, stand Fontane seit einigen Jahren wieder in Briefkontakt. Morris sandte ihm regelmäßig illustrierte englische Zeitungen, und Fontane politisierte in seinen Antworten über Zustände in England, Preußen und der Welt. In einem der letzten Briefe hatte Morris eine Briefstelle mißverstanden. »Die letzte Rolle, die zu spielen ich geneigt sein könnte«, antwortete Fontane, »ist die des Kriegsberserkers. Abgesehen von dem Entsetzlichen jedes Krieges, stehe ich außerdem noch allem Heldentum sehr kritisch gegenüber. Es gibt ein ganz *stilles* Heldentum, das mir imponiert. Was aber meist für Heldentum gerechnet wird, ist fable convenue, Renommisterei, Grogresultat.«

In den ersten Januartagen war Gerhart Hauptmanns ›Florian Geyer‹ aufgeführt worden. Fontane kritisierte: »Ritterstücke sind immer langweilig und Hauptmann hat keine Ausnahme von der Regel geschaffen.« Schlenther räumte ein, daß der Autor reich und fein nüanciert habe. Dagegen stellte sich Fontane: »Die Bühne ist kein Schauplatz für Nüancierungen. Sie ist der Schauplatz für Gegensätze [...] Nüancierungen sind der Stolz des Romans, im Drama sind sie der Ruin.«

Der deutsche Redakteur der dreisprachigen internationalen Zeitschrift ›Cosmopolis‹, Ernst Heilborn, wandte sich an ihn wegen eines Beitrages. Fontane bot ihm das Erinnerungskapitel *Der 18. März* an. Auch mit Rodenberg hatte er inzwischen korrespondiert und ihm das Stück über den »Tunnel« angeboten. »Die ganze Tunnelei wäre übrigens schon in Ihren Händen, wenn nicht mein Privatsekretär (meine Frau) wegen Augenentzündung versagt hätte.« Mitte Februar sandte er die ersten Kapitel und überließ Rodenberg die Auswahl.

Von Morris hatte er ein Exemplar des ›Labour Leader‹ des englischen Arbeiterführers Hardie erhalten. Mit Interesse studierte er das Blatt. »Die neue, bessere Welt fängt erst beim vierten Stande an [...] *Das*, was die Arbeiter denken, sprechen, schreiben, hat das Denken, Sprechen und Schreiben der altregierenden Klassen tatsächlich überholt, alles ist viel echter, wahrer, lebensvoller. Sie, die Arbeiter, packen alles neu an, haben nicht bloß neue Ziele, sondern auch neue *Wege*.«

Im März zeichnete ihn Max Liebermann. »Ich freue mich aber drauf, einmal weil es nun doch endlich mal ein richtiger Maler ist, dem ich in die Hände falle, dann weil Liebermann ein ebenso liebenswürdiger wie kluger Mann ist. –«

Ende des Monats gab er Rodenberg freie Hand für das ›Tunnel-Kapitel‹: »Ändern Sie, was not tut, ganz nach Ihrem Ermessen, das überall das richtige sein wird.« Im April begann die ›Rundschau‹ mit dem Abdruck. Trotz seiner Zugeständnisse war Fontane stark verärgert, da Rodenberg etwa die Hälfte gekürzt hatte, und er brach die Verbindung ab. »Ich beklage es *sehr*, mich dazu – beinah auch ehrenhalber – gezwungen zu sehn. Es hat sich so getroffen, daß er alles Beste, was ich geschrieben habe, in seiner ›Deutschen Rundschau‹ veröffentlichen konnte [...] so mußte er mich danach behandeln [...] das hat er aber nicht getan.«

Im Mai wurde er nach Weimar zur Eröffnung des Goethe-Schiller-Archivs eingeladen, aber er lehnte ab. »Ich kann mich da nicht mit einem Male gut einreihen. Abgesehen davon, daß einige in den Verwunderungsruf: ›Gott, nun auch hier noch‹ ausbrechen würden, passe ich wirklich in die Sache nicht recht hinein, weil ich der da zu spielenden Rolle nicht gewachsen bin.«

Seine ständige Arbeit war der neue Roman, der *Stechlin*. Mit Emilie fuhr er für einige Wochen nach Karlsbad. Sie trafen es gut und zufriedenstellend, dennoch blieb es für ihn langweilig. Er las die Korrektur für *Die Poggenpuhls*, die im Verlag seines Sohnes erscheinen sollten. Kurz vor der Rückreise schrieb er seiner Tochter: »Von gesunden Eltern geboren sein und dann arm sein und sich nach Neigung verheiraten und guten Verstand und gute Gesinnung haben, – das ist das Einzige, was einen Wert hat. Gute Verdauung ist besser als eine Million.«

Der Sommer wurde sehr warm, aber wenn er auch unter der Hitze leiden müßte, schrieb er an Friedlaender, so wäre der Sommer »die einzige Zeit im Jahr, wo man so gut wie gar nicht gestört wird«. Und diese Ruhe brauche er unbedingt für seine Arbeit. Ende August reisten Fontane und seine Frau noch einmal in die ›Sommerfrische‹, diesmal nach Waren am Müritzsee in Mecklenburg. »Es ist sehr schön hier, eine frische Luft, eine behäbige Bevölkerung und eine feudale Verpflegung [...] Die Mücke tritt nur ganz vereinzelt auf; Floh vacat.« Nach der Rückkehr arbeitete er weiter am *Stechlin* und beendete den »ersten Entwurf« im Herbst. »Gleich danach beginne ich die Überarbeitung, an die ich wenigstens noch ein halbes Jahr zu setzen habe.«

Im Herbst erschien in sechster Auflage die *Grafschaft Ruppin* in einer Auflage von 1 000 Exemplaren, das Honorar betrug 900 Mark. Noch im September hatte er Harden verschiedene Kapitel seiner ›Erinnerungen‹ angeboten und dabei auf ›Cosmopolis‹ hingewiesen. Dort erschien Anfang Oktober *Der 18. März*, er »wurde gut aufgenommen, beiläufig auch gut bezahlt«.

Die Poggenpuhls wurden im November als Buch bei Friedrich Fontane ausgeliefert. »Mit meiner Romandurchsicht bez. Feilung will es nicht recht gehn, die Nerven wollen ausspannen«, schrieb er Friedlaender, »[...] Sie werden vielleicht überrascht sein, daß ich [...] immer so bissig schreibe, was weder meiner eigentlichen Natur noch meiner Vergangenheit entspricht. Ich kann es aber nicht beklagen, daß noch in meinen alten Tagen solche Wandlung über mich gekommen ist. Alles, was jetzt bei uns obenauf ist, entweder *heute* schon oder es doch vom *morgen* erwartet, ist mir grenzenlos zuwider: dieser beschränkte, selbstsüchtige, rappschige Adel, diese verlogene oder bornierte Kirchlichkeit, dieser ewige Reserve-Offizier, dieser greuliche Byzantinismus.«

Bereits am 8. November besprach Schlenther in der ›Vossischen Zeitung‹ *Die Poggenpuhls*: »Fontane [...] gibt *seinen* Schein der Dinge, den Duft und die Luft der Dinge. Er gibt es aber mit einer solchen Sicherheit der Empfindung, mit einer so klaren Durchdringung des Dämmrigen, wie man es manchen malendem Impressionisten wünschen möchte.«

Am Monatsende schrieb Fontane an Harden: »Gestern Abend durch die Leipziger Straße schlendernd – wenn man da schlendern kann – las ich an einem hellen Schaufenster ›Maximilian Harden: Literatur und Theater‹ und beschloß, es durch meinen Sohn kaufen zu lassen. Denn ich gehe nie in Läden; alle Berliner Verkäufer ärgern mich durch ihre Manier, die keine ist. Ihre Güte hat nun die Sache erledigt.« In dem gut 200 Seiten starken Band hatte Harden knapp zwei

Dutzend Aufsätze gesammelt, darunter auch einen über Fontane. Im Vorwort erwähnte er, daß er über ihn bereits vor sieben Jahren geschrieben habe. Und nun: »Sechs Jahre danach wurde uns Effi, das holde, verflatterte Seelchen, geboren und in dem gruseligen Gespenstersaal des landrätlichen Hauses zu Kessin in Pommern klebte der Oblatenkopf des Chinesen. [...] Bitte, meine Damen und Herren, bedenken Sie gefälligst, in welcher Zeit und aus welcher Zeitstimmung dieses entstand.« Fontane dankte ihm: »Wer so Vorreden (immer das Schwerste) schreiben kann, bei *dem* ist man geborgen.«

Mitte des Monats fühlte sich Fontane »sehr klapprig«, trotzdem besuchte er die Aufführung von Hauptmanns ›Versunkene Glocke‹. »Alles in allem, so oder so, irgendwo hat die Sache einen Knax, und es beweist seine große Poetenkraft, daß man trotzdem im größten Respekt vor ihm verharrt und auch im größten Interesse.«

Es wurde Weihnachten. »So kommt Silvester heran, und still traten wir in das neue Jahr ein.«

Zum 50jährigen Bestehen der Besserschen Buchhandlung gratulierte er Wilhelm Hertz: »Fünfzig Jahre an der Spitze stehn, immer ein Führer, immer ein Vorbild, – das ist Wenigen beschieden. Entschädige Sie dies seltene Glück für das, was fehlt. Etwas, weil wir Menschen sind, fehlt immer.«

Er bat Maximilian Harden um Geduld bei seinem Beitrag für die ›Zukunft‹. »Ich lebe ganz in meinem Roman, mit Freuden aber auch mit Sorgen, in beständiger Angst, ob er überhaupt noch fertig werden wird.« Seine Tage vergingen gleichförmig. »Es ist immer das alte Lied. Bis 3 Arbeit. Dann zu Tisch. Und *nach* Tisch matt und müde in den ledernen und doch mir so lieben, weil so nötigen Tiergarten hinaus [...] Müde komme ich nach Haus und strecke mich, um mir für

Abend und Abendzeitung die nötige Kraft zu erschlafen. So vergehen die Tage.«

Mitte Februar brachte die Münchener ›Allgemeine Zeitung‹ eine Besprechung der *Poggenpuhls* von Sigmund Schott »Fontane sieht die Dinge und Erscheinungen mit dem scharfen Auge des Satirikers, und er behandelt sie mit der Milde des Humoristen.« Fontane dankte und erwiderte: »Das Buch ist kein Roman und hat keinen Inhalt, das ›Wie‹ muß für das ›Was‹ eintreten [...] Natürlich darf eine Literatur nicht auf den Geschmack ganz, ganz alter Herren aufgebaut werden. Aber so nebenher geht es.«

Hertz bat ihn um die Vorbereitung einer fünften Auflage der *Gedichte*. Fontane verlangte Zeit. »Mir ist schlecht zu Mut, gastrisch-nervöse Pleite, welchen Zustand ich erst überwunden haben möchte, bevor ich mich an das Heraussuchen der Neusachen mache.« Schon seit geraumer Zeit hatte er frühere Verbindungen zu der in Stuttgart erscheinenden Zeitschrift ›Über Land und Meer‹ wieder aufgenommen. »... die Redaktion will von Oktober 97 an meinen neuesten Roman ›Der Stechlin‹ bringen, unter beinah glänzenden Bedingungen. Honorar mehr als doppelt so hoch wie das der ›Rundschau‹.« Im Juni sandte er der Redaktion eine Inhaltsangabe. »Aber die Geschichte, das was erzählt wird. Die Mache! Zum Schluß stirbt ein Alter und zwei Junge heiraten sich; – das ist so ziemlich alles, was auf 500 Seiten geschieht [...] Alles Plauderei, Dialog, in dem sich Charaktere geben, und mit ihnen die Geschichte.«

Morris hatte ihm aus London Reproduktionen aus der Royal Academy zugesandt. »Aller modernen Kunst ist der Sinn für das *Natürliche* verloren gegangen«, antwortete Fontane,

»und gerade diese Kunst nennt sich naturalistisch. Übrigens bin ich trotz meiner hohen Jahre keiner von den ›Alten‹ – im Gegenteil, ich bin für das Neue, wenn es gut ist.«

Im Juni fuhr er mit Emilie nach Neu-Brandenburg am Tollense-See in Mecklenburg. »Wir wohnten in dem eine Viertelmeile vor der Stadt gelegenen Augustabad, halb Hotel, halb Sanatorium, und verbrachten daselbst vier oder fünf sehr angenehme Wochen.« Dort wollte er das Manuskript für die *Gedichte* zusammenstellen, und Emilie schrieb die Endfassung des Romans ab. Schließlich konnte er das Manuskript des *Stechlin* Mitte August nach Stuttgart senden. Die Redaktion dankte telegraphisch: »Hochverehrter Herr Doktor, intensiv mit allen Ihren Menschen mitlebend, vor allem mit dem alten Freiherrn, am Schlusse im Innersten erschüttert, danken wir Ihnen dafür, daß ›Über Land und Meer‹ ein solches Werk veröffentlichen darf.« Umgehend depeschierte Fontane: »Ihr Telegramm hat mich sehr beglückt. ›Verweile doch, du bist so schön‹ – ich darf es sagen, denn ich sehe in den Sonnenuntergang. Herzlichen Dank.«

»Wir wollten [...] erst am 14. September fort«, schrieb er im August an Friedlaender, »aber inzwischen bin ich krank geworden und so dringt der Doktor drauf, daß wir, wegen Luftwechsel für mich, früher aufbrechen, am liebsten in den nächsten Tagen schon. Das hat aber seine Schwierigkeiten, weil ich in meiner Elendigkeit nicht eigentlich reisefähig bin. [...] Von meiner Krankheit mündlich; ich bin so angegriffen, daß selbst diese paar Zeilen mir Mühe machen.« Fontane fuhr mit Emilie Mitte des Monats nach Karlsbad und blieb dort vier Wochen. »Wir trafen es wieder sehr gut, trotzdem wir meist Regenwetter hatten und an allen Ausflügen und Spaziergängen gehindert wurden.«

Der Stechlin

Roman

von

Theodor Fontane

Berlin W

F. Fontane & Co.

1899

Titelseite der Erstausgabe 1899 von »Der Stechlin«.

Theodor Fontane. Fotografie von 1898.

Im Oktober begann der Vorabdruck in ›Über Land und Meer‹. Der Roman trug den Titel *Stechlin. Roman von Theodor Fontane*. Die Zeitschrift erschien in zwei Ausgaben, eine in Folio mit dreispaltigem Druck, und eine kleinere mit Zweispaltendruck. Beide brachten in der ersten Folge ein Bild Fontanes an seinem Schreibtisch.

Am 29. November erlitt er auf der Straße einen Schwächeanfall und war froh, daß ihn eine Droschke nach Hause brachte. Paul Heyse war nach Berlin gekommen, doch beide hatten sich nicht gesehen und getroffen. Fontane schrieb ihm: »Daß ich Dich nicht gesehn, habe ich beklagt, aber auch wieder nicht. Ich bin seit Wochen in recht elender Verfassung, und wie das kranke Wild bei Seit geht, um nicht zu stören, so am besten auch der kranke Mensch. In meinem Falle vermählt sich dem Kranksein noch das Altsein und das ist das Schlimmste von der Sache, weil das Aussichtslose.«

Anfang Dezember erschien die fünfte, vermehrte Auflage der *Gedichte* bereits mit der Jahreszahl 1898 und einem Bildnis. 14 Gedichte waren neu aufgenommen worden. Die ›Vossische Zeitung‹ druckte in drei Fortsetzungen das Kapitel *Mein Leipzig lob ich mir* aus den Erinnerungen. »Dies führte zu einer Korrespondenz mit alten Leipziger Figuren [...] Zum Glück hatte ich nur Gutes geschrieben, so daß mir die üblichen Zurechtweisungen erspart blieben. – Weihnachten verging ruhig, auch Silvester; punschlos, einen einzigen Pfannkuchen in der Hand, traten wir ins neue Jahr.«

Zunächst fühlte er sich »noch ganz leidlich. Aber das dauerte nicht lange; Husten, Asthma und, was das schlimmste war, eine totale Nervenpleite stellten sich ein.« Trotzdem korrigierte er an der Buchausgabe des *Stechlin*. Auch der zweite Band der Erinnerungen sollte noch im Sommer als Buch erscheinen.

Ende Januar geschah, was keiner erwartete. »Es hat sich nämlich Großes zugetragen, ja, vom egoistischen Standpunkte das Größte und in mancher Augen sogar das Unglaublichste«, schrieb er Anna Witte in Rostock, »Martha hat sich verlobt. Der Beglückte und Beglückende ist der Architekt Fritsch, Witwer neuesten Datums, dessen schöne Frau vor zwei Monaten erst starb [...] Martha, wie sich's geziemt, ist sehr glücklich und hat glaub ich auch alle Ursach dazu. Fritsch ist ein kluger und gescheidter Mann von guter Gesinnung und sogar guter Kasse, was mir persönlich nicht viel bedeutet, aber den Mann wenigstens nicht entwertet.« Er bat Marthas mütterliche Freundin, die Tochter für einige Zeit aufzunehmen, damit die ›dehors‹ gewahrt blieben und keine Verlegenheiten entstünden. Karl E. Otto Fritsch – 1838 geboren – war sechzig und Martha beinahe achtunddreißig Jahre. Er war bereits zweimal verheiratet gewesen, die zweite Frau, eine Schwester der ersten, war im November 1897 verstorben.

Fontanes Gesundheitszustand blieb labil. »Ich bin ganz krank und verbringe meine Nächte mit Gebell. Könnte mich ein in der Horizontale gehender Lift auf eine Bank bei Monte Carlo niedersetzen, so erholte ich mich vielleicht in acht Tagen.« Er sandte die neue Auflage der *Gedichte* an Friedlaender, allerdings ungebunden, da er sich über den Einband geärgert hatte. »Die Deckel stehen immer ab [...] Sie sehen, ich bin etwas vergrätzt. In manchem gewiß mit Recht; aber ich gebe zu, Stimmung und Alter wirken mit.«

Regelmäßig erhielt er von Morris Ausschnitte der englischen Zeitungen, und ebenso regelmäßig antwortete er und politisierte mit ihm. Am 20. März wurde in Berlin Ibsens 70. Geburstag gefeiert. »Ibsen mag die größere Natur, die stärkere Persönlichkeit, das überlegene bahnbrechende Genie sein, *dichterisch* steht mir G. Hauptmann höher, weil er menschlicher, natürlicher, *wahrer* ist [...] Nora ist die größte Quatschliese, die je von der Bühne herab zu einem Publikum gesprochen hat.«

Der Berliner Philosophieprofessor Paulsen hatte ihm sein neues Buch ›Immanuel Kant – Sein Leben und seine Lehre‹ zugesandt. Wenige Wochen später schrieb Fontane ihm, daß er bis Seite 74 gekommen sei, es würde ihn überall interessieren, und man müsse darüber nachdenken, »woher es kommt, daß die reine Kunst der Darstellung, auf den der ein Gefühl dafür hat, eine ähnliche Wirkung übt wie das Packende, das Sensationelle. Der geistige Mensch kann gerade so gekitzelt werden, wie der sinnliche. Sehr gut kann man es am Witz zeigen. Ein scharfgeschliffener und brillant vorgetragener Witz nimmt mich ganz so gefangen wie 'ne Mordgeschichte; – auch vor Vergnügen können einem die Haare zu Berge stehn.«

Mitte Mai bat er Mete, die in Dresden war, etwas Hübsches in der Gegend vom 1. Juni an zu mieten. Sie fand in dem höher gelegenen Vorort ›Weißer Hirsch‹ eine passende Unterkunft, und am 19. Mai trafen Fontane und Emilie dort ein. Hier erreichte ihn der Kartengruß eines Bekannten aus dem Bodetal im Harz. Er dankte, er würde immer gern an dieses Fleckchen zurückdenken. »Wegen Cécile, aber noch mehr wegen Effi Briest. Als ich auf dem Zehnpfund-Balkon an einem kleinen Marmortisch mein Abendbrot verzehrte, stand an der Balkonbrüstung ein englischer Backfisch, ganz so aussehend wie ich Effi im 1. Kapitel geschildert habe. Da hatte ich denn die Gestalt, die ich brauchte.«

Im Juni erschien bei Friedrich Fontane der zweite Band der Erinnerungen *Von Zwanzig bis Dreißig. Autobiographisches* als Buch mit 679 Seiten und einer Photogravure der Kerstingzeichnung aus den Dresdner Tagen von 1843. Im Vorwort entschuldigte sich Fontane, daß er nach den *Kinderjahren* schon wieder breit mit seinem Ich vor das Publikum trete. »Aber ich werde möglicherweise pardoniert, wenn ich an dieser Stelle schon verrate, daß ich, um ein bestimmtes zuviel einigermaßen auszugleichen, von einer ursprünglich geplanten Weiterführung dieser meiner Erinnerungen Abstand genommen und vor mir selber diesen zweiten Teil auch zugleich als letzten proklamiert habe.« Er hatte in die Sommerfrische auch das Kant-Buch von Paulsen mitgenommen, aber er mußte ihm bald gestehen, daß er nicht damit zurechtkomme. »Ob es an meinem ganz unphilosophischen Kopf gelegen oder ob sich nur der alte Satz bestätigte: ›was Hänschen nicht lernte, lernt Hans nimmermehr‹, – ich weiß es nicht.« Sie genossen ihren Aufenthalt in voller Ruhe. Bis Ende Juni wollten sie noch bleiben, dann zunächst zurück nach Berlin und später vielleicht an den Rhein fahren.

Er sandte *Von Zwanzig bis Dreißig* an Pietsch, Spielhagen, Harden und an den Kultusminister Bosse, dem er schrieb: »Das Beste, worüber das Buch verfügt, ist wohl seine heitere Grundstimmung. Aber daß ich diese meiner Erzählung geben konnte, das *gerade* verdanke ich Ew. Excellenz Wohlwollen, das für den Rest meiner Tage die Sorge von mir nahm.«

Am 29. Juni waren Fontane und seine Frau wieder in Berlin. In der ›Vossischen Zeitung‹ erschien Ludwig Pietschs Besprechung der Erinnerungen. »Nie war eine Autobiographie freier von jener Schwäche, an der solche Memoiren nur gar zu häufig kranken: von der Selbstbespiegelung, von dem Bestreben, den Lesern ein möglichst schmeichelhaftes Bild von dem Autor zu entwerfen. Fontane verfährt oft wahrhaft grausam mit der Hauptperson seines Buches, d. h. seiner eigenen.« Fontane antwortete sofort: »Nochmals allerschönsten Dank. Ich rangiere es unter früher erfahrene Liebestaten ein, aber nicht unter oder in der Mitte, sondern obenan.«

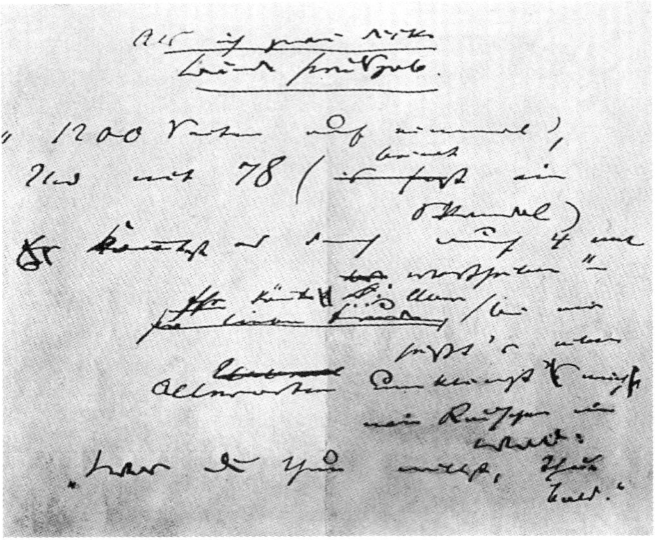

Fontanes letztes Gedicht in der Handschrift vom 20. September 1898.

Grabmal des Ehepaares Fontane auf dem Friedhof der Französisch Reformierten Gemeinde an der Liesenstraße im heutigen Zustand.

Mitte Juli schrieb er Friedlaender: »Das Befinden meiner Frau hat sich derart verschlechtert, daß Karlsbad wieder *unumgänglich* geworden ist.« Martha würde sie begleiten.

Am 30. Juli starb in Friedrichsruh der dreiundachtzigjährige Bismarck. Heilborn bat Fontane um ein Gedicht, »Leider impossible! [...]«, entgegnete er, »da muß viel Wasser die Spree 'runter eh Bismarck wieder ein Stoff geworden ist. Dann freilich ein gehöriger.« Doch zwei Tage später brachte die ›Vossische Zeitung‹ *Wo Bismarck liegen soll* »Nicht in Dom oder Fürstengruft / Er ruh' in Gottes freier Luft...« Fontane entschuldigte sich bei Heilborn: »Gestern früh, als ich meinen Tee eben intus hatte, kam mir mit eins die erste Zeile, noch ganz ohne Plan [...] Alles aus den Wolken gefallen, ein Geschenk, auf das ich vorher nicht rechnen konnte.« Er wollte nun doch noch einmal an das *Ländchen Friesack*, schrieb an Frau von Bredow-Landin, und erfragte einschlägige Literatur.

In Karlsbad erreichte ihn die Nachricht vom Tode des Bruders von Wilhelm Hertz. Er kondolierte: »Ein feiner und liebenswürdiger Geist weniger hier unten! [...] Es wird immer dünner und der Überlebende immer wackliger, immer hilfsbedürftiger. Dies letztere, weil man so unausreichend, so wie durch Schwäche deplaciert daneben steht, ist das schlimmste, das schmerzlichste. Fast klagt man sich an. Und dazu diese Gräber!« Ende August schrieb er Friedlaender: »Wir sind schon seit dem 12. hier. Alles reizend wie immer; aber ich habe trotzdem etwas gelitten und zwar durch die kannibalische Hitze, bei der ich die Korrektur meines Roman's abschließen mußte. Dazu schließlich auch noch unbequeme Magenstörungen, so daß ich etwas 'runter gekommen bin.« Anfang September fuhren er und Martha nach Berlin zurück, Emilie blieb noch bei ihrer Freundin in Blasewitz. Fast täglich schrieb Fontane seiner Frau.

Am 16. September wurde in der Potsdamer Straße 134c in kleinem Kreis die Verlobung Marthas gefeiert. Paul Schlenther, der mit seiner Frau zu den Gästen gehörte, erinnerte sich: »Voller Entwürfe, voll regsten Interesses für alles und jedes, so sah ich ihn noch [...] abends in seinem Arbeitsstübchen zwischen Erich Schmidts und meiner Frau sitzen. Zur Feier der Verlobung seiner ihm geistesverwandten einzigen Tochter war ein kleines, feines Essen bereitet worden. Nur neun Personen. Der Alte in seiner herrlichen, lieben Greisenschönheit Mittelpunkt und Seele der Unterhaltung.« – »Das Zauberfest schien mir gelungen«, schrieb Fontane an Emilie, »und was wichtiger ist, auch die Gäste schienen dieser Ansicht zu sein [...] Die Hauptsache ist der freie Ton, die Ungeniertheit, die sich jeden Augenblick bis zu Ulk und selbst zu Gewagtheiten (bei denen man dann freilich an richtiger Stelle die Grenze ziehen muß) steigern kann.« Und er erzählte ihr, daß er ein Gedicht vorlesen mußte, und Schlenther den Toast auf Mete und Fritsch ausbrachte.

Zwei Tage später klagte er: »Ich erschrecke vor allem, und selbst wo sogenannte Vergnüglichkeiten in Sicht stehn, ist mein Trost: ›Um 9 ist alles aus.‹ Nicht im Sinn einer Todessehnsucht, sondern nur in dem tiefen Verlangen nach Ruhe.«

Mein Leben, ein Leben ist es kaum,
Ich gehe dahin, als wie im Traum.

Wie Schatten huschen die Menschen hin,
Ein Schatten dazwischen ich selber bin.

Und im Herzen tiefe Müdigkeit –
Alles sagt mir: Es ist Zeit...

Das war am Sonntag, dem 18. September. Zwei Tage später besuchte ihn sein Sohn Friedel, der am nächsten Tag nach Neuruppin fahren sollte, um am Grab der Mutter Blumen zum hundertsten Geburtstag zu bringen. Er erzählte seinem Sohn von seiner Arbeit am Vormittag und daß er danach einen kleinen Spaziergang gemacht habe. Dann habe er Mittag gegessen und seine tägliche Ruhepause gehalten. Am Nachmittag schrieb er seiner Frau und begann mit den oft gewählten Worten: »Das sind nun die letzten Zeilen«, sein Befinden sei soso und das ihn beherrschende Gefühl bliebe doch immer: »Lägst du nur erst wieder im Bett.« Er erzählte von einer Begegnung mit einem Bekannten, der gerade seine Frau verloren hatte und, um sich herauszureißen, mit zwei englischen Nichten eine Reise nach Schottland gemacht habe. »Dieser Trauernde wartet das Trauerjahr nicht ab, eine der beiden Nichten muß es werden [...] So geht es. Und die Witwen sind noch flinker als die Witwer.« Er las in der ›Vossischen Zeitung‹ und strich, wie gewohnt, ihm wichtige Stellen an. Dann notierte er Namen derer, die ein Exemplar der Buchausgabe des *Stechlin* erhalten sollten, welche in 14 Tagen erscheinen würde. Er skizzierte dazu ein paar Verse, die sich auch auf *Von Zwanzig bis Dreißig* bezogen.

»Zwölfhundert Seiten auf einmal,
Und mit achtundsiebzig! beinah' ein Skandal.
Konntest es doch auf viermal verteilen!«
Ihr könnt es, – aber bei mir heißt es eilen.
Allerorten umklingt mich wie Rauschen im Wald:
»Was du tun willst, tue bald!«

Danach nahm er sein Abendessen, ging nach hinten an sein Bett, und »um 9 war alles aus«. Mete fand ihn auf seinem

Das Denkmal Theodor Fontanes in seiner Geburtsstadt Neuruppin, 1907 von Max Wiese gestaltet.

Bett, leblos und zusammengesunken. Ohne Todeskampf, beim Schlag der Uhr, der schon die Sterbestunde seines Vaters und seines Großvaters begleitet hatte, war er verstorben.

Das Beste hienieden,
Du hast es erreicht:
Du hast den *Frieden*.
Sei dir die Erde leicht.

In den Tagen danach wurde der Sarg in den Norden Berlins gefahren, man überquerte die Invalidenstraße – dort, wo Stine und die Witwe Pittelkow gelebt hatten –, bog in die Liesenstraße ein, an der der Friedhof der Französischen Reformierten Gemeinde lag.

Am Samstag, dem 24. September – es war der Todestag seines Sohnes George – war die Beerdigung. Eine große Trauergesellschaft hatte sich versammelt, nicht alle fanden auf dem Friedhof Platz. Karl Frenzel sprach am offenen Grabe, und Geheimrat Lessing, der Besitzer der ›Vossischen Zeitung‹, dankte ihm für seine Mitarbeit. Wie von weit her, vom Stechlinsee, klangen die Worte Pastor Lorenzens: »Er war recht eigentlich frei. Wußt es auch, wenn er's auch oft bestritt. Das Goldene Kalb anbeten war nicht seine Sache. Daher kam es auch, daß er vor dem, was das Leben so vieler andrer verdirbt und unglücklich macht, bewahrt blieb, vor Neid und bösem Leumund. Er hatte keine Feinde, weil er selber keines Menschen Feind war. Er war die Güte selbst, die Verkörperung des alten Weisheitssatzes: Was du nicht willst, daß man dir tu. Denn er hatte die Liebe. Nichts Menschliches war ihm fremd, weil er sich selbst als Mensch empfand und sich eigner menschlicher Schwäche jederzeit bewußt war. Alles, was einst unser Herr und Heiland gepredigt und gerühmt und an das er die Segensverheißung geknüpft hat – all das war sein:

Friedfertigkeit, Barmherzigkeit und die Lauterkeit des Herzens. Er war das Beste, was wir sein können, ein Mann und ein Kind. Er ist nun eingegangen in seines Vaters Wohnungen und wird da die Himmelsruhe haben, der der Segen aller Segen ist.«

Vorüber in Ferne rasseln die Züge,
Still bleibt das Grab und der Schläfer drin –
Der Wind, der Wind geht drüber hin.

Anhang

Zeittafel

Aufgeführt sind die Werke Fontanes, die als Buch erschienen; einzelne Gedichte, Beiträge und Aufsätze wurden nicht berücksichtigt.

Es werden die Daten für die Vorabdrucke in Zeitungen und Zeitschriften – sofern sie erfolgten – und die erste Buchausgabe nach dem Impressum angegeben. Nach einer verlegerischen Gepflogenheit der Zeit wurden die Buchausgaben im Impressum bisweilen vordatiert. In Fällen, in denen das Impressum- und Erscheinungsdatum nicht übereinstimmen, steht das Datum des Erscheinens in Klammern.

1819 Theodor Fontane wird am 30. Dezember in Neuruppin geboren

1836 Beginn der Apothekerlehre

1839 *Geschwisterliebe* erscheint im Dezember im ›Berliner Figaro‹ in fünf Fortsetzungen

1844 Erste englische Reise

1845 Verlobung mit Emilie Rouanet-Kummer

1850 Hochzeit mit Emilie Rouanet-Kummer
Männer und Helden
Von der schönen Rosamunde (Dezember 1849)

1851 *Gedichte* (Ende 1850)
Deutsches Dichter-Album. Herausgegeben von Theodor Fontane

1852 April bis September: zweite englische Reise

1854 *Argo. Belletristisches Jahrbuch für 1854* (Ende 1853)
Ein Sommer in London

1855 bis Anfang 1859 dritter Aufenthalt in England

1859 *Aus England*. Studien und Briefe über Londoner Theater, Kunst und Presse

1860 *Jenseit des Tweed*. Bilder und Briefe aus Schottland

1861 *Balladen*. (Ende 1860)

1862 *Wanderungen durch die Mark Brandenburg*. (November 1861)
Ab der zweiten Auflage heißt dieser Band *Die Grafschaft Ruppin*

1863 *Das Oderland* (Band 2 der »Wanderungen«)

1866 *Der Schleswig-Holsteinsche Krieg im Jahre 1864*
1870 *Der Deutsche Krieg von 1866*. Bd. I: Der Feldzug in Böhmen und Mähren
1871 *Kriegsgefangen. Erlebtes 1870.*
Aus den Tagen der Occupation I/II.
Der Deutsche Krieg von 1866. Bd. II: Der Feldzug in West- und Mitteldeutschland
1873 *Der Krieg gegen Frankreich 1870-71*. Bd. I: Der Krieg gegen das Kaiserreich.
Ost-Havelland.Band 3 der »Wanderungen« – die späteren Auflagen tragen den Titel *Havelland* – (Oktober 1872)
1875 *Gedichte*. 2. Auflage (Ende 1874)
Der Krieg gegen Frankreich 1870-71. Bd. II: Der Krieg gegen die Republik. I. Teilband.
Der letzte Teilband erscheint 1876
1878 ab Januar Vorabdruck. *Vor dem Sturm*. Ein historischer Roman. in ›Daheim – Ein deutsches Familienblatt mit Illustrationen‹
November: *Vor dem Sturm*
1879 Mai bis Juni erscheint *Grete Minde* im Vorabdruck in ›Nord und Süd‹
1880 *Grete Minde*. Nach einer altmärkischen Chronik.
Vorabdruck von *L'Adultera* erscheint in ›Nord und Süd‹
1881 *Ellernklipp* wird im Mai und Juni in ›Westermanns Illustrierte Deutsche Monatshefte‹ vorabgedruckt
Ellernklipp. Nach einem Harzer Kirchenbuch
1882 *Spreeland*. Beeskow-Storkow und Barnim-Teltow – Band 4 der »Wanderungen« – (November 1881)
Schach von Wuthenow erscheint im Juli und August im Vorabdruck in der ›Vossischen Zeitung‹ *L'Adultera*
1883 *Schach von Wuthenow*. Erzählung aus der Zeit des Regiments Gensdarmes
1884 Im Juni und Juli druckt die ›Vossische Zeitung‹ *Christian Friedrich Scherenberg und das literarische Berlin von 1840* vorab.
Graf Petöfy wird im Juli und August in der ›Deutschen Roman-Bibliothek‹ zu ›Über Land und Meer‹ vorabgedruckt.
Graf Petöfy

1885 Im August und September erscheint *Unterm Birnbaum* in der ›Die Gartenlaube‹ vorab.
Christian Friedrich Scherenberg und das literarische Berlin von 1840 bis 1860
Unterm Birnbaum

1886 Die Zeitschrift ›Universum – Illustrierter Hausschatz für Poesie, Natur und Welt, Literatur, Kunst und Wissenschaft‹ druckt von April bis September *Cécile* vorab

1887 *Cécile*
In der ›Vossischen Zeitung‹ erscheint im Juli und August *Irrungen, Wirrungen* im Vorabdruck

1888 *Irrungen, Wirrungen*

1889 *Fünf Schlösser.* Altes und Neues aus Mark Brandenburg. (Oktober 1888)

1890 Im Januar bis März erscheint der Vorabdruck von *Stine* in ›Deutschland – Wochenschrift für Kunst, Literatur, Wissenschaft und soziales Leben‹

1890 *Stine*

1890 *Theodor Fontanes gesammelte Romane und Erzählungen* in zwölf Bänden beginnen zu erscheinen.
Die ersten neun Bände bringt Emil Dominik heraus, ab Band 10 verlegt Friedrich Fontane diese Ausgabe, die letzten Bände erscheinen 1891

1890 Vorabdruck von *Quitt* in ›Die Gartenlaube‹

1891 *Quitt* (November 1890)

1891 Die ›Deutsche Rundschau‹ druckt von Januar bis Juli *Unwiederbringlich* vorab

1892 Die vier Bände der *Wanderungen durch die Mark Brandenburg* erscheinen als ›Wohlfeile Ausgabe‹

1892 *Unwiederbringlich* (November 1891)

1892 *Frau Jenny Treibel* oder ›Wo sich Herz zum Herzen findt‹ erscheint vom Januar bis April in der ›Deutschen Rundschau‹ vorab

1893 *Frau Jenny Treibel* (Oktober 1892)

1894 *Von, vor und nach der Reise*

1894 *Meine Kinderjahre.* Autobiographischer Roman

1894 *Effi Briest* wird von der ›Deutschen Rundschau‹ ab Oktober 1894 bis März 1895 vorabgedruckt

1895 *Die Poggenpuhls* erscheinen von Oktober 1895 bis März 1896 in ›Von Fels zum Meer – Illustrierte Zeitschrift für das deutsche Haus‹ vorab
Ab 1895 erscheinen Vorabdrucke verschiedener Kapitel *Von Zwanzig bis Dreißig* in den Zeitschriften und Zeitungen ›PAN‹, ›Vossische Zeitung‹, ›Deutsche Rundschau‹ und ›Cosmopolis – Internationale Revue‹

1896 *Effi Briest* (Oktober 1895)

1896 *Die Poggenpuhls*

1897 ›Über Land und Meer‹ druckt vom Oktober bis November *Stechlin* vorab

1898 *Gedichte* 5. Auflage
Von Zwanzig bis Dreißig

1898 am 20. September stirbt Theodor Fontane

1899 *Der Stechlin* (Oktober 1898)

1906 erscheint postum *Mathilde Möhring* in ›Die Gartenlaube‹ von November bis Dezember

1907 *Mathilde Möhring* in »Aus dem Nachlaß von Theodor Fontane«

Fundstellen der angeführten Zitate

Die im Text zitierten Stellen aus Fontanes Werken und Briefen werden in der nachfolgenden Liste, jeweils auf die Textseite bezogen, in der Reihenfolge des Zitierens angegeben. Dabei ist der Beginn des Zitates maßgebend. Folgende Siglen werden benutzt:

NA Theodor Fontane, Sämtliche Werke, hrsg. von E. Groß, K. Schreinert, R. Bachmann, Ch. Jolles u. a., insgesamt 24 Bände und 6 Bände Kriegsbücher (Faksimile-Ausgabe). München 1959 ff. (Nymphenburger Verlagshandlung)

HA Theodor Fontane, Schriften und Briefe, hrsg. von W. Keitel und H. Nürnberger. München 1962 ff. (Hanser Verlag)
Abt. I. Bd. 1-7, Romane, Erzählungen, Gedichte, Nachgelassenes, hrsg. von W. Keitel und H. Nürnberger
Abt. II. Bd. 1-3, Wanderungen durch die Mark Brandenburg.
Abt. III. Bd. 1-5, Erinnerungen, Ausgewählte Schriften, Kritiken. Bd. 3/2 noch nicht erschienen.
Abt. IV. Bd. 1-5, Briefe, Register und Kommentar. Hrsg. von O. Drude, H. Nürnberger, G. Krause u. a.

AF I. Theodor Fontane, Romane und Erzählungen, hrsg. von P. Goldammer, G. Erler, A. Golz u. a., 8 Bände, 4. Auflage. Berlin 1993. (Aufbau Verlag) – (neues Format und neue Paginierung)

AF II. Theodor Fontane, Wanderungen durch die Mark Brandenburg, hrsg. von G. Erler u. R. Mingau, 7 Bände. Berlin 1992. (Aufbau Verlag) – (Neuduck in neuem Format und neuer Paginierung)

AF III. Theodor Fontane, Autobiographische Schriften, hrsg. von G. Erler, P. Goldammer u. a., 3 Bände. Berlin 1982. (Aufbau Verlag)

AF IV. Theodor Fontane, Gedichte, hrsg. von J. Krueger u. A. Golz, 3 Bände. Berlin 1989. (Aufbau Verlag)

Aka Theodor Fontane und die preußische Akademie der Künste, Berlin 1971

AZL Theodor Fontane, Aufzeichnungen zur Literatur. Ungedrucktes und Unbekanntes, hrsg. Von H.-H. Reuter. Berlin 1969

BE I/II. Fontanes Briefe in zwei Bänden. Ausgew. u. erl. von G. Erler. Berlin 1968. 2. Aufl. 1980

BFM Die Fontanes und die Merckels. Ein Familienbriefwechsel 1850-1870. Hrsg. von G. Erler. Zwei Bände. Berlin 1988

Chro Theodor Fontane. Chronik seines Lebens von Hermann Fricke. Berlin 1960

DüW I./II. Dichter über ihre Dichtungen. Bd. 12/I. u. II. Theodor Fontane. Hrsg. von R. Brinkmann u. W. Wiethölter. München 1973

Fa I./II. Theodor Fontanes Briefe an seine Familie. Hrsg. von K. E. O. Fritsch. 1. und 2. Band, Berlin 1904

FD Theodor Fontane Briefe an den Verleger Rudolf v. Decker. Hrsg. von W. Hettche. Heidelberg 1988

FFr Theodor Fontane. Briefe an Georg Friedlaender. Hrsg. u. erl. v. K. Schreinert. Heidelberg 1954

FH Der Briefwechsel zwischen Theodor Fontane und Paul Heyse. Hrsg. von G. Erler. Berlin 1972

FHe Theodor Fontane, Briefe an Wilhelm und Hans Hertz (1859-1898). Hrsg. von K. Schreinert u. G. Hay. Stuttgart 1972

FL I./II. Theodor Fontane und Bernhard Lepel. Ein Freundschafts-Briefwechsel. Hrsg. von J. Petersen. 2 Bände. München 1940

FoBl Fontane-Blätter

Fr I./II. Briefe Theodor Fontanes. Zweite Sammlung. Hrsg. von O. Pniower u. P. Schlenther. 1. und 2. Band. Berlin 1910

FRo Theodor Fontane. Briefe an Julius Rodenberg. Eine Dokumentation. Hrsg. von H.-H. Reuter. Berlin 1969

Fricke Hermann Fricke, Emilie Fontane. Rathenow 1937

Haup G. Hauptmann, Große Beichten. Berlin o. J.

Har M. Harden, Literatur und Theater, Berlin 1896

HD Theodor Fontane. Heiteres Darüberstehen. Familienbriefe. Neue Folge. Hrsg. von F. Fontane. Berlin 1937

Jolles Ch. Jolles, Fontane und die Politik. Berlin 1983

KG Theodor Fontane, Kriegsgefangen (it – Nr. 1437)

LA I./II. Theodor Fontane. Briefe an die Freunde. Letzte Auslese, 2 Bde. Hrsg. von F. Fontane u. H. Fricke. Berlin 1943

MK Th. Fontane, Meine Kinderjahre (it – Nr. 705)

P I.-IV. Theodor Fontanes Briefe I.-IV. Hrsg. v. K. Schreinert u. Chr. Jolles. Berlin 1968-71

Reu H.H. Reuter, Theodor Fontane I./II.

Sta Theodor Fontane 1819-1869 – Stationen seines Werkes. Deutsches Literaturarchiv im Schiller-Nationalmuseum Marbach a.N.

Storm Th. Storm, Sämtliche Werke. Band 4: Märchen, Kleine Prosa. Frankfurt/Main 1988

SZL Theodor Fontane. Schriften zur Literatur. Hrsg. von H.-H. Reuter. Berlin 1960

[*11*] NF XIX,743 – HF III,4,10. [*12*] HF III,4,18-19. [*16*] HF III,4,177. [*17*] HF III,4,468 u. 471. [*18*] HF III,4,186-187 – HF IV,1,35-36. HF III,4,126-127. [*19*] HF III,4,185. [*24*] HF III,4,235-236 – HF III,4,238. [*25*] HF III,4,243 – HF IV,1,116. [*26*] HF III,4,289 – HF III,4,248. [*27*] Reuter I,143-144 – HF III,4,291. [*28*] HF III,4,293 – HF III,4,435 – HF III,4,434. [*29*] Sta,32 – HF I,6,330. [*30*] NF XVII,466 – NF XVII,472 – HF III,4,305 – HF I,5,117. [*34*] HF IV,1,376. [*35*] HF IV,1,90 – HF III,4,474 – HF III,4,467. [*36*] HF I,5,244-245 – HF IV,1,26. [*37*] HF I,6,208 – HF IV,134 – HF III,4,484. [*38*] HF III,4,42 – HF III,4,485 – HF IV,1,38 – HF III,4,491. [*39*] HF III,4,510 – FL I,106. [*45*] HF I,6,402 – FL I,126 – HF IV,1,62. HF IV,1,66. [*46*] HF I,6,402 – HF IV,1,99 – HF IV,1,85 – HF IV,1,94-95. [*47*] HF I,6,403 – HF IV,1,116-117. [*48*] HF IV,1,113. [*49*] BFM II,3 – HF III,4,535 – HF III,4,537-538. [*53*] HF IV,1,144 – HF IV,1,153. [*54*] HF IV,1,179 – HF IV,1,194. [*55*] HF II,3,451-452 – HF IV,1,229-230. [*56*] HF IV,1,289 – Fricke,31 – HF IV,1,320. HF IV,1,330. [*57*] HF IV,1,349. [*62*] BFM II,268 – HF III,4,1051-1052. [*63*] HF III,4,1058 – HF IV,1,378 – HF I,6,312. [*64*] Storm 4,367 – HF IV,1,393 – HF IV,1,401-402. [*65*] Jolles,102 – HF IV,1,408. [*66*] HF IV,1,459 – HF IV,1,492. [*67*] HF IV,1,512 – NF XVII,556 – NF XVII,555. [*71*] HF IV,1,543 – HF I,6,319. [*72*] HF IV,1,567-568 – HF I,6,87 – HF IV,1,582. [*73*] HF IV,1,589 – HF IV,1,612. [*74*] BFM I,289 – BFM II,20 – HF IV,1,621-622 – HF IV,4,113. [*75*] HF IV,1,625 – HF III,3/1,183 – FL II,230 – P I,43. [*76*] HF II,1,9 – HF IV,1,635-636. [*79*] HF IV,1,642 – HF IV,1,657 – Fricke,61. [*80*] AF II,1,570 – DüW I,471-472. [*81*] P I,51 – HF IV,1,689. [*82*] HF IV,1,688 – DüW I,321 – FL II,270. [*83*] HF III,4,418 – HF IV,1,709. [*88*] HF III,4,421 – BFM II,209. [*89*] HF IV,2,23 – HF IV,2,26 – HF IV,2,51. [*90*] FHe,69 – DüW II,

186. [*91*] HF IV,2,66-67 – HF IV,2,79-80. [*97*] HF IV,2,97-98 – FHe,440 – HF IV,2,104-106. [*98*] HF IV,2,108 – FoBl 4,127 – HF IV,4,531. [*99*] P III, 41 – HF IV,2,121. [*100*] HF I,4,64. [*103*] HF II,1,12-14 – HF IV,2,137 – BFM II,253-254. [*104*] NF XVIII a, 1138 – HF IV,2,146. [*105*] P III,60 – HF I,6,413 – AF I,351 – F IV,2,162-163. [*106*] HF IV,2,161-162. [*107*] HF I,6, 414 – FD,62 – BFM II,233. [*108*] HF I,6,1069 – HF I,6,351 – HF IV,2, 196-197. [*109*] HF IV,2,206 – HF IV,2,211 – HF IV,2,223. [*110*] FD,102 – HF IV,2,234. [*111*] HF IV,2,236 – HF IV,2,242 – HF IV,2,244. HF IV,2,254. [*116*] HF IV,2,276-277 – FD,135 – HF IV,2,287. [*117*] HF I,6,351 – HF IV,2, 292 – HF IV,2,294. [*118*] HF IV,2,311 – HF IV,2,320 – Fricke,80 – HF III,4, 1033. [*119*] HF IV,2,326-327 – FD,156. [*120*] HF III,4,1035 – HF I,6,310. [*121*] HF IV,2,361. [*122*] Fa I,216 – HF IV,2,377 – HF IV,2,377 – HF III,1, 385. [*123*] AF II,7,13 – HF IV,2,392 – HF I,6,417 – [*129*] P III,124 – HF III, 1,411 – AZL,246-247 – AZL,45-46 – P III,132. [*130*] FHe,156. [*131*] FD, 214 – AZL,125 – FH,160. [*132*] NF XXII/1,302-303 – FHe,163 – FHe,164. FHe,166. [*133*] HF IV,2,456-457 – HF IV,2,467-469. [*140*] HF IV,2,474 – HF IV,2,475 – HF IV,2,477-478. [*141*] HF IV,2,476 – NF XXIII/2,43 – NF XXIII/2,332 – NF XXIII/2,47. [*142*] HF IV,2,482 – HF IV,2,483-484 – HF IV,2,489 – NF XXIII/2,128 u. 137. [*143*] P III,157 – BE I,403-404. [*144*] HF IV,2,496 – BE I,412. [*145*] BE I,419 – NF XXIII/2,83 – HF IV,2,484 – HD, 157. [*149*] NF XXIII/2,114 – NF XXIII/2,500 – HF III,4,1040. [*150*] HF I,6, 336 – HF IV,4,531 – Chro,56. [*151*] HF III,4,1041 – Aka,41 – HF IV,2,525. [*152*] HF IV,2,527 – HF IV,2,536-537. NF XXII/1,508-511. [*153*] HF IV,2, 543 – HF IV,2,546-547 – P III,176-177. [*154*] HF IV,2,554-555 – HF IV,2, 557 – Fa I,246. [*155*] HF IV,2,560 – HF IV,2,560 – AF I,1,343 – NF XXII/1, 598 – P III,181. [*156*] FRo,177 – HF IV,2,568. [*157*] HF IV,2,569 – HF IV,2, 572 – HF IV,2,576. HF IV,2,581-582. [*158*] HF IV,2,592-593 – HF IV,2, 607 – F IV,2,610. [*161*] AF I,1,352 – HF IV,2,634. [*162*] HF IV,2,648 – FHe, 491 – HF IV,3,12 – HF IV,3,17. [*163*] HF IV,3,19 – HF IV,3,21. [*164*] HF IV, 3,34-35 – HF IV,3,41. [*165*] P III,194 – HF I,6,287 – HF IV,3,56 – HF IV,3, 57. [*166*] HF IV,3,66 – HF IV,3,70. [*167*] HF IV,3,94 – PI,146 – HF IV,3, 113. [*172*] HF IV,3,115 – HF IV,3,120 – HF IV,3,131. [*173*] HF IV,3,136 – HF IV,3,146-147 – HF IV,3,151. [*174*] P I,162 – HF IV,3,156 – HF II,2,877. [*175*] HF IV,3,167 – HF I,7,427 – HF IV,3,183-184. [*176*] AF I,3,602 – HF IV,3,193 – P I,169-170. [*177*] HF IV,3,201 – HF IV,3,220. [*182*] HF IV,3, 227 – HF III,556-557 – HF IV,3,243. [*183*] FoBl 51,21 – HF IV,3,254 – HF

IV,3,256. [*184*] HF IV,3,266 – HF IV,3,268 – HF IV,3,275-276 – HF IV,2, 278. [*185*] HF IV,3,282-283 – HF IV,3,294-295. [*186*] HF IV,3,301 – HF IV,3,303 – HF IV,3,309 – NF XXIV,1139. [*187*] P I,265 – P I,271-272 – P I, 272 – P I,273. [*192*] HF IV,3,342 – P I,285 – HF IV,3,344. [*193*] HF IV,3, 366 – NF XXIV,1142 – P I,295. [*194*] NF XXIV,1146 – HF IV,3,389 – HF IV, 3,391 – NF XXIV,1146 – HF IV,3,404 – NF XXIV,1146-1147. [*195*] HF IV, 3,413 – HF IV,3,391 – HF IV,3,434. [*196*] HF I,6,264 – HF IV,3,440 – NF XXIV,1148. [*197*] HF IV,3,451 – DüW II,349 – NF XXIV,1149 – HF IV,3, 460. [*198*] HF IV,3,465 – NF XXIV,1149 – HF IV,3,467 – HF IV,3,471 – FFr, 38. [*199*] FFr,52 – HF IV,3,494. [*206*] FHe,288 – NF XXIV,1151 – HF IV,3, 508. FFr,65 – HF III,2,714. [*207*] NF XXIV,1152 – AF I,4,564 – FHe,292 – P I,320-321 – HF IV,3,555. HF IV,3,551. [*208*] HF IV,3,556 – HF IV,3,559 – HF III,1,568. [*209*] FFr,80 – NF XXIV,1153 – HF I,6,351-352. [*210*] HF I,6, 420-421 – HF IV,3,577 – HF IV,3,584 – HF IV,3,586. [*211*] HF IV,3,599 – HF IV,3,600-603. [*212*] HF IV,3,605 – HF IV,3,606 – NF XXIV,1156. [*213*] HF IV,3,621 – HF IV,3,644. [*214*] HF III,2,775 – HF IV,3,657-658 – AF I,5, 517-518 – HF IV,3,667. [*215*] NF XXIV,1158 – HF IV,3,680 – HF IV,3,677. [*216*] P II,129 – HF IV,3,700 – HF IV,3,715. [*217*] HF I,6,591 – HF IV,3,719 – HF IV,3,727. [*218*] FoBl 5,H.6,521 – NF XXII,708 – HF IV,3,728. [*219*] NF XXII/2,718 – FHe,319-320 – HF III,4,464. [*220*] Har,106 – HF IV,3, 746 – NF XXIV,1160 – HF IV,4,13. [*223*] HF IV,4,27 – HF IV,4,82 – HF IV, 4,37 – HF IV,4,38-39. [*224*] NF XXII/2,734 – AF I,5,83 – HF IV,4,46. HF IV, 4,55. [*225*] NF XXIV,1160 – AF I,5,580-581 – HF IV,4,66 – NF XXIV,1161. [*226*] NF XXIV,1161 – HF IV,4,93 – HF IV,4,96. – FRo,228. [*227*] HF IV,4, 112 – HF IV,4,114 – HF IV,4,116. – NF XXIV,1162. [*228*] HF IV,4,144-145 – HF IV,4,159. [*229*] AF I,6,468 – NF XXIV,1163. [*234*] Haup,670 – AF I, 6,469 – HF IV,4,174 – HF IV,4,187. [*235*] HF IV,4,199 – HF I,6,351 – HF IV, 4,201 – HF IV,4,202. [*236*] HF IV,4,205 – MK,261 – NF XXIV,1164 – HF IV,4,226-227. [*237*] KG,207 – HF IV,4,240 – HF IV,4,242-243 – NF XXIV, 1164. [*238*] HF IV,4,245 – HF IV,4,249 – HF IV,4,252. HF IV,4,261 – HF IV, 4,267. [*239*] HF IV,4,270 – NF XXIV,1165. HF IV,4,275-276 – HF IV,4, 283. [*240*] HF IV,4,293 – HF IV,4,299-300. [*241*] HF IV,4,307 – HF IV,4, 312 – HF I,6,547 – NF XXIV,1165 – HF IV,4,322. [*246*] HF IV,4,326 – FRo, 247 – HF IV,4,343. [*247*] HF IV,4,347 – NF XXIV,1166. HF IV,4,354-355. [*248*] HF IV,4,358 – HF IV,4,367-368 – NF XXIV,1166 – HF IV,4,378. [*249*] HF IV,4,380-381 – HF IV,4,385 – NF XXII/2,681 – HF IV,4,388 – HF

IV,4,407. Reuter II,736. [*250*] HF IV,4,407 – HF I,6,340. [*251*] HF IV,4,415 – HF IV,4,423 – HF IV,4,426 – HF IV,4,435. [*257*] HF I,7,135 – HF IV,4,430-431 – HF IV,4,433. [*258*] HF IV,4,451 – HF IV,4,454-455 – HF IV,4,457 – NF XXIV,1167. [*259*] HF IV,4,461 – HF IV,4,475 – HF IV,4,482 – HF IV,4,487-488 – NF XXIV,1167. [*260*] HF IV,4,494 – HF IV,4,494 – HF IV,4,503 – NF XXIII/2,519 – HF IV,4,508 – HF IV,4,514-515. [*261*] HF IV,4,529 – HF IV,4,525 – HF IV,4,526. [*262*] FRo,80 – HF IV,4,539 – HF IV,4,544 – FRo,86 – NF XXIV,1168. [*263*] HF IV,4,559 – HF IV,4,568-569 – HF IV,4,582 – HF IV,4,592 – NF XXIV,1168. [*264*] NF XXIV,1168 – FFr,304-305 – AF I,7,578-579 – HF IV,4,613. [*265*] Har,V – HF IV,4,614 – HF IV,4,622 – NF XXIV,1168 – HF IV,4,624 – HF IV,4,632 – HF IV,4,633-634. [*266*] AF I,7,580 – HF IV,4,635 – HF IV,4,641 – NF XXIV,1168 – HF IV,4,650 – HF IV,4,651. [*267*] NF XXIV,1169 – AF I,8,437 – HF IV,4,659 – HF IV,4,661-662 – NF XXIV,1169. [*270*] HF IV,4,679 – NF XXIV,1170. [*271*] HF IV,4,689-690 – HF IV,4,693 – HF IV,4,695 – HF IV,4,707. [*272*] HF IV,4,713 – HF IV,4,721. [*273*] HF III,4,181 – HF IV,4,722 – HF IV,4,729 – AF III,2,436-437 – HF IV,4,731. [*276*] HF IV,4,734 – HF IV,4,737 – HF I,6,249 – HF IV,4,738 – HF IV,4,741 – HF IV,4,743. [*277*] Reuter II,867 – HF IV,4,753-754 – HF IV,4,757 – HF I,6,346. [*278*] HF IV,4,758-759 – HF I,6,329. [*280*] HF I,6,392 – HF I,5,378. [*281*] HF I,6,352.

Zu den Abbildungen

Bildarchiv preußischer Kulturbesitz, Berlin: Umschlagabbildung (Ölgemälde von Carl Breitbach, 1889), 205. Theodor Fontane, Briefwechsel mit Wolfsohn: 10. Gebhardt-Hohlfeld, Ahnentafeln, Leipzig 1929: 13. Katalog Akademie d. Künste: 14, 15, 21, 44, 113, 125, 169, 231, 256. Katalog Märkische Region: 15, 96, 136, 137, 190, 202, 255, 275. Katalog Kunstamt Kreuzberg: 20, 22, 200. Reuter, Fontane: 23, 58, 134, 146, 188. Fontane, Bilderbuch: 31, 60. Hürlimann, Berlin: 31. Landesgeschichtliche Vereinigung Festschrift: 32, 52, 78, 102, 124, 128, 139, 160, 168, 178, 181, 201, 222, 230, 269. Katalog Deutsches Literaturarchiv Marbach: 33, 242. Katalog Landesgeschichtliche Vereinigung: 40-43, 93. Jolles, Fontane und die Politik: 60, 61. Theodor Fontane, Heiteres Darüberstehen: 85, 92. Hürlimann, Wanderungen: 86, 87. Theodor Fontane, Erzählungen und Romane, AF: 95, 171. Ettlinger, Theodor Fontane: 170, 203, 243. Literatur von und über Theodor Fontane: 191, 274. Behrendt, Werkstatt: 232. Alle hier nicht ausgewiesenen Abbildungen stammen aus dem Privatarchiv des Autors.

Die Karten auf den Seiten 70, 127 und 135 wurden von Eva Hofmann, Frankfurt am Main, gezeichnet.

Fontane-Literatur

Die wichtigen Fontane-Werkausgaben sind bei der Literaturliste der ›Fundstellen‹ aufgeführt worden.

Die Bände der Ausgabe ›NA‹ der Nymphenburger Verlagshandlung München sind zur Zeit nicht lieferbar, einzelne Bände sind jedoch in Taschenbuchausgaben greifbar.

Die Bände der Ausgabe ›HF‹ des Hanser Verlages sind in allen Abteilungen lieferbar.

Die Bände der Ausgabe ›AF‹ des Aufbau Verlages sind in allen Abteilungen lieferbar.

Die wichtigsten Werktitel, inbesondere die Erzählungen, Romane und Gedichte, aber auch die ›Wanderungen‹ und die ›Autobiographischen Schriften‹ sind in verschiedenen Taschenbuchausgaben erhältlich.

Ab März 1994 erscheint im Aufbau Verlag Berlin die ›Brandenburger Ausgabe‹ der Werke Theodor Fontanes, die sein gesamtes Werk in 50 Bänden darbieten soll. Zunächst erscheinen in sieben Bänden die ›Wanderungen durch die Mark Brandenburg‹, und es folgen in vier Bänden die ›Tage- und Notizbücher‹.

Für die Briefe Fontanes haben Charlotte Jolles und Walter Müller-Seidel 1988 eine wichtige Zusammenstellung herausgegeben:

Die Briefe Theodor Fontanes. Verzeichnis und Register. München 1988.

Auf fast 1000 Seiten wurden die über 5800 Briefe verzeichnet, die zur Zeit noch zu ermitteln sind. (Vorsichtige Schätzungen gehen davon aus, daß Fontane wahrscheinlich über 12 000 Briefe geschrieben hat.) Gegenwärtig sind folgende Ausgaben der Briefe erhältlich:

Theodor Fontane. Ein Leben in Briefen. Hrsg. von Otto Drude. Frankfurt/Main 1981. Die Ausgabe bietet 268 Briefe Fontanes mit verbindendem Text.

Theodor Fontane. Briefe in zwei Bänden. Hrsg. von Gotthard Erler. Zweite Auflage Berlin 1980. Die Ausgabe bietet 450 Briefe mit Anmerkungen.

Theodor Fontane, Briefe. Hrsg. von Otto Drude, Helmuth Nürnberger u. a. Vier Bände und ein Register- und Kommentarband. München 1976 bis 1994. Die Ausgabe ist die IV. Abt. der ›HA‹ und enthält etwa 2500 Briefe.

Außerdem sind zahlreiche Einzelausgaben von Briefen Fontanes an einen Briefpartner, zum Teil auch als Briefwechsel, erschienen. Die wichtigsten Ausgaben sind in der Literaturliste der ›Fundstellen‹ aufgeführt.

Gesamtdarstellungen von Fontanes Leben und Werk sind nicht sehr zahlreich. Eine sehr gute Darstellung bietet die ›rowohlt monographie‹ von Helmuth Nürnberger (romo 145), die zuerst 1965 erschien und jetzt bereits in mehrfach ergänzten Auflagen vorliegt.

Weitere wichtige Darstellungen und die vor allem nach 1945 stark angewachsene Literatur zu den Einzelfragen bietet die Übersicht von Charlotte Jolles: ›Theodor Fontane‹ in der Reihe der ›Realien zur Literatur‹ des J. B. Metzler Verlages in Stuttgart, die bereits in vierter überarbeiteter und ergänzter Auflage von 1993 vorliegt.

Aus der Fülle der zahlreichen Aufsätze und Essays, die über Fontane geschrieben worden sind, sei hier nur einer genannt, dessen Einfühlsamkeit und Gültigkeit auch heute nach über acht Jahrzehnten unbestritten ist: *Thomas Mann, Der alte Fontane.*

Der Essay erschien zuerst 1910 in ›Die Zukunft‹, einer Zeitschrift, die von Maximilian Harden herausgegeben wurde. Er wurde dann in leicht veränderter Form in dem Band ›Rede und Antwort‹ der Gesammelten Werke 1922 gedruckt. Heute ist er in einer Taschenbuchausgabe (Thomas Mann, Essays Band 1 – Fischer Taschenbuch 10899) erhältlich.

Theodor Fontane
im Insel Verlag

Wanderungen durch die Mark Brandenburg. 5 Bde. in Kassette. Herausgegeben von Gotthard Erler und Rudolf Mingau. it 1181-1185
- Band I: Die Grafschaft Ruppin. it 1181
- Band II: Das Oderland. it 1182
- Band III: Havelland. it 1183
- Band IV: Spreeland. it 1184
- Band V: Fünf Schlösser. it 1185

Briefe an Georg Friedlaender. Herausgegeben und mit einem Nachwort versehen von Walter Hettche. it 1565

Cécile. Mit einem Nachwort von Walter Müller-Seidel. it 689

Effi Briest. Mit 21 Lithographien von Max Liebermann. Leinen, Leder, it 138 und Großdruck. it 2340

Frau Jenny Treibel oder ›Wo sich Herz zum Herzen findt‹. Roman. Mit einem Nachwort von Richard Brinkmann. it 746

Grete Minde. Mit einem Nachwort von Peter Demetz. it 1157

Herr von Ribbeck auf Ribbeck. Gedichte und Balladen. Herausgegeben von Gottfried Honnefelder. it 1446

Irrungen, Wirrungen. Mit einem Nachwort von Walther Killy. it 771

Jenseit des Tweed. Bilder und Briefe aus Schottland. Mit zahlreichen Abbildungen und einem Nachwort herausgegeben von Otto Drude. it 1066

Kriegsgefangen. Erlebnisse 1870. Herausgegeben von Otto Drude. Mit zahlreichen Abbildungen. it 1437

L'Adultera. Großdruck. it 2329

Mathilde Möhring. Mit einem Nachwort von Peter Demetz. it 1107

Meine Kinderjahre. Autobiographischer Roman. Mit einem Nachwort von Otto Drude. it 705

Die Poggenpuhls. Roman. it 1271

Schach von Wuthenow. Erzählung aus der Zeit des Regiments Gendarmes. Mit einem Nachwort von Benno von Wiese. it 816

Der Stechlin. Mit einem Nachwort von Walter Müller-Seidel. it 152

Stine. Roman. Mit einem Nachwort von Peter Demetz. it 899

Unwiederbringlich. Roman. it 286

Vor dem Sturm. Roman, aus dem Winter 1812 auf 13. Mit einem Nachwort von Hugo Aust. it 583

58/1/9.93

Biographien, Leben und Werk
im insel taschenbuch

Lou Andreas-Salomé: Lebensrückblick. Grundriß einiger Lebenserinnerungen. Aus dem Nachlaß herausgegeben von Ernst Pfeiffer. Neu durchgesehene Ausgabe mit einem Nachwort des Herausgebers. it 54

– Rainer Maria Rilke. Mit acht Bildtafeln im Text. Herausgegeben von Ernst Pfeiffer. it 1044

Elizabeth von Arnim: Elizabeth und ihr Garten. Aus dem Englischen von Adelheid Dormagen. it 1293 und Großdruck. it 2338

Georg Bollenbeck: Theodor Storm. Eine Biographie. Mit neunzehn Abbildungen. it 1347

Bertolt Brecht. Leben und Werk im Bild. Mit autobiographischen Texten, einer Zeittafel und einem Essay von Lion Feuchtwanger. it 406

Bertolt Brecht. Sein Leben in Bildern und Texten. Mit einem Vorwort von Max Frisch. Herausgegeben von Werner Hecht. it 1122

Die Schwestern Brontë. Leben und Werk in Texten und Bildern. Herausgegeben von Elsemarie Maletzke und Christel Schütz. it 814

Robert de Traz: Die Familie Brontë. Eine Biographie. Mit zahlreichen Abbildungen. it 1548

Hans Carossa: Ungleiche Welten. Lebensbericht. it 1471

Cézanne. Leben und Werk in Texten und Bildern. Von Margret Boehm-Hunold. it 1140

George Clémenceau: Claude Monet. Betrachtungen und Erinnerungen eines Freundes. Mit farbigen Abbildungen und einem Nachwort von Gottfried Boehm. it 1152

Sigrid Damm: Cornelia Goethe. it 1452

– »Vögel, die verkünden Land.« Das Leben des Jakob Michael Reinhold Lenz. it 1399

Joseph von Eichendorff. Leben und Werk in Texten und Bildern. Herausgegeben von Wolfgang Frühwald und Franz Heiduk. it 1064

Elisabeth von Österreich. Tagebuchblätter von Constantin Christomanos. Herausgegeben von Verena von der Heyden-Rynsch. Mit Beiträgen von E. M. Cioran, Paul Morand, Maurice Barrès und Ludwig Klages. Mit zeitgenössischen Abbildungen. it 1536

Theodor Fontane: Kriegsgefangen. Erlebnisse 1870. Herausgegeben von Otto Drude. Mit zahlreichen Abbildungen. it 1437

– Meine Kinderjahre. Autobiographischer Roman. Mit einem Nachwort von Otto Drude. it 705

Sigmund Freud. Sein Leben in Bildern und Texten. Herausgegeben von Ernst Freud, Lucie Freud und Ilse Grubrich-Simitis. Mit einer biographischen Skizze von K. R. Eissler. Gestaltet von Willy Fleckhaus. it 1133

162/1/11.93

Biographien, Leben und Werk
im insel taschenbuch

Dagmar von Gersdorff: Dich zu lieben kann ich nicht verlernen. Das Leben der Sophie Brentano-Mereau. it 1276

Goethe. Sein Leben in Bildern und Texten. Vorwort von Adolf Muschg. Herausgegeben von Christoph Michel. Gestaltet von Willy Fleckhaus. it 1000

Manfred Wenzel: Goethe und die Medizin. Selbstzeugnisse und Dokumente. Mit zahlreichen Abbildungen. it 1350

Heinrich Heine. Leben und Werk in Daten und Bildern. Von Joseph A. Kruse. Mit farbigen Abbildungen. it 615

Hermann Hesse. Sein Leben in Bildern und Texten. Mit einem Vorwort von Hans Mayer. Herausgegeben von Volker Michels. it 1111

Volker Michels: Hermann Hesse. Leben und Werk im Bild. Mit dem ›kurzgefaßten Lebenslauf‹ von Hermann Hesse. it 36

Marie Hesse: Ein Lebensbild in Briefen und Tagebüchern. Mit einem Essay von Siegfried Greiner. Mit frühen Lithographien von Gunter Böhmer. it 261

Hölderlin. Chronik seines Lebens mit ausgewählten Bildnissen. Herausgegeben von Adolf Beck. it 83

Kleist. Leben und Werk im Bild. Herausgegeben von Eberhard Siebert. it 371

Eckart Kleßmann: Die Mendelssohns. Bilder aus einer deutschen Familie. Mit zahlreichen Abbildungen. it 1523

Cordula Koepcke: Lou Andreas-Salomé. Leben. Persönlichkeit. Werk. Eine Biographie. it 905

Oskar Kokoschka. Leben und Werk in Daten und Bildern. Herausgegeben von Norbert Werner. it 909

Dieter Kühn: Ich Wolkenstein. Eine Biographie. Neue, erweiterte Ausgabe. it 497

– Neidhart aus dem Reuental. it 1389

– Parzival. Der Parzival des Wolfram von Eschenbach. it 1328

Monique Lange: Edith Piaf. Die Geschichte der Piaf. Ihr Leben in Texten und Bildern. Aus dem Französischen von Hugo Beyer. Mit einer Discographie. it 516

Gertrud von le Fort. Leben und Werk in Daten, Bildern und Zeugnissen. it 195

Jane Lidderdale / Mary Nicholson: Liebe Miss Weaver. Ein Leben für Joyce. Aus dem Englischen von Angela Praesent und Anneliese Strauss. it 1436

Mütter berühmter Männer. Zwölf biographische Portraits. Herausgegeben von Luise F. Pusch. it 1356

162/2/11.93

Biographien, Leben und Werk im insel taschenbuch

Ernst Penzoldt. Leben und Werk in Texten und Bildern. Herausgegeben von Ulla Penzoldt und Volker Michels. it 547

Marthe Princesse Bibesco: Begegnung mit Marcel Proust. Aus dem Französischen von Eva Rechel-Mertens. it 1349

Renate Wiggershaus: Marcel Proust. Leben und Werk in Texten und Bildern. it 1348

Eva Rieger: Nannerl Mozart. Leben einer Künstlerin im 18. Jahrhundert. Mit zahlreichen Abbildungen. it 1431

Rainer Maria Rilke. Leben und Werk im Bild. Von Ingeborg Schnack. Mit einer biographischen Einführung und einer Zeittafel. it 35

George Sand. Leben und Werk in Texten und Bildern. Von Gisela Schlientz. it 565

Arthur Schopenhauer. Leben und Werk in Texten und Bildern. Herausgegeben von Angelika Hübscher. it 1059

Misia Sert: Pariser Erinnerungen. Aus dem Französischen von Hedwig Andertann. Mit einem Bildteil. it 1180

Muriel Spark: Mary Shelley. Eine Biographie. Deutsch von Angelika Beck. Mit zahlreichen Abbildungen. it 1258

Töchter berühmter Männer. Neun biographische Portraits. Herausgegeben von Luise F. Pusch. it 979

Siegfried Unseld: Hermann Hesse. Werk und Wirkungsgeschichte. Revidierte und erweiterte Fassung der Ausgabe von 1973. Mit zahlreichen Abbildungen. it 1112

Wilhelmine von Bayreuth: Eine preußische Königstochter. Glanz und Elend am Hofe des Soldatenkönigs in den Memoiren der Markgräfin Wilhelmine von Bayreuth. Aus dem Französischen von Annette Kolb. Neu herausgegeben von Ingeborg Weber-Kellermann. Mit Illustrationen von Adolph Menzel. it 1280

Virginia Woolf. Leben und Werk in Texten und Bildern. Herausgegeben von Renate Wiggershaus. it 932

Stefan Zweig. Leben und Werk im Bild. Herausgegeben von Donald Prater und Volker Michels. it 532

162/3/11.93

Literatur und Reisen
im insel taschenbuch

Alt-Prager Geschichten. Gesammelt von Peter Demetz. Mit Illustrationen von Hugo Steiner-Prag. it 613

Alt-Wiener Geschichten. Gesammelt von Joseph Peter Strelka. Mit sechs farbigen Abbildungen. it 784

Das andere Ferienbuch. Herausgegeben von Vera Pagin und Hans-Joachim Simm. it 1174

Ernst Batta: Römische Paläste und Villen. Annäherung an eine Stadt. Mit zahlreichen Abbildungen. it 1324

Bodensee. Reisebuch. Herausgegeben von Dominik Jost. Mit zahlreichen Abbildungen. it 1490

Bonn. Ein Städte-Lesebuch. Herausgegeben von Doris Maurer und Arnold E. Maurer. Mit zahlreichen Abbildungen. it 1224

Dresden. Ein Reisebuch. Herausgegeben von Katrin Nitzschke. Unter Mitarbeit von Reinhard Eigenwill. Mit zahlreichen Abbildungen. it 1365

Das Ferienbuch. Literarische Souvenirs, aufgelesen von Vera Pagin und Hans-Joachim Simm. it 1082

Dominique Fernandez: Süditalienische Reise. Aus dem Französischen von Julia Kirchner. Mit farbigen Fotografien von Martin Thomas. it 1076

Florenz. Lesarten einer Stadt. Herausgegeben von Andreas Beyer. Mit zahlreichen Illustrationen. it 633

Florida. Reisebuch. Herausgegeben von Katharina Frühe und Franz Josef Görtz. Mit zahlreichen Abbildungen. it 1492

Theodor Fontane: Jenseit des Tweed. Bilder und Briefe aus Schottland. Mit zahlreichen Abbildungen und einem Nachwort herausgegeben von Otto Drude. it 1066

Georg Forster: Reise um die Welt. Herausgegeben und mit einem Nachwort von Gerhard Steiner. it 757

Manuel Gasser: Spaziergang durch Italiens Küchen. Mit Bildern von Manfred Seelow. it 391

Johann Wolfgang Goethe: Italienische Reise. Mit vierzig Zeichnungen des Autors. Herausgegeben und mit einem Nachwort versehen von Christoph Michel. it 175

– Tagebuch der Italienischen Reise 1786. Notizen und Briefe aus Italien. Mit Skizzen und Zeichnungen des Autors. Herausgegeben und erläutert von Christoph Michel. it 176

Johann Wolfgang Goethe: Kampagne in Frankreich 1792. Belagerung von Mainz. Herausgegeben von Jörg Drews. Mit zeitgenössischen Abbildungen. it 1525

158/1/11.93